D1828129

Damien Granotier

Mission Koalas

© Damien Granotier, Saint-Maximin (Gard), avril 2022
Contact : dgranotier@gmail.com

Un si long voyage...

Cela faisait maintenant plus de six heures que Marie avait atterri et la jeune femme était toujours là, à somnoler sur la banquette d'une salle d'attente de l'aéroport international de Kuala Lumpur. Elle tournait la tête de temps en temps pour jeter un coup d'œil aux écrans qui indiquaient les prochains décollages. Le vol MH 82 à destination de Brisbane était bien annoncé *on time* mais tellement loin sur la liste, encore quatre heures à patienter. Elle se demandait à quoi cela servait de construire des avions aussi rapides si c'était pour perdre autant de temps lors des correspondances. On lui avait bien proposé pour occuper ces quelques heures d'embarquer dans un taxi pour une visite de la capitale malaisienne, mais elle avait eu tout le loisir de consulter son guide touristique durant le long vol qui l'avait amenée d'Amsterdam pour constater qu'il n'y avait guère à voir dans cette mégapole, à part des gratte-ciel dont les fameuses tours Petronas qui en leur temps furent les plus hautes du monde. Ce genre de constructions ne l'intéressait pas et elle trouvait les hommes bien idiots de vouloir s'entasser ainsi toujours plus nombreux, comme des insectes dans des termitières géantes. De plus, la chaleur suffocante qui l'avait saisie lorsqu'elle avait posé les pieds sur le tarmac l'avait dissuadée de quitter les salles climatisées de l'aérogare.

Bien sûr elle aurait pu trouver une compagnie qui proposait un voyage plus rapide, mais avec son budget plus que serré, son critère de choix lorsqu'elle avait réservé son billet sur Internet était avant tout le prix. Et la compagnie Malaysia airlines qui venait de subir deux crashs dramatiques en l'espace de quelques mois était obligée de proposer des tarifs imbattables pour remplir ses avions. Les amis de Marie n'avaient pas manqué de lui déconseiller cette compagnie au nom du dicton populaire : « Jamais deux sans trois », mais elle n'était pas superstitieuse et n'avait pas peur en avion. Pour ce qu'elle s'en souvenait, car les occasions qu'elle avait eues jusqu'ici de quitter le plancher des vaches se comptaient sur les doigts d'une main. Elle-même n'aurait jamais imaginé seulement deux mois auparavant se retrouver sur ce point du globe, aussi loin de chez elle. Et gagnée par la fatigue, elle plongea dans une douce torpeur en se remémorant comment le cours de sa vie s'était subitement accéléré.

La petite Marie avait été une enfant de la campagne, née dans un foyer modeste. Ses parents étaient éleveurs de vaches Salers dans un village d'Auvergne où les fermes familiales se transmettaient de génération en génération. Le métier était rude et leur exploitation de taille raisonnable. Comme la plupart des agriculteurs, ils étaient confrontés chaque année à de nouvelles difficultés. Mais à force de persévérance et en misant sur la qualité (leurs vaches passaient plus de temps en liberté dans les prés que confinées à l'étable), ils avaient toujours réussi à maintenir leur exploitation à flot, et même la crise de la vache folle ne leur avait pas fait perdre la tête. La petite Marie, leur fille unique, ne manquait de rien, du moins pas de l'essentiel, si ce n'était peut-être d'un peu plus d'attention car très occupés, ils passaient plus de temps avec leurs bêtes qu'avec leur enfant. Ce qui explique que cette dernière dut rapidement acquérir une certaine autonomie. Dès la classe de CE2 elle enfourchait matin et soir son petit vélo rouge pour parcourir les quelques kilomètres qui séparaient la ferme de l'école intercommunale. Là, elle réjouissait ses instituteurs autant que ses parents car cette petite fille aux cheveux roux bouclés était vive et souriante, passionnée par ce qu'on lui enseignait. Disposant de facilités, elle profitait pleinement des classes à deux niveaux, assimilant les deux programmes en un an puis aidant ses petits camarades l'année suivante. Pour son entrée au collège, Marie dut abandonner à contrecœur son vélo pour le car de ramassage scolaire qui transportait les gamins du coin jusqu'à la ville la plus proche. Enfermée dans un collège surpeuplé, elle ne se laissait néanmoins pas marcher sur les pieds. Bien souvent, écoutant d'une oreille distraite ses professeurs, elle pensait à ses prochaines heures de liberté qu'elle passerait dans la nature à se promener, à observer avec ses jumelles tous les animaux qu'elle pourrait débusquer, ou à confier ses états d'âme à Joséphine, Marguerite, Augustine et consœurs, les vaches de ses parents. Il valait mieux en effet s'adresser à ces bêtes discrètes plutôt qu'à ses copines du collège pour ne pas entendre de rumeurs malsaines se propager dans tout l'établissement. Et tant pis si on la surnommait parfois « la rouquine qui murmurait à l'oreille des vaches.» Sa vivacité d'esprit et sa volonté d'apprendre compensaient largement son comportement rêveur pour lui permettre de se retrouver chaque année en tête de classe. Ce qui lui permit d'échapper au lycée agricole auquel ses parents la prédestinaient. Et à l'âge de 15 ans, elle quitta la ferme familiale pour rejoindre l'internat du lycée Blaise Pascal de Clermont-Ferrand, en classe de seconde. Là, se sentant comme une prisonnière en ville, elle travaillait avec motivation et détermination toute la semaine pour s'autoriser des escapades de liberté le week-end. Elle arpentait les nombreux chemins de randonnée de sa belle région tandis que pendant ce temps, la plupart de ses camarades couraient faire du shopping dans les centres commerciaux. À l'issue de trois années brillantes, elle obtint son baccalauréat avec mention Très Bien, ce qui lui ouvrit grand les portes de l'enseignement supérieur. Comme elle n'avait pas d'idée d'orientation précise, elle suivit les recommandations de ses professeurs et s'inscrivit en prépa agro-véto dans le même lycée. Ses parents étaient un peu désabusés car ils réalisaient que ce n'était décidément pas demain la veille qu'elle viendrait les relayer dans leur exploitation agricole. Mais admiratifs des bons résultats de leur fille, ils la laissèrent suivre son chemin sans rechigner.

Et pendant deux ans Marie travailla encore plus qu'elle ne l'avait imaginé. Finis les moments de rêverie et les sorties le week-end, elle était déterminée à réussir les concours et s'en donna les moyens, même si elle se demandait souvent à quoi rimait tout ce bourrage de crâne.

Mais elle tint bon et put enfin goûter la grande satisfaction d'être admise à l'école vétérinaire de Lyon. Grâce à une bourse d'études et des allocations logement, elle put s'installer dans un studio pas trop loin du campus. Mais peu adepte de la vie citadine, elle retournait dans son terroir un week-end sur deux pour voir ses parents, et aussi ses amies restées au pays (elles n'étaient pas toutes des vaches). Ses cours, plus pratiques qu'en prépa, l'intéressaient plus ou moins. En tout cas plus que les nombreuses soirées étudiantes qui finissaient souvent en beuveries durant lesquelles certains se comportaient encore plus bassement que les animaux qu'ils auraient à soigner une fois diplômés.
Arrivée au terme de la dernière année, il ne lui restait plus qu'à faire le sacro-saint stage de fin d'études pour obtenir son diplôme. Et c'était pour elle un problème car elle ne savait vraiment pas où l'effectuer. La plupart de ses camarades avaient trouvé une place dans un cabinet vétérinaire en ville où ils s'occuperaient des petits désagréments des chiens, chats, et autres animaux de compagnie de citadins esseulés ou en manque d'affection. Cela ne la faisait pas rêver. D'abord parce qu'elle n'aimait pas vivre en ville, mais aussi parce qu'elle avait une aversion envers les canidés depuis que petite, elle avait dû affronter les aboiements effrayants des chiens sensés protéger les fermes voisines. Ces monstres étaient idiots au point de confondre une petite fille à vélo avec un voleur de basse-cour. Son père avait bien sûr parlé d'elle au docteur Reboul qui s'occupait de leurs bêtes. Ce dernier était tout à fait disposé à la prendre en stage à ses côtés pour lui inculquer les techniques du vétérinaire agricole, mais ça ne la tentait pas vraiment non plus. « Tu ne vas quand même pas passer ta vie à plonger le bras dans le cul des vaches ! » lui avait dit un camarade lyonnais un brin méprisant. En fait Marie aurait voulu trouver une mission liée à la protection de la biodiversité, enjeu majeur du siècle à venir selon elle. Mais il ne suffit pas d'afficher sa bonne volonté pour sauver une espèce en danger, il faut surtout rejoindre une structure appropriée. Et les recherches de Marie s'étaient jusque là montrées peu fructueuses. Elle était tombée sur le site Internet de l'association *Sauvons le crapaud gris bossu des Dombes* qui recherchait un biologiste pour étudier la population et la reproduction de

ce batracien endémique de la région. Une photo de l'animal en gros plan montrait que ce crapaud, avec son excroissance sur le dos, aurait pu postuler au titre d'animal le plus laid de la Création. « Et c'est bien pour ça qu'il faut le préserver », avait répondu à Marie le président de l'association quand elle lui avait téléphoné. Mais la jeune femme n'était pas dupe, et elle avait vite compris que derrière cette association pseudo-scientifique se cachait un collectif d'habitants qui voulait stopper l'agrandissement de la zone d'activités de la ville voisine. Elle avait aussi trouvé cette offre du parc naturel de Camargue qui recherchait un(e) biochimiste pour évaluer l'impact de la démoustication par le BTI (Bacillus Thuringiensis Israelensis) sur les larves de chironomes, diptères à la base de la chaîne alimentaire de l'écosystème local. Ce projet scientifique semblait plus sérieux, trop peut-être même pour Marie qui ne disposait pas de grandes connaissances en biochimie. Sa candidature était restée sans réponse. Alors qu'elle discutait de ses recherches infructueuses avec son amie Marlène à la terrasse d'un café, cette dernière lui suggéra :

- Tu devrais contacter l'organisme qui réintroduit les ours dans les Pyrénées. J'ai entendu qu'ils en ont trouvé un mort la semaine dernière, tué à coup de fusil. Ils vont en faire venir un de Slovénie pour le remplacer. Ça peut être intéressant.

- Oh non, à mon avis ce n'est pas une bonne idée ces réintroductions.

- Ah bon, pourquoi ?

- Parce que les ours, les loups, ils ne sont pas menacés, ils vivent ailleurs, c'est tout. S'ils ne vivent plus chez nous, c'est qu'après des siècles de douloureuse cohabitation, les éleveurs avaient fini par réussir à les chasser pour se protéger, eux et leurs troupeaux. Alors imagine aujourd'hui l'éleveur qui un matin retrouve toutes ses brebis égorgées. Il sort le fusil, et s'il n'arrive pas à trouver l'ours ou le loup qui a fait ça, il va aller chercher les écolos parigos bobos qui ont eu l'idée de réintroduire ces bêtes sauvages à côté de chez lui. Et là, ça va saigner...

- Ah oui, tu as peut-être raison.

En ce début du mois de janvier, il ne lui restait plus que quelques semaines pour trouver une opportunité de stage et Marie commençait à

désespérer. Le temps froid et gris ponctué de légers flocons pesait chaque jour un peu plus sur son moral. Un soir, alors qu'elle se préparait un semblant de dîner dans son coin cuisine, elle alluma la télévision pour lui tenir compagnie. Mais les nouvelles du monde n'étaient guère réjouissantes. De fait, sa chaîne d'infos habituelle évoquait des émeutes raciales aux États-Unis après la mort d'un jeune noir lors d'un contrôle de police. On voyait des centaines de manifestants, capuches sur la tête et barres de fer à la main en train de retourner des voitures et de casser des vitrines. Puis le présentateur enchaîna : « Pas de répit sur le front des gigantesques incendies qui ravagent l'Australie. Les pompiers sont impuissants face aux flammes attisées par un vent soutenu, des températures records et une sécheresse persistante ces dernières années, conséquences du réchauffement climatique. Ce sont l'équivalent de trois fois la Belgique qui sont déjà partis en fumée. Au milieu de ce chaos, une vidéo a fait le tour du monde sur les réseaux sociaux, celle d'une femme bravant le danger pour sauver un koala encerclé par les flammes ». À ces mots, Marie tourna la tête vers l'écran. Entourée d'une fumée dense, une jeune femme blonde courait avec une boule de fourrure grise dans les bras, une bouteille d'eau à la main, et essayait de rafraîchir la pauvre bête tout en fuyant le brasier. Le commentateur reprit : « Ces animaux emblématiques de l'Australie ont déjà payé un lourd tribut dans ces incendies. Plusieurs milliers d'entre eux sont morts brûlés et l'espèce est de plus en plus menacée de disparition... Sur l'épineux dossier des retraites, le premier ministre recevait cet après-midi... »
Marie était restée figée. Figée par la vision de ce petit koala au regard terrifié et de cette femme qui avait risqué sa vie pour le sauver. La sonnerie de son mini-four la fit sursauter. Son gratin de courgettes était cuit, mais il lui parut bien insipide. Marie avait subitement perdu l'appétit, incapable d'arrêter de penser à ce malheureux koala. Si lui avait été sauvé, qu'en était-il de ses frères, ses sœurs, ses parents, ses enfants, ses amis ? Combien avaient péri ? Des milliers, avait froidement dit le présentateur, comme s'il ne s'était agi que de fourmis ou de moustiques. La jeune femme se mit à grelotter et sentit une larme couler

sur sa joue. Allons, ma pauvre fille, tu n'y es pour rien, secoue-toi ! se dit-elle. Et d'un geste elle se leva, mit à tremper sa vaisselle dans l'évier, éteignit la télé qui montrait la foule en liesse lors du dernier concert de Bob Leblaire et partit se rouler en boule sous sa couette après un court arrêt dans la salle de bains. Elle n'avait aucun mal à s'endormir en cette saison et elle plongea aussitôt dans un profond sommeil.

La femme qui sauve un koala du brasier

Run Mum, run !

Les jambes de Marie battaient convulsivement si bien qu'elle frappa d'un grand coup de pied l'armoire à vêtements à côté de son lit. Son petit studio aménagé comme une maison de poupée ne lui permettait pas de courir un marathon nocturne. Elle se réveilla en sursaut sous le coup d'une vive douleur aux orteils et s'aperçut que ses bras serraient fermement son oreiller contre son ventre. Mon Dieu, quel cauchemar ! pensa-t-elle en se massant les orteils un à un. Elle se revoyait au milieu des flammes, essayant de fuir le brasier avec son bébé koala dans les bras. Elle était encore essoufflée et son cœur semblait ne pas vouloir ralentir sa cadence infernale. Quelle heure était-il ? Son réveil affichait 2h34. Pas une heure à se lever. Et pourtant Marie se sentait incapable de se rendormir après une telle émotion. Elle se rendit dans la cuisine et fit chauffer la bouilloire pour se préparer une tisane. Puis elle s'installa confortablement devant son ordinateur, bien décidée à en savoir davantage sur ces drôles de bêtes qui lui faisaient tourner la tête. Elle entra « koala » dans le moteur de recherche et accéda immédiatement à des centaines de sites plus ou moins intéressants. Elle laissa bien sûr de côté les sites de marchands de peluches et autres produits dérivés qui figuraient en tête du classement (merci Google!) et cliqua sur la page Wikipedia consacrée à l'animal.

Le **koala** (***Phascolarctos cinereus***), appelé aussi **Paresseux australien**, est une espèce de marsupial arboricole herbivore endémique d'Australie et le seul représentant encore vivant de la famille des Phascolarctidés. On le trouve dans les régions côtières de l'Australie méridionale et orientale, d'Adélaïde à la partie sud de la péninsule du cap York. Les populations s'étendent aussi sur des distances considérables dans l'arrière-pays australien (*outback*), là où l'humidité est suffisante pour le maintien de forêts. Le koala est étroitement lié à l'eucalyptus dont il ne mange que les feuilles de certaines espèces. Les mâles peuvent vivre en moyenne 15 ans, et les femelles 20 ans. C'est, avec le kangourou, l'un des principaux symboles de l'Australie. Après avoir été chassé massivement pour sa fourrure, il est aujourd'hui principalement menacé par la fragilité et le recul de son biotope. Il reste moins de 80 000 koalas vivant en liberté et ce nombre continue de décliner. Les koalas disparaissent à cause des menaces qui pèsent sur leur habitat et des vagues de chaleur dues au réchauffement climatique. Ils ont ainsi perdu 80 % de leur habitat naturel.

Cette introduction était accompagnée de nombreuses photos que Marie regarda avec attention. Ces marsupiaux étaient décidément trop mignons, surtout ce petit accroché sur le dos de sa mère. Portée par son enthousiasme, elle se lança dans la lecture de l'article en entier, ce qui lui prit presque une heure. Elle en retint sur l'instant qu'un koala adulte pouvait peser jusqu'à 14 kilos (belle bête !) et passait une vingtaine d'heures par jour à dormir, les feuilles d'eucalyptus étant une nourriture peu énergétique. Il avait en outre un comportement plutôt solitaire, mais aimait sociabiliser avec ses semblables de temps en temps. Sans trop forcer la comparaison, Marie y reconnut les traits de son propre caractère, ce qui renforça encore son intérêt pour cette espèce de peluche vivante. Lasse de tous les détails physiologiques énumérés sur Wikipedia, elle ouvrit le site du grand photographe animalier australien Dan Matter et fut émerveillée par ses clichés. Elle avait l'impression d'être immergée dans une forêt d'eucalyptus, assise sur une branche, entourée de ses congénères à fourrure grise. Ce ne fut que quand elle se surprit à bâiller qu'elle réalisa qu'il était déjà presque 4h30 et qu'elle ferait bien de retourner se coucher, elle avait un cours à 8h. Mais toute à son exploration de la vie des koalas, elle se dit qu'après tout ce n'était qu'un amphi avec le Pr.Montfort qui était plutôt barbant, alors elle s'autoriserait à dormir deux heures de plus, l'important était de participer à la séance de travaux pratiques de 10h. C'est ainsi qu'elle enchaîna son tour du web sur différents sites répertoriés par Google jusqu'à tomber sur l'adresse www.beks.com.au, le site du Blue Eucalypt Koala Sanctuary. Après une demi-heure passée à feuilleter les pages de ce site très intéressant, son cœur s'accéléra brusquement et son cerveau se mit à mouliner à la vitesse de la lumière pour fomenter les projets les plus fous. Et quelques minutes plus tard, épuisée mais avec un grand sourire aux lèvres, elle retourna se coucher, sans oublier de retarder son réveil de deux bonnes heures.

Lorsque la sonnerie retentit, Marie se leva aussitôt malgré son manque de sommeil. Sa journée allait être chargée, elle avait fort à faire, à commencer par ce fichu TP dont elle se serait bien passée. Mais il était noté et sa moyenne n'était déjà pas folichonne. Elle prit donc une courte et fraîche douche avant de se glisser dans les mêmes vêtements que la veille (elle n'était pas très coquette) et d'avaler un frugal petit-déjeuner. Elle enfila ensuite son manteau, sortit et marcha au pas de course jusqu'à son école.
Quand elle pénétra dans le grand hall, les autres étudiants étaient déjà sortis de l'amphi et profitaient de l'intercours pour discuter et partager un café. Marie n'était pas encore bien réveillée et elle naviguait au radar. Ses yeux embués recherchaient son groupe d'amis habituels quand une voix l'interpella :
- Hé, ho Marie ça va ?
Elle tourna la tête vers la droite. Julie, Marlène, Alex, Matthieu et Léa, ils étaient tous là.
- Qu'est-ce qui t'arrive, t'es malade ? C'est la première fois qu'on ne te voit pas au cours du matin, demanda Julie.
- Hou la la, tu n'as pas dormi, tu as les yeux au milieu de la figure, ajouta Léa.
- Mon petit doigt me dit que la douce colombe a rencontré un pigeon charmant hier soir et qu'ils ont roucoulé toute la nuit...
- T'es toujours aussi con Alex, le rembarra Marie. Je vais te le couper ton petit doigt.

Et d'un geste vif de la main, elle saisit l'auriculaire de son camarade qui se mit à braire comme un âne :
- Ha ! Ha ! Aïe ! Arrête, ça fait hyper mal !
Marie relâcha sa prise avant de reprendre :
- Non, juste une insomnie. Montfort a été intéressant ?
- Pas plus que d'habitude, répondit Marlène. Il s'est contenté de lire son polycopié en ajoutant juste quelques commentaires. On est arrivé à la page 114.
- Page 118, corrigea Matthieu, on s'est arrêté page 118.
- Ah bon, ben j'ai décroché avant la fin.
- 114 ou 118, ça n'a pas d'importance, dit Marie. Je rattraperai ça ce soir avant de dormir.
Sur ce, une sonnerie retentit.
- Allez les jeunes, c'est l'heure d'aller masser les chats, rigola Alex revigoré.
- C'est quoi le TP du jour déjà ? demanda Marie.
- Application des techniques ostéopathiques sur les petits félins, répondit Matthieu. Avec aux commandes, ta grande amie la mère Pouzolle.
- Oh la la, je peux pas la blairer celle-là, soupira Marie.
Le petit groupe se rendit dans une sale dédiée aux travaux pratiques.
- Allez, allez, dépêchez-vous ! les pressa une forte femme d'une soixantaine d'années aux cheveux gris, affublée d'une blouse blanche et de grosses lunettes sur le nez, style années 80. Installez-vous par ordre d'arrivée, je vous rappelle qu'on ne choisit pas son animal.
Marie s'assit derrière un pupitre sur lequel était disposée une cage estampillée du logo de la SPA. L'association prêtait généreusement à l'école la matière première des travaux pratiques. Une étiquette indiquait : Minouche, femelle, 4 ans et demi, 3,8kg. Marie jeta un coup d'œil à l'intérieur de la cage et son regard croisa aussitôt celui de la chatte grise. Bien qu'elles eurent toutes deux les pupilles vertes, l'hostilité entre les deux êtres fut instinctive. La mère, pardon, le professeur Pouzolle commença son cours.
- Attention en ouvrant la cage, soyez vigilant, ne laissez pas votre chat s'échapper. Soyez ferme mais pas brusque. Je vous rappelle que le but

de cet exercice est d'apporter du réconfort et du bien-être à ces pauvres animaux. Ils ont tous été abandonnés au moins une fois, ont connu la rue et croupissent maintenant dans des cages en attendant que de bonnes âmes les adoptent. Vous allez devoir apaiser leurs souffrances avec des gestes d'ostéopathie, comme je vous les ai expliqués lors de mon cours théorique la semaine dernière. Commencez par immobiliser l'animal sur le ventre en pratiquant une prise clé derrière la nuque et les épaules...
- C'est comme un CRS qui plaque un casseur dans une manif, lança Alex pour faire rire la salle.
Pas manqué, même le professeur Pouzolle sourit, avant de reprendre fermement :
- Un peu, mais je vous préviens, s'il y en a un qui étouffe un de ces pauvres chats, je le fais virer de l'école immédiatement.
Redevenue sérieuse, elle continua :
- Une fois le chat immobile sur le ventre, faîtes glisser vos pouces doucement le long de sa colonne vertébrale...
Marie s'en sortait plus ou moins bien avec sa Minouche récalcitrante, quand on entendit soudain deux cris stridents simultanés sans qu'on pût dire qui de l'étudiante ou de la chatte avait hurlé le plus fort. Alors que Minouche se débattait pour s'enfuir, Marie saisit sa règle et la frappa d'un bon coup sur les pattes avant.
- Mademoiselle, n'abîmez pas le matériel ! s'exclama le professeur Pouzolle.
- Mais cette sale bête m'a griffée jusqu'au sang ! protesta Marie en appliquant un mouchoir en papier sur son avant-bras.
- C'est parce que vous lui avez fait mal, et ce n'est pas une raison pour la frapper. Vous êtes cruelle, il ne fallait pas entrer à l'école vétérinaire si vous n'aimez pas les animaux.
- Mais j'aime les animaux, j'adore les animaux... sauf les chats.
- Et les chiens, on s'en souvient ! lança à nouveau Alex pour faire rire ses camarades.
Tous avaient en effet encore en tête cette scène lorsqu'ils sortaient d'un dîner entre amis un peu trop arrosé dans le vieux Lyon. Un petit Yorkshire Terrier à sa mémère avait eu la mauvaise idée de s'approcher

pour lécher les bottes de Marie qui lui avait décoché un coup de pied digne d'un attaquant de l'Olympique Lyonnais en criant : « dégage de là, sac à crottes ! » Le roquet avait volé plusieurs mètres dans les airs et le groupe s'était attiré les foudres de sa mémère qui menaçait d'appeler la police. S'ils avaient tous beaucoup ri, Marie avait regretté son geste pendant plusieurs jours, non par pitié pour le cabot, mais pour la douleur à la cheville qu'il lui avait infligée.
Voyant que son élève n'arrivait pas à maîtriser son animal, le professeur Pouzolle s'approcha de Marie et s'empara de Minouche.
- Les félins sont plus subtils que vous ne le croyez, mademoiselle. Ils perçoivent d'instinct l'animosité que vous manifestez à leur égard. Vous devez leur témoigner votre bienveillance, et ils vous la rendront.
Marie se dit qu'elle n'en avait rien à faire de ces sales chats et que Minouche avait bien mérité d'être abandonnée si elle avait griffé sa maîtresse comme elle venait de le faire avec elle. Elle avait envie de claquer la porte de ce TP ridicule pour s'envoler tout droit vers les koalas australiens qui, elle en était persuadée, l'attendaient avec impatience. Le professeur Pouzolle reposa Minouche après quelques minutes passées entre ses mains expertes. La chatte semblait anesthésiée, ou du moins beaucoup plus docile pour accepter les manipulations qu'allait effectuer Marie. Et si ce ne fut pas une partie de plaisir pour l'étudiante, elle s'en sortit néanmoins honorablement. Et quand arriva enfin l'heure du déjeuner, elle fut la première à refermer la cage pendant que certaines de ses camarades prenaient le temps de caresser longuement leur partenaire d'études.
- Tu déjeunes à la cafète ? demanda Léa à Marie en quittant la salle.
- Non, je vais rentrer chez moi. Et pour les TD de cet après-midi, je vais me faire porter pâle. Tu me passeras tes notes pour que je les photocopie...
- Pas de soucis, bon aprèm.
Les deux amies se séparèrent, et quand Léa se retrouva à proximité d'Alex, elle lui dit à mi-voix :
- Tu sais, t'avais peut-être raison.
- Sur quoi ?

- Je me demande si Marie n'a pas trouvé un mec...

Sitôt rentrée chez elle, Marie attrapa une salade « prête à déguster » dans son frigo et s'installa devant son ordinateur. Elle n'eut aucun mal à retrouver le site Internet qui avait illuminé sa nuit précédente, et entreprit une nouvelle consultation pour vérifier qu'elle n'avait pas rêvé. Mais non.

Le Blue Eucalypt Koala Sanctuary, situé dans le Sud-Est de l'état du Queensland, à 320km de Brisbane et à proximité de la petite ville de Yallolaba, est le plus ancien centre de recherches et de préservation des koalas. Il a été créé en 1921 par Scott Adamson, un riche homme d'affaires de Sydney qui, peu après sa quarantième année, décida de tout abandonner pour s'installer au calme dans l'*outback*. Il se fit édifier une belle demeure, un peu extravagante pour le lieu, et il passait ses journées à se promener dans le *bush* pour observer la flore et la faune locale. C'est ainsi qu'il rencontra quelques spécimens de koalas, lesquels ne semblaient pas toujours en grande forme. Il commença donc à les attraper pour les ramener dans sa propriété en vue de les soigner. Il se fit aider pour cela par les meilleurs spécialistes et la clinique de koalas de Yallolaba devint vite renommée. Devant l'afflux de pensionnaires à soigner venus de tout le pays, Scott Adamson lança la plantation d'une forêt d'eucalyptus bleus qui s'étend maintenant sur plusieurs milliers d'hectares et permet de nourrir ces petits gloutons à fourrure. L'émulation créée par le centre de soin attira l'attention des scientifiques et dès 1935 la clinique devint également un centre de recherche officiel de l'UQ (University of Queensland). Lorsqu'il mourut en 1949, Scott Adamson, qui n'avait pas d'héritier, légua toute sa fortune à sa fondation dont la vocation est d'entretenir le Blue Eucalypt Koala Sanctuary, dénomination qui tient de sa dernière volonté. De nos jours le BEKS accueille plus de 100 koalas grâce à une vingtaine de salariés permanents. Il est financé essentiellement par des subventions et des dons privés.

Une photo aérienne du site montrait la riche demeure de Scott Adamson entourée de nombreux petits édifices qui accueillaient les résidents,

soigneurs ou soignés. Et alentour à perte de vue, une immense forêt d'eucalyptus.
Marie était attentive mais inquiète, elle ne retrouvait pas la page qu'elle cherchait. Avait-elle été supprimée ? Elle s'énervait et cliquait à tort et à travers quand une fenêtre s'ouvrit enfin : **Volunteers needed** s'affichait en grosses lettres. L'annonce, succincte, était la suivante :
Pour faire face à l'afflux de koalas blessés dans les récents incendies, nous recherchons des bénévoles pour renforcer nos équipes de soins. Une expérience de soigneur animalier est souhaitée. Logement fourni. Merci d'envoyer votre candidature à donna.hissop@beks.com.au.
Ainsi ce n'étaient que ces quelques lignes qui avaient plongé Marie dans un tel état d'excitation la nuit dernière ? Et oui, elle s'imaginait déjà en stage de fin d'études à l'autre bout du monde, entourée d'adorables créatures. Mais quelques heures plus tard, elle avait retrouvé un peu de lucidité. Ça allait être compliqué. Très compliqué même. Le chemin qui la mènerait aux koalas serait long et semé d'embûches. Il lui faudrait obtenir la validation du directeur des programmes pour que cette mission puisse être considérée comme un stage de fin d'études, et les quelques lignes de l'annonce constituaient un argumentaire bien léger. Mais après tout, se dit-elle, cet homme était comme les autres et accepterait les yeux fermés car il serait bien trop fier de pouvoir se vanter qu'une de ses élèves était en stage en Australie. Ce qui démontrerait que l'excellence de son école était reconnue dans le monde entier. Puis il faudrait réserver un billet d'avion pour Sydney. Non, pour Brisbane plutôt. Mais c'était où précisément d'ailleurs ? Elle chercha une carte de l'Australie sur le web et s'exclama : « Formidable ! C'est juste à côté en fait » (elle avait en tête un magnifique feu d'artifice du nouvel an tiré au-dessus de l'opéra et du Sydney harbour bridge, cliché de millions de touristes). Attention, ma fille, regarde l'échelle. C'est grand l'Australie, quatorze fois la France disent les guides de voyage. Effectivement, elle mesura que Brisbane était à environ un millier de kilomètres au Nord de Sydney, c'était donc là qu'il lui faudrait atterrir. Y avait-il beaucoup d'avions ? Combien pouvait coûter un billet ? Comment allait-elle s'en sortir économiquement ? Sa modique bourse d'études n'y suffirait pas et lui faudrait financer son séjour là-bas.

L'annonce précisait bien qu'il s'agissait de bénévolat et elle ne toucherait même pas d'indemnités de stage...
Elle ferma les yeux et d'une longue expiration expulsa d'un coup tous ces détails pratiques de ses pensées car il lui fallait avant tout être sélectionnée par le BEKS, et pour cela rédiger un CV et une lettre de motivation convaincants en anglais. Travail auquel elle s'attela tout l'après-midi. Elle s'inspira pour la forme de CV en anglais trouvés sur Internet, mais pour le fond, ce fut plus délicat. À Bac+5, elle ne pouvait se prévaloir d'aucune expérience professionnelle significative, si ce n'était qu'elle s'était occupée des animaux de la ferme de ses parents sur son temps libre quand elle était plus jeune. Elle mentionna également les nombreux Travaux Pratiques de la *Veterinary School of Lyons* (France). Elle hésita à préciser qu'elle savait pratiquer l'ostéopathie sur les chats, ça ne devait pas être fondamentalement différent sur les koalas, mais tellement plus agréable pour ses mains... Concernant ses motivations, elle avait d'abord pensé se présenter comme une spécialiste de l'espèce, ce qu'elle aurait pu argumenter avec quelques-unes des nombreuses données scientifiques qu'elle avait découvertes la nuit précédente. Mais elle s'était ravisée, estimant impensable qu'une Française puisse être une spécialiste des koalas alors qu'il n'y en avait même pas dans les zoos de son pays et qu'elle-même n'avait rencontré de koalas qu'à l'état de peluches dans les rayons jouets de Noël. Elle se dit que rien ne valait la vérité, et tant pis si elle risquait de paraître un peu nunuche. Elle raconta donc qu'elle avait pleuré comme une petite fille devant la vidéo du koala sauvé des flammes, ce qui l'avait convaincue d'œuvrer pour leur protection.
Il était 20h passées lorsque Marie cliqua enfin sur le bouton *envoyer* de sa boîte mail. Épuisée, elle dîna rapidement avant d'aller se coucher.

Après une bonne nuit de sommeil, Marie avait retrouvé son sourire et son entrain habituels, et sa fin de semaine à l'école vétérinaire se déroula sans anicroche. Elle eut vite fait de rattraper les cours dont elle s'était dispensée et elle surveillait sa boîte mail comme du lait sur le feu, espérant y trouver la réponse du BEKS. Si son cœur accélérait chaque fois qu'elle s'emparait de son smartphone, son enthousiasme retombait quelques secondes plus tard. Patience, se disait-elle alors avec raison, le monde avance à son rythme et n'est pas à ton service. Elle n'avait encore avisé personne de son projet, ni ses parents, ni ses amis, préférant leur réserver la surprise quand elle serait sûre d'être sélectionnée, mais aussi pour s'épargner les commentaires dissuasifs du genre « C'est n'importe quoi ! »

Le week-end venu, la situation de Marie se compliqua. Le temps hivernal était particulièrement maussade et la jeune femme se sentait esseulée, tous ses camarades étaient rentrés dans leurs familles. Elle regardait par la fenêtre tomber le grésil, cette pluie glacée qui n'avait même pas la douceur de la neige. Son rêve de koalas et de grands espaces semblait s'éloigner d'heure en heure. Elle ne pouvait s'empêcher de se tourmenter : Comment se fait-il que je n'aie même pas reçu un accusé de réception automatique de mon mail, juste un petit : *Merci pour votre candidature, nous allons l'étudier avec attention. Toutefois,*

sans nouvelles de notre part dans un délai de 10 jours, considérez que c'est foutu ? Me suis-je trompée dans l'adresse ? Non, j'aurais reçu un avis d'erreur. Cette donna.hillop était-elle en vacances ? Existait-elle seulement ? Et le BEKS lui-même ?
Mais la force de Marie résidait dans sa capacité à se redresser quand elle se sentait vaciller. Allons ma pauvre fille, cesse tes jérémiades et va faire ton jogging hebdomadaire. Par ce temps ? Suis-je folle ? Non, tu es courageuse. Alors tu prends tes chaussures, des gants et un bonnet et tu vas courir.
C'est ainsi que cet après-midi-là, les rares promeneurs dans le parc de la Tête d'or, bien à l'abri sous leurs parapluies, purent croiser une jeune femme qui courait à vive allure, enchaînant les boucles autour des enclos des animaux qu'elle avait l'habitude de venir saluer le week-end. Malheureusement pour elle, et pour eux, le temps pourri avait contraint les girafes, zèbres, pandas roux, et même les biches à rester enfermés au chaud. Et Marie pensait : Patience, dans quelques semaines je serai moi aussi bien au chaud dans le *bush* australien.

Le lundi matin, à la reprise des cours quand Marie retrouva ses amis, Marlène racontait avec exaltation son merveilleux week-end. Son copain lui avait fait la surprise de l'emmener skier à Avoriaz. Le soleil avait brillé pendant les deux jours au-dessus des nuages de la vallée, la neige était abondante, l'hôtel hyper confortable et la tartiflette du samedi soir trop trop bonne. À côté, Marie arborait une bien grise mine, ce que ne put s'empêcher de remarquer le facétieux Alex :
- Visiblement, tout le monde n'a pas eu la chance de passer un merveilleux week-end en amoureux comme toi, et j'ai l'impression qu'à Lyon, le pigeon charmant est parti roucouler sous d'autres cieux. Je me trompe Marie ?
- Tu veux vraiment que je t'arrache le petit doigt, crétin ?! répliqua l'intéressée.
- Oh non ! s'écria Alex en glissant les mains derrière son dos. Dis-nous ce qui ne va pas alors.
- Et bien j'attends des réponses pour mon stage et ça m'énerve. Les

recruteurs se foutent de nous.
- Il faut les relancer, dit sagement Matthieu. Ils reçoivent tellement de demandes...
- Je ne vais quand même pas me mettre à genoux pour les supplier de me prendre, répliqua Marie. S'ils ne me répondent pas, c'est que je ne les intéresse pas, mais ils pourraient au moins le dire franchement ces connards !
- Courage Marie, tu finiras bien par trouver, conclut Julie car il était temps de rentrer dans l'amphi.

Après une journée morose, Marie était en train de se préparer un petit dîner lorsque son téléphone bipa pour l'informer de l'arrivée d'un nouveau message. Oh, encore une pub ! pensa-t-elle d'abord, avant de reprendre espoir : et si c'était... Elle attrapa l'appareil, et là, miracle ! Un mail de Donna Hissop ! T'emballe pas Marie, attends de voir la réponse... Et ce fut avec émotion qu'elle ouvrit le courrier électronique qui lui disait, après traduction et en résumé, à peu près ceci:
Chère Mary,
Votre candidature pour une mission de soigneur au BEKS me semble intéressante. Néanmoins j'aurais besoin de plus de précisions vous concernant. Je vous propose donc de nous rencontrer via Skype ce jeudi à 9:30 am. Merci de me confirmer votre disponibilité par retour de mail.
Cordialement,
Dr.Donna Hissop
University of Queensland
BEKS unit Director

Marie jubilait. Même si elle n'était pas une grande utilisatrice des applis de visioconférence, elle s'était déjà connectée avec Skype deux ou trois fois, ça ne lui posait pas de problème. Jeudi à 9h30, bien sûr qu'elle se rendrait disponible. Mais c'était l'heure de Brisbane. À Lyon il serait... elle vérifia sur Internet... Minuit et demi mercredi soir. Ce n'était pas idéal pour elle qui détestait se coucher tard, mais elle pourrait bien faire un petit effort. Elle répondit donc favorablement à l'invitation. Il lui

restait deux jours pour préparer cet entretien *in English.* C'était court, mais elle avait confiance en son discours et en sa capacité de charmer ses interlocuteurs (quand elle le souhaitait).
Après une longue nuit de sérénité, Marie arriva légèrement en retard au premier cours du matin et dut attendre la pause pour retrouver ses amis. Devant son air enjoué, Julie lui fit la remarque :
- Toi tu as dû recevoir une réponse positive pour ton stage...
- Non, pas encore, mais c'est en bonne voie. J'ai un entretien par Skype demain soir.
- Super ! C'est chez qui ?
- Si c'est par Skype, c'est sûrement pour Top Vet' Group, dit Matthieu. Ils ont tellement de candidats qu'ils ne prennent pas la peine de les recevoir en face-à-face. C'est à quelle heure ? Tu veux qu'on te briefe ? Je l'ai passé cet entretien mais avant qu'ils me répondent j'avais déjà conclu avec la Clinique vétérinaire de la Croix-Rousse.
- Non, merci mais ce n'est pas pour Top Vet' Group, et c'est demain soir tard.
- Tard ? C'est-à-dire 18h ? 19h ?
Marie savait que si elle répondait à cette question, elle allait devoir lâcher le morceau. Après tout, il faudrait bien leur dire un jour...
- Non, minuit et demi.
- Quoi ?! C'est n'importe quoi ! s'exclama Alex. Ne me dis pas que t'as postulé à un job de serveuse dans une boîte de nuit pour ton stage de fin d'études...
- Mais non idiot, c'est parce que c'est loin, c'est tout. En Australie pour tout vous dire...
Et Marie leur expliqua son projet dans les détails, tous l'écoutèrent bouches bées. Les garçons étaient enthousiastes.
- C'est formidable ! s'exalta Matthieu.
- Je n'aurais jamais cru que tu sois aussi aventurière, dit Alex admiratif.
Les filles, en revanche, étaient plus sceptiques :
- Passer six mois dans la brousse avec des animaux sauvages, t'es complètement folle, critiqua Léa.
- Mais comment tu vas payer ton séjour là-bas ? demanda Julie.

- Oh, on verra bien. Il faut déjà que je sois prise, et j'en saurai plus demain soir.

Le lendemain soir, quelques minutes avant l'heure dite, Marie était confortablement installée devant son ordinateur et respirait longuement pour évacuer le stress de la journée et se concentrer sur son argumentaire qu'elle répétait depuis deux jours. Quelques instants plus tard, elle se connecta à l'autre bout du monde et se retrouva face à une femme d'une cinquantaine d'années aux cheveux grisonnants, affable et si bavarde qu'il est impossible de restituer ici l'intégralité de leur conversation. Après les salutations d'usage, les deux femmes commencèrent par discuter de l'école vétérinaire de Lyon. Plus de la ville que de l'école en fait, car Donna (appelle-moi Donna, pas Dr.Hillop ni Mrs.Hillop) avait fait un tour en Europe avec son *husband* quelques années auparavant et se souvenait bien de *Lyons* : son *Bellecour square*, sa *St John cathedral*, ses *delicious restaurants* du *old Lyons*. Quand Marie essaya de lui faire part de ses motivations à rejoindre le BEKS, son discours tourna court car Donna ne pouvait envisager qu'une personne normalement constituée n'ait pas la volonté d'aider les koalas. Le reste de l'entretien porta sur des modalités pratiques. Marie souhaitait débuter fin mars et rester six mois : très bien, envoie-nous tes horaires quelques jours à l'avance et quelqu'un viendra te chercher à *Brisbane Airport*. Pour ton visa, le mieux est que tu voyages avec un visa de touriste valable trois mois et renouvelable un fois sur place. Vérifie juste que le *return ticket* est modifiable sans trop de frais. Comment ? Oui, tu seras *insured* par le BEKS, *no worries*. Envoie-moi le *contract* de ton école et je te le retournerai signé. Pour le logement ? Il y a des *lodges* sur place pour les *volunteers*, avec une *communautary kitchen* très conviviale. Le temps ? *Mostly sunny, temperature 30 to 35°C, it's still summer here*. Il gèle à *Lyons* ? Ça va te faire un choc ! Les *bushfires* autour de Sydney ? On n'en parle plus en France ? Ils sont presque éteints, grâce à des *storms* qui ont apporté une *heavy rain*...
Après une heure de discussion, le courant passait parfaitement entre les deux femmes et elles n'arrivaient plus à se quitter. Donna finit cependant

par s'excuser, elle était attendue sur le terrain. *Good bye Mary, see you soon in Yallolaba.*
Marie se coucha rassérénée ce soir-là.

Le lendemain, les amis de Marie guettaient son arrivée avec une certaine anxiété. Afficherait-elle un large sourire ou une mine déconfite ? Alex proposa d'ouvrir les paris mais se heurta à une vive réprobation : on ne spéculait pas sur la joie ou la tristesse d'une amie. Ils furent vite rassurés quand ils virent Marie entrer dans le hall.

- Ça y est, tu es prise ?! lança Julie la première.
- Ouiiiiiiii ! exulta Marie en l'embrassant.
- Elle était sympa la bonne femme ? demanda Marlène.
- Donna ? Incroyablement gentille.
- Tu l'appelles par son prénom ?
- Je te dis qu'elle est super gentille.
- Et tu pars quand ? interrogea Léa.
- Et bien... Quand j'aurai trouvé de quoi payer mon billet d'avion et mes frais sur place. Je n'ai pas encore fait mon budget, mais c'est pas gagné.
- Tu devrais essayer de faire du crowdfunding sur Internet. Tu te présentes comme la gentille princesse qui part à l'autre bout du monde pour sauver les malheureux petits koalas, tu vas faire un tabac, conseilla Alex.
- T'es con Alex, mais t'as parfois de supers idées ! Tu sais comment ça marche ?
- Tu devrais aller sur le site solicash.com. Mon voisin a réussi à réunir la moitié de la somme pour remplacer sa voiture qui était tombée en panne. Il a fait pleurer dans les chaumières en disant qu'il ne pouvait

plus aller travailler sans voiture.
- Solicash ? Je vais essayer ça.

Une fois rentrée chez elle après sa journée de cours, Marie entreprit de préparer sérieusement le budget de son séjour. Elle estima que son train de vie sur place ne serait pas radicalement différent de celui qu'elle menait à Lyon. Il lui fallait seulement prévoir la possibilité de quelques voyages certains week-ends, car même si elle appréciait le calme, elle risquait de s'ennuyer un peu à Yallolaba qui, avec seulement 982 habitants (d'après Wikipedia) était pourtant la plus grande bourgade à une centaine de kilomètres à la ronde. La plus grosse inconnue restait le prix du billet d'avion, doute que Marie décida de lever aussitôt en se connectant au site cheapflights.com. Elle remplit le formulaire suivant :

Départ : LYON (LYS) Arrivée : BRISBANE (BNE) Aller-Retour
1 Passager

Date Départ : 28/03 Date Retour : 26/06

Puis elle cliqua sur Rechercher les vols.

L'ordinateur moulina quelques instants avant d'afficher les résultats. Les vols étaient nombreux et classés par prix croissant. Marie déchanta aussitôt : Jamais je ne pourrai m'autoriser une telle dépense, soupira-t-elle. Je ne pensais pas que ce serait si cher... Dépitée, elle revint en arrière et vérifia attentivement toutes les données du formulaire. Elle s'aperçut que la rubrique *Comfort Class* était par défaut cochée sur *Business*. Elle la bascula sur *Economy* et relança la recherche. Les mêmes vols s'affichèrent à l'écran, proposés cette fois autour de deux mille euros. C'était plus raisonnable, elle était rassurée. En regardant plus attentivement, elle vit qu'elle devrait faire au moins deux escales : une à Paris, Londres ou Amsterdam et l'autre au Moyen-Orient ou en Asie. Il fallait compter plus de vingt heures de vol, hors escales. Ce serait long et pénible, mais rencontrer les koalas se méritait.
Elle se connecta ensuite au site conseillé par Alex. La page d'accueil, sobre, annonçait : Avec Solicash, déjà plus de 8000 projets solidaires

financés. Au dessous, la photo d'une femme souriante derrière une machine à coudre avec le commentaire : Jocelyne V., au chômage depuis deux ans, a pu lancer son activité de couturière grâce à Solicash. Au bas de la page, un lien indiquait : Pour présenter votre projet, cliquez ici. Marie se lança donc sans hésiter.Il fallait d'abord renseigner le montant recherché (de 500 à 15.000€). Alex lui avait conseillé de viser large, le montant ciblé était rarement obtenu, les gens donnaient de moins en moins à mesure que l'objectif se rapprochait. Elle en resta néanmoins à ses estimations et entra 5.000€. Durée de la collecte : elle choisit 30 jours. Elle ne pouvait pas attendre davantage pour réserver son billet d'avion. Il fallait ensuite ajouter une photo du porteur du projet. Elle attrapa son peigne et son smarphone. Un petit coup sur les cheveux, un grand sourire et un selfie, c'est réglé ! Mais non, fais attention, regarde, on voit la vaisselle sale dans l'évier derrière toi... C'est reparti pour la même devant un mur bien blanc. Il ne restait plus qu'à présenter le projet en quelques lignes et Marie le fit aisément en ajoutant au passage quelques photos puisées sur le net de koalas, tous plus charmants les uns que les autres. Elle cocha la case J'accepte les conditions générales d'utilisation après les avoir parcourues en diagonale. Elle retint juste qu'elle s'engageait à tenir informés les généreux donateurs de l'utilisation de leurs fonds via un blog mis à jour régulièrement. Validation finale. La collecte était lancée.

Le week-end suivant, Marie était rentrée chez ses parents pour leur présenter son projet qu'elle avait gardé secret jusque-là. Comme elle s'y attendait, ils n'avaient pas été enthousiasmés, c'est le moins qu'on puisse dire.

- L'Australie ?! Ma pauvre fille, t'es devenue complètement folle ! avait réagi son père. En tout cas débrouille-toi sans moi, j'ai pas un euro à te donner pour un voyage aussi loin.

- Les koalas, c'est pas dangereux ces bêtes ? s'inquiétait sa mère. Pourquoi tu ne laisses pas les gens sur place s'en occuper ? Il y a déjà tellement d'animaux à soigner ici, à commencer par notre Grodor (Grodor était le chien de la ferme, un bouvier à longs poils noirs bien

brave, le seul chien pour lequel Marie témoignait de l'affection. Il faut dire que depuis le temps qu'il gardait les lieux, il faisait presque partie de la famille).
- Grodor est malade ? Qu'est-ce qu'il a ? C'est vrai qu'il n'est pas venu m'accueillir, réalisait soudain Marie.
- Il s'est blessé à la patte, il boite et grogne à chaque pas. Ton père a essayé de regarder mais il n'a rien trouvé.
- Il a rien, c'est du chiqué. De toute façon le docteur Reboul passe cette semaine.
- Hum, je vais quand même jeter un coup d'œil, dit Marie. Il est dans la grange ?
- Dans son coin comme d'habitude.
Marie fila pour s'occuper du toutou en détresse. Lorsqu'elle entra dans la grange, elle le trouva avachi sur la paille dans un état d'abattement qui ne lui ressemblait pas, lui d'ordinaire si énergique. Elle s'approcha et crut voir dans ses yeux de la tristesse et comme un appel à l'aide.
- Allez mon Grodor, montre-moi ta patte, je vais voir ce que je peux faire, dit-elle en le caressant.
Et le chien, comme s'il avait parfaitement compris la demande, avança sa patte avant droite. Marie la prit dans ses mains, la tourna délicatement et remarqua immédiatement qu'un mauvais œdème s'était formé. Bizarre que papa n'ait pas vu ça, pensa-t-elle, à moins qu'il se soit formé après.
- Ne bouge pas Grodor, je reviens.
Elle s'esquiva et revint effectivement quelques minutes plus tard avec une bouteille d'alcool à 90°, du coton, une épingle et une pince à épiler. Elle perça l'œdème et aperçut une épine qui semblait minuscule mais qui en fait était profondément enfoncée dans la chair de Grodor. Elle la retira délicatement avec la pince, et avant de désinfecter le tout à l'alcool, elle glissa un morceau de bois entre les crocs du chien en lui intimant de serrer bien fort. Grodor poussa un horrible grognement, mais vite revigoré, il vint se blottir dans les bras de sa soigneuse.
- C'est fini mon toutou, ce n'était pas si terrible que ça.
Marie passa le reste du week-end à se promener aux alentours sur les sentiers qu'elle empruntait avec son vélo dans son enfance. Elle les

connaissait par cœur, et des années plus tard ils n'avaient guère changé. L'un d'eux menait au hameau voisin où Marie passa rendre visite à Sophie, son amie d'enfance qui maintenant vivotait entre son élevage de chèvres et des ménages chez des personnes âgées. Celle-ci lui avait dit :
- L'Australie, p'fou ! Je vois pas bien où c'est, mais tu nous surprendras toujours à vouloir toujours faire mieux, aller toujours plus loin... On n'est pas bien ici ?
- Mais si on est bien. J'ai envie de voir autre chose, c'est tout.
- Il y a un proverbe qui dit : il faut pas croire que l'herbe est plus verte chez son voisin, ou quelque chose comme ça...
- Je sais. En tout cas là où je vais l'herbe ne doit pas être très verte, il fait 35°C...
- Ouach, c'est l'enfer ! T'es vraiment cinglée.
- Mais non, ce sera une bonne expérience.

Le dimanche soir, le père de Marie reconduisit sa fille à la gare en voiture. Il amorça la conversation :
- Le Dr.Reboul passe mardi. Je lui dis quoi alors pour ton stage, c'est oui ou c'est non ?
- Mais c'est non ! Je vais m'occuper des koalas...
- Je croyais que t'étais pas sûre, t'as dit que t'avais pas de quoi te payer le voyage...
- Je suis sûre que ma collecte solidaire va fonctionner, je vous ai expliqué.
- Hum, moi j'y crois pas trop à ces conneries. Et c'est bien beau d'apprendre à soigner les koalas, mais qu'est-ce que tu vas faire quand tu vas rentrer ? Il n'y a pas de koala chez nous, alors ça sert à quoi ? Tu vas quand même pas rester là-bas toute ta vie ?
- Mais non, rassure-toi ! Je vais découvrir plein de choses, c'est ça qui est intéressant.
- Tu tiens pas en place ma fille... Tiens, j'ai oublié de te dire que ton copain là, il est revenu habiter chez ses parents.
- Quel copain ?
- Le fils Lafrousse.

- Tristan ? Je ne l'ai pas vu depuis le collège. C'est vrai qu'il était gentil. Et il fait quoi ?
- Rien, il est au chômage, c'est pour ça qu'il est rentré chez ses parents. Je pensais peut-être l'embaucher à mi-temps.
- Pour faire quoi ?
- Pour nous aider. Ta mère et moi, on commence à fatiguer, on n'est plus tout jeunes. Et puis ça lui apprendra le métier. Si tu changes d'avis... Vous formeriez une bonne équipe tous les deux...
- Papa, on en a déjà discuté cent fois. Je ne reprendrai jamais l'exploitation. Et en plus maintenant tu voudrais me marier ?
Marie avait haussé le ton et son père se dit qu'il n'arriverait décidément jamais à la raisonner.
- On arrive, je te laisse à la dépose-minute. Tu reviens nous voir avant de partir quand même ?
- Bien sûr ! Je reviens dans deux ou trois semaines.
Après avoir déposé un baiser sur la joue de son père, Marie attrapa son sac dans le coffre et s'empressa de rejoindre le quai, son train arrivait. C'était tellement rare un TER à l'heure...
Assise sur son siège, Marie regardait défiler le paysage derrière la vitre. Son week-end en famille lui laissait un goût amer. Bien sûr elle n'attendait pas que ses parents fussent enthousiasmés par son projet, mais là elle avait même l'impression de leur faire de la peine, ce qui était difficile à accepter. Devrait-elle renoncer ? Sa conscience trancha : Mais non ! Ils sont juste un peu inquiets de te voir partir si loin. Fais ce que tu penses être le meilleur pour toi.

Les jours suivants, Marie commença à préparer sérieusement son départ. Elle se rendit d'abord dans sa librairie habituelle pour acheter un guide touristique et une bonne carte traditionnelle en papier. Mais elle constata que Le routard ne s'était pas aventuré jusque *Downunder* (là-bas en bas, comme disent les Australiens) ou alors un baroudeur lyonnais venait d'emporter l'unique exemplaire disponible. Le seul guide sur l'Australie en rayon était celui de La planète en solitaire. Cette collection était réputée pour la précision de ses informations et la densité de ses commentaires. La contrepartie était que son guide sur l'Australie avec ses mille cinq cents pages (il y avait tant de choses que ça à voir là-bas?) pesait plus de deux kilos, et son prix était à la mesure. Mais ce fut plus le poids que le prix qui dissuada Marie de se charger d'un tel fardeau car sur les vols intercontinentaux les compagnies traquaient le moindre gramme en surpoids et sa valise pour six mois serait déjà généreusement garnie. Tant pis, elle se contenterait d'informations glanées sur Internet. Elle n'eut pas plus de chance avec les cartes : des deux qu'elle déplia, aucune n'était assez précise pour situer Yallolaba. Par contre elle trouva au hasard du rayon un petit livre broché qui faisait la part belle à la faune et la flore australienne avec des images éblouissantes. Elle le garda en main et se rendit ensuite au rayon Littérature étrangère où elle parvint à débusquer en édition de poche *Le chant des pistes*, roman de Bruce Chatwin. L'écrivain voyageur y racontait son périple dans l'*outback* à la découverte des légendes

aborigènes. De quoi plonger le lecteur dans l'ambiance des grands espaces sauvages à la terre rouge.
Côté budget, Marie avait refusé de suivre en direct la progression de sa collecte Solicash. Le site lui avait en effet proposé de lui envoyer un message à chaque nouveau versement, mais elle avait refusé, trouvant cela trop stressant. Elle avait peur que son téléphone bipe sans arrêt. Ou au contraire jamais. Elle se contentait donc de jeter un coup d'œil tous les deux ou trois jours sur la page d'accueil du site qui montrait la courbe régulièrement ascendante de ses fonds, mais comme il n'y avait pas d'échelle, elle ne savait pas vraiment où elle en était. Optimiste, elle se dit qu'elle ferait un premier point d'ici une dizaine de jours. En attendant, elle s'autorisait quelques courses au centre commercial de La Part-Dieu, il fallait bien renouveler un peu sa garde-robe. Hélas, les collections d'été n'étaient pas encore sorties, et plutôt que de se retrouver dans le *bush* avec une belle doudoune par 30°C, elle préféra faire le tour des magasins de sport pour trouver du bon matériel de randonnée.
À l'école vétérinaire, la fin prochaine des cours se ressentait dans le relâchement des élèves qui étaient surtout soucieux de bien réussir leur entrée en stage. Beaucoup voyaient en celui-ci une sorte de pré-embauche et ils devraient s'efforcer de faire bonne impression. Certains étudiants faisaient preuve d'une rivalité farouche, chacun prétendant effectuer son stage dans le cabinet le plus coté. En ce sens, la plus pédante était Vanessa, fille de petits bourgeois de la capitale, qui par piston avait dégoté un stage dans le XVIème arrondissement de Paris.
- Je vais soigner des Jack Russels parfumés au Chanel n°5, se plaisait-elle à répéter.
- Et quand ils te pisseront dessus, ça en aura la couleur, mais ça ne sera pas du Chanel n°5, lui avait répondu Marie, agacée, pour la remettre à sa place.
- Tout le monde ne part pas en vacances courir après les surfeurs sur les plages australiennes, avait renchéri Vanessa d'un ton dédaigneux.
- Je vais m'occuper des koalas, pas des surfeurs. Et je serai très loin des plages, répliqua Marie qui ne se laissait pas démonter.
- Oh, la gentille petite fille qui a pitié des koalas. Elle a besoin de serrer

une peluche dans ses bras, comme c'est mignon.
Marie eut envie de lui filer une bonne paire de gifles. Heureusement, Alex intervint à temps :
- Hé oh les filles ! Arrêtez le crêpage de chignons, c'est l'heure d'aller bosser.
Les deux filles se séparèrent. Marie se demandait comment toute l'école était déjà au courant qu'elle partait en Australie. Elle réfléchit deux minutes... Mais oui, le directeur des études, bien sûr ! Marie lui avait fait valider les documents retournés par Donna Hissop et il tenait ses registres publics. Quel Tocard !

Un soir, Marie se dit qu'il était temps de faire le point sur sa cagnotte solidaire. À voir grimper régulièrement le graphique des fonds collectés, elle pensait innocemment qu'elle ne devait plus être très loin de son objectif. Elle se connecta donc avec le même mot de passe qu'elle utilisait sur tous les sites qui en demandaient un. Et son espérance fut balayée en quelques clics : le total des fonds récoltés s'élevait à cent soixante-huit euros. Si les dons étaient nombreux, ils ne dépassaient jamais quelques euros. La plupart étaient accompagnés de messages bienveillants félicitant Marie pour son initiative mais les donateurs ne roulaient visiblement pas sur l'or. Un message particulièrement attendrissant attira l'attention de l'étudiante. Émile G. avait écrit : *Chère Marie, je m'appelle Émile et j'ai huit ans. J'ai perdu une dent et la petite souris est passée. Je donne les sous pour les koalas, c'est mieux que d'acheter des bonbons. Envoie-nous plein de photos de l'Australie.* Et sa collecte avait été créditée de deux euros. En revanche un autre commentaire d'Évelyne D. l'avait mise en colère. Elle demandait : *Est-ce que c'est en lien avec la SPA ? Parce que j'ai déjà donné tout ce que je pouvais à la SPA.* Marie enrageait. La SPA récoltait chaque année des millions de dons défiscalisés qui tombaient dans l'escarcelle de la vieille Bardot pour ses chiens et chats abandonnés et il n'y avait plus un euro pour les autres espèces en danger.
Le lendemain elle avait fait part de sa déception à Alex qui lui avait conseillé le site Solicash pour sa collecte solidaire.

- Mais c'est parce que tu n'as pas fait assez de buzz sur les réseaux sociaux pour ton projet, avait-il dit. Est-ce que t'en as parlé sur ta page Facebook ? Et sur Twitter ?
- Je n'ai pas de page Facebook. Et sur Twitter il n'y a que des conneries, y compris celles de Trump.
- Tu n'es pas sur Facebook ? C'est incroyable, je n'avais jamais remarqué. Il faut dire que j'ai tellement d'amis...
- Virtuels tes amis. Des amis virtuels qui ne viendront pas t'aider si tu te retrouves dans la panade...
- Mais j'ai aussi plus de 1400 followers sur Twitter...
- Et tu leur racontes quoi ? Ta vie palpitante d'étudiant véto ?
- Non, surtout des blagues. Et maintenant que tu le dis, c'est vrai que plus elles sont bêtes, plus j'ai de Like ! Mais t'inquiète pas, je vais poster des messages avec le lien vers ta collecte, ça va booster les dons.
- Merci Alex, je compte sur toi.
- De rien, princesse.

Marie constata quelques jours plus tard une montée en flèche de sa collecte. Elle se connecta au site pour obtenir plus de précisions, en pensant qu'Alex avait bien fait son boulot. Mais non ! Le pic n'était dû qu'à un seul généreux donateur, une donatrice en l'occurrence : Édith N. qui avait versé deux cents euros accompagnés de ce commentaire : *Bravo Bibie ! Tu es toujours aussi aventurière, continue.* Bibie était son surnom de petite fille et Marie avait aussitôt reconnu la patte d'une vieille tante de son père. Il faudra absolument que je passe la voir dans sa maison de retraite pour la remercier avant de partir, avait-elle pensé. Si elle arrivait à partir, car sa cagnotte plafonnait autour de quatre cents euros et les amis virtuels d'Alex étaient de gros radins. Certains s'étaient même fendus de commentaires délétères. Nico P. avait écrit : *ça me dérange pas que t'ailles picoler de la Foster's en Australie, mais compte pas sur moi pour t'offrir le voyage, pouffiasse !* Ou encore Yasmina B. : *Je travaille toute la semaine à faire du ménage et à nettoyer des chiottes et j'ai même pas de quoi partir en vacances alors je vais quand même pas payer les tiennes.*

Marie était dépitée. Elle devait se faire une raison : sa collecte ne la mènerait à rien, du moins à pas grand-chose. Il ne restait plus qu'une dizaine de jours, et elle se résigna à activer son plan B. On vous l'avait dit, Marie n'était pas du genre à renoncer, et les koalas auraient bientôt leur véto de choc, elle en était persuadée.
Elle attrapa son smartphone pour contacter son conseiller bancaire personnel virtuel du Crédit Général. Cette banque avait réussi à la conquérir dans sa clientèle en lui offrant une prime de cent cinquante euros à l'ouverture d'un compte pour la féliciter de sa mention Très Bien au baccalauréat. C'est toujours mieux que la médaille en chocolat que constitue le grandiloquent diplôme papier, photocosigné par les grands pontes de l'éducation nationale, avait-elle alors pensé. Mais cette offre commerciale sortie de la cervelle machiavélique du responsable marketing de la banque (qui avait sans doute effectué sa première partie de carrière chez un grand nom des cosmétiques) était en fait beaucoup plus profitable à son initiateur qu'à son bénéficiaire. Pour y avoir droit, le nouveau client étudiant devait souscrire à toutes les options disponibles pour son compte, aussi inutiles que coûteuses, comme la carte bancaire internationale à débit différé (mais à débit quand même, et assortie d'intérêts !) ou ce conseiller personnel virtuel joignable sur smartphone sept jours sur sept, vingt-quatre heures sur vingt-quatre. Lequel ne manquerait pas de proposer à l'étudiant brillant, devenu jeune cadre à revenus confortables quelques années plus tard, des offres de placements exceptionnelles (plus par les commissions qu'elles assurent à la banque que par les plus-values qu'elles reversent aux clients).
Marie téléphona donc à son conseiller virtuel et raccrocha vingt minutes plus tard passablement énervée. Signe qu'intelligences artificielles et intelligences naturelles ont parfois du mal à s'entendre. Elle avait présenté son projet et son besoin de financement à son conseiller robot qui conformément à ses algorithmes l'avait écoutée pendant de longues minutes en émettant de temps à autres quelques signaux sonores d'approbation. Mais Marie l'avait-elle noyé dans les détails ? Le robot savait-il seulement ce qu'était un koala ? Quoi qu'il en fût, il se bornait à répéter que sa cliente disposait d'une autorisation de découvert de mille

euros au taux TAEG de 17,42%. Elle avait beau s'égosiller à essayer de lui faire comprendre que ça ne suffirait pas, peine perdue. Elle aurait aussi pu lui signaler qu'à ce taux-là c'était un escroc, mais gare aux invectives avec les intelligences artificielles, elles ont peut-être des moyens de se venger qu'on ignore. À bout, Marie finit par botter en touche en lui demandant de lui prendre un rendez-vous dans l'agence la plus proche avec un conseiller, bien réel celui-là.
C'est ainsi que trois jours plus tard elle se rendit à l'agence Crédit Général du cours Lafayette et répéta les mêmes propos qu'elle avait tenus à son conseiller virtuel à M.Lambert, conseiller clientèle au Crédit Général depuis dix-sept ans, mais seulement depuis six mois dans cette agence. Celui-ci se moquait autant des koalas en perdition que des enfants africains malnutris, la seule chose qui l'intéressait était la somme que demandait cette jeune étudiante, montant qu'il saisit sur son ordinateur relié au réseau de la banque. Lequel confirma quelques minutes plus tard son accord assorti d'un taux bien sûr trop haut mais que Marie, toute à la joie d'avoir bientôt son compte suffisamment garni pour rejoindre les koalas, n'eut pas le réflexe d'essayer de négocier.
- Et comme c'est un prêt étudiant, vous disposez d'un an de différé de remboursement. Ça vous laissera le temps de rentrer et de trouver du boulot. Car vous allez bien rentrer mademoiselle, n'est-ce pas ? interrogea soudain Lambert d'un ton soupçonneux.
- Bien sûr ! Et euh, il vous faut une caution ?
- Non, je vois que votre père est enregistré client trois étoiles sur le réseau, pour un si petit montant ça ne sera pas nécessaire.
Marie était soulagée, elle n'aurait rien à dire à ses parents. Ils n'auraient pas apprécié qu'elle soit obligée de s'endetter pour un tel projet. Elle signa donc tous les documents les yeux fermés, et Lambert l'avisa que la somme serait créditée sur son compte d'ici quelques jours avant de refermer la porte de son bureau derrière elle.

Les jours qui suivirent défilèrent à la vitesse de l'éclair. Marie reçut rapidement l'argent attendu. Elle s'empressa de réserver son billet d'avion avec la compagnie Malaysia Airlines, son vol retour était

flexible moyennant un maigre supplément. Dans la foulée, elle se rendit sur le site Internet des services de l'immigration australiens pour obtenir son ETA (Autorisation électronique de voyage) qui tenait lieu de visa touristique. Elle confirma ses date et heure d'arrivée à Donna Hissop qui lui répondit que quelqu'un l'attendrait à l'aéroport de Brisbane.
Marie squattait dorénavant chez son amie Julie, car n'envisageant pas de faire son stage à Lyon, elle avait donné congé de son studio meublé mais avait encore besoin d'un canapé sur lequel dormir avant de partir. Les cours étaient terminés et le groupe de joyeux copains avait fêté cela comme il se devait. En rentrant à l'appartement de Julie, les deux jeunes femmes avaient été suivies par un cabot agaçant et Marie avait été tentée de rééditer ses exploits footballistiques, mais le ballon cette fois était vraiment trop gros. Il n'était pas question de se casser le pied à quelques jours du départ.
Elle avait, enfin, pris le temps de passer remercier sa grande tante et la féliciter d'être aussi à l'aise avec Internet. À son âge, ce n'était pas si courant. Elle rentra aussi embrasser ses parents une dernière fois avant le grand départ. Sa mère avait la larme à l'œil mais Marie essaya de la rassurer, six mois seraient vite passés. Son père lui confia que même s'il n'avait rien versé à sa collecte, il ne la laisserait pas crever de faim là-bas, alors qu'elle n'hésite pas à l'appeler en cas de besoin. Là aussi Marie s'était voulut rassurante et affirma que sa cagnotte avait bien marché et qu'elle ne devrait manquer de rien. Mieux vaut parfois un petit mensonge que des justifications hasardeuses qui risquent de mener à un débat houleux. Grodor avait retrouvé de l'énergie depuis le dernier passage de sa jeune maîtresse et fit avec elle une longue promenade dans les environs. À l'heure des embrassades finales, la mère de Marie avait comme d'habitude préparé pour sa fille un sac de provisions : quelques légumes, de la charcuterie et un pot de confiture maison. Mais Marie lui dit que c'était inutile, elle partait dans deux jours et elle avait vu sur Internet en demandant son ETA qu'il était formellement interdit d'apporter de la nourriture en Australie sous peine d'une lourde amende. Les autorités de l'île-continent redoutaient par-dessus tout l'import de bactéries venues d'*overseas*. Marie en aurait la confirmation juste avant

d'atterrir à Brisbane, quand toute la cabine serait désinfectée par les hôtesses et qu'elle aurait l'impression d'être gazée comme un insecte. Et quand ses bagages seraient fouillés par la douane elle ne regretterait pas d'avoir laissé sa charcuterie à Grodor.
Rentrée à Lyon, Marie eut deux jours tranquilles pour terminer ses préparatifs, Julie ayant commencé son stage dans un cabinet vétérinaire du quartier du Point du Jour. Quand elle demanda à son amie comment s'était passée sa première journée, celle-ci répondit qu'elle était bien contente de mettre en pratique toute la théorie qu'ils avaient ingurgitée, mais qu'il faudrait aussi injecter des tranquillisants aux maîtres et maîtresses des animaux car leur stress faisait monter la pression sur tous les soignants. Marie sourit en pensant qu'elle serait à l'abri de ce genre d'agacement.

Le jour du grand départ arriva enfin. Le vol de liaison KLM pour Amsterdam décollait à 8h10 de Lyon Saint-Exupéry. Marie se leva donc tôt pour prendre le premier tramway qui desservait l'aéroport. Elle embarqua sans problème jusqu'à sa courte escale hollandaise (trois heures quand même) avant de monter dans un Boeing 777 de la Malaysia airlines qui la mena à Kuala Lumpur pour presque dix heures d'attente. De là, la fatigue commençant à peser, elle s'était traînée dans le dernier avion qui la mènerait à destination. Elle s'endormit tant bien que mal en pensant que sa grande aventure était lancée, elle ne pouvait plus reculer.

...Vers le paradis terrestre...

Le ciel était couvert au-dessus de Brisbane ce jour-là, et bien qu'assise contre un hublot, Marie ne put guère profiter du paysage d'arrivée. Ce ne fut qu'au dernier moment, lorsque le Boeing s'inclina pour tourner en approche finale qu'elle aperçut les buildings de la City et la Brisbane river qui serpentait autour d'eux. Le débarquement ne traîna pas et Marie qui avait dormi pendant presque tout le trajet depuis Kuala Lumpur suivait le mouvement général avec une attention réduite. Par chance sa valise fut l'une des premières à se pointer sur le carrousel. Elle en vérifia par deux fois l'étiquette avant de s'en emparer. Elle n'avait plus qu'à passer la douane, rien à déclarer, avant de poser officiellement le pied sur le sol australien. Mais jeta-t-elle un regard trop appuyé aux agents postés sur sa droite ? Ou au contraire baissa-t-elle trop ostensiblement la tête vers le sol ? La voilà priée de s'arrêter sur le côté pour un interrogatoire d'usage et une fouille méthodique de ses bagages. « Bienvenue en Australie ! » lui dirait sans ironie le douanier vingt minutes plus tard. Allons Marie, ne t'énerve pas, après deux jours de voyage tu n'es plus à ça près. Noyée dans le flux des autres voyageurs, elle se retrouva rapidement dans le hall d'arrivée où on était sensé l'attendre. Mais qui ? Comment trouver le bon gugusse au milieu de toute cette agitation ? Elle fit un tour pour rien, puis un autre, commençant à désespérer lorsque enfin elle aperçut deux gars qui discutaient en rigolant un peu à l'écart. L'un d'eux portait une chemisette et un bermuda beige et tenait à la main une feuille indiquant MARIE et

ornée du logo du BEKS en forme de koala. Ils auraient pu encore mieux se planquer ces deux crétins, se dit Marie en maugréant. Elle s'efforça néanmoins de sourire pour les aborder :
- *Hello ! I am Marie.*
- *Hey ! G'Day mate ! I'm Bruce, how are u doin...*
- *Nice to meet you*[1].
- Ça va, tu as tous tes bagages, alors en route, dit Bruce après avoir salué son acolyte. La voiture est au P2.
Il attrapa la valise de Marie et se mit en marche.
- Et lui, il ne vient pas avec nous ? interrogea Marie.
- Lui ? C'est le serveur du café, pourquoi il viendrait avec nous ?
- Ah bon, c'est juste que vous aviez l'air de deux bons copains.
- En Australie tout le monde est copain ma belle...
Le parking P2 était immense et Bruce finit par s'arrêter à côté d'un gros 4X4 Land Rover blanc des années 80 avec un siège et une banquette à l'avant, un coffre et une cage à l'arrière. Le logo du BEKS était collé sur le capot et les deux portes latérales.
- Et voilà l'engin, dit Bruce goguenard. Pas le grand confort, mais c'est du costaud. Il a déjà fait huit fois le tour de la planète...
- C'est une vraie voiture d'aventurier. C'est loin Yallolaba ?
- Faut compter entre quatre et cinq heures.
- Mais, il est à peine 10h. Tu as dû te lever super tôt ce matin !
- Oh, avec le soleil, comme d'habitude.
- Et tu n'es pas trop fatigué pour faire le trajet retour ?
- Ça ira. Mais je te préviens, on va devoir faire un détour. La police de Toowoomba a appelé le centre hier soir. On leur a apporté un koala en perdition, mordu par un chien. Il faut qu'on passe le récupérer. Alors ne traînons pas.
Marie se hâta d'ouvrir la portière.
- Je te laisserai conduire plus tard si tu veux, dit Bruce en riant, mais cette machine est vraiment lourde en ville, tu ferais mieux de me la

1. Pour le confort du lecteur, et pour ne pas mettre Marie dans l'embarras, les dialogues seront retranscrits en français.

laisser.
Marie sourit en faisant le tour de la voiture. Elle avait oublié que les Australiens avaient les mêmes tares que leurs frères Anglais sur la route. Pas toutes cependant, leurs distances étaient, elles, bien mesurées en kilomètres.
Sitôt après avoir quitté le parking le Land Rover s'engouffra sur la voie express. L'aéroport était au Nord-Est de la ville et la route de Yallolaba au Sud-Ouest. Marie fut subjuguée quand ils s'engagèrent sur le Story Bridge, la vue était magnifique. Certes ce n'était pas San Francisco, mais son pont Lafayette à côté n'était qu'une frêle passerelle.
- Et c'est quoi ces bateaux ? demanda-t-elle à Bruce en désignant d'énormes catamarans à moteur sur la rivière.
Ah ça, c'est nos CityCats. À *London* les gens s'enferment dans le tube et s'entassent dans des *double-decker buses* pour aller travailler le matin, ici on fait une petite balade sur la rivière en catamaran, les cheveux au vent.
- C'est génial !
Marie était enthousiaste. Elle sentait que ce pays lui réservait encore bien des surprises. À mesure que le Land Rover s'enfonçait dans la banlieue ouest la végétation se faisait plus dense. Les gratte-ciels du centre-ville avaient d'abord cédé la place à des complexes résidentiels de hauteur modérée, eux-mêmes rapidement remplacés par des maisons individuelles proprettes sur leur bout de terrain bien entretenu. Marie remarqua que contrairement aux pratiques françaises, il n'y avait ni portail ni clôture autour des parcelles. Elle demanda à Bruce si les gens n'avaient pas peur de se faire cambrioler.
- Cambrioler ? répondit-il. Quelle drôle d'idée, ce n'est pas une clôture qui t'empêchera d'être cambriolée. Au contraire les voleurs seraient bien planqués à l'abri d'une clôture alors que là, tout le monde les verrait.
- Quand même c'est bizarre, surtout avec la forêt aussi proche des maisons...
La route pénétrait en effet dans une portion de *rainforest* et la luminosité baissa subitement. Cette forêt subtropicale qui entourait Brisbane était constituée d'une multitude d'espèces dont certaines, comme les figuiers

géants, pouvaient aisément dépasser cinquante mètres de hauteur. En deçà et malgré le manque de luminosité, tout un écosystème proliférait grâce à l'humidité abondante qui maintenait la forêt verte toute l'année. Au sol, la densité des fougères, palmiers et herbes de toutes natures ne facilitait pas les efforts du randonneur qui aurait voulu y tracer son chemin.

La route rejoignit ensuite une vaste clairière et Marie poussa un grand cri :

- Un kangourou !

- Où ça ? demanda Bruce en tournant la tête.

- Là, là, regarde, dit Marie, toute émoustillée, en pointant son index vers la gauche.

- Oh, ça c'est pas un kangourou, c'est un wallaby, dit Bruce d'un ton déçu.

- C'est quoi la différence ? La taille ?

- Euh, non. Il y a de grands wallabies et de petits kangourous...

- Alors quoi ?

- Quoi quoi ? Un wallaby c'est un wallaby et un kangourou c'est un kangourou, c'est tout, *geraldine* !

- Tu te fous de moi ! Et je m'appelle Marie, pas Géraldine ! grogna la Française.

- Te vexe pas, ici on appelle *geraldine* une jeune fille pas bien maline, mais t'inquiète pas c'est normal, tous les gens qui arrivent d'*overseas* confondent les wallabies et les kangourous. Je suis sûr que d'ici quelques semaines tu feras la différence au premier coup d'œil, comme une vraie *Aussie*.

- Ouais, on verra. Mais pour Géraldine quand même...

- Désolé de t'avoir choquée, mais ça peut aussi avoir un côté affectueux, ajouta Bruce en rigolant.

Marie ne savait qu'en penser, et se dit qu'elle chercherait sur Internet à la première occasion la différence entre kangourous et wallabies pour ne pas risquer de se retrouver une nouvelle fois un peu cruche. Car, nom de nom, cet animal qui faisait des bonds dans le pré avait tout l'air d'un kangourou ! Toute à ses pensées et harassée par son voyage au long

cours, elle ferma les yeux, et bercée par le ronronnement du moteur, s'assoupit doucement.
De grands coups frappés sur le coffre la réveillèrent en sursaut. Bruce n'était plus à ses côtés et la voiture était garée sur le parking d'un poste de police.
- Saleté de porte ! Il faut absolument la faire réparer, s'exclama Bruce qui venait de réussir à ouvrir le coffre.
Marie s'étira et descendit de sa banquette pour le rejoindre. Il était en compagnie d'un agent de police qui, casquette sur la tête, veillait sur une cage dans laquelle un koala avec un gros pansement blanc sur la cuisse droite semblait somnoler paisiblement.
- Ah, voilà notre docteur qui sort de sa sieste, dit Bruce à l'adresse du policier.
- Elle doit bien soigner les koalas si elle dort autant qu'eux, répondit l'agent.
Et les deux hommes partagèrent un rire complice. Marie, qui commençait à émerger de son sommeil, salua l'homme en uniforme et se tourna vers Bruce pour obtenir des instructions. Il était en train de remplir un biberon d'eau et d'une espèce de soupe lyophilisée.
- Qu'est-ce que c'est ? demanda Marie.
- Ça, c'est la potion magique concoctée par notre nutritionniste maison, dit-il en secouant énergiquement le récipient. Il y a plein de vitamines et tout ce qu'il faut pour sauver un koala de la famine. Alors attrape notre patient, tu vas lui donner son biberon.
- Il n'a pas besoin d'autres soins urgents ?
- Sa blessure a été désinfectée à l'alcool, on verra au centre s'il faut des points de suture et on lui fera une analyse de sang.
Marie ouvrit la cage aux pieds du policier, mais le pépère paresseux ne semblait pas disposé à sortir. Elle tendit alors un bras à l'intérieur de la cage pour l'attraper par une patte, ce qui lui valut une bonne griffure. Pour un premier contact avec ces animaux qu'elle croyait si doux, c'était plutôt vif.
- Bruce, il ne veut pas sortir, geignit-elle.
- Mais si, il va sortir...

Bruce tenta le même geste que Marie quelques secondes auparavant, mais devant une main expérimentée, le malade n'opposa cette fois pas de résistance.
- Mets tes bras en corbeille devant toi, je vais te le déposer, il faut le porter comme un bébé.
Marie s'exécuta et fut émue de tenir dans ses bras son premier koala qui finalement était plutôt docile.
- Ça va comme ça, je le porte bien ? s'inquiéta-t-elle.
- C'est parfait. On dirait la vierge Marie serrant l'enfant Jésus dans ses bras, dit Bruce en rigolant.
Le policier s'esclaffa, et Marie, détendue, partit à son tour dans un fou rire. Une fois calmée elle s'empara du biberon que lui tendait Bruce et entreprit de nourrir son petit protégé. La potion était visiblement à son goût car il se jeta sur la tétine et vida le récipient en quelques minutes. Les deux soigneurs l'enfermèrent ensuite dans la cage-coffre de leur véhicule, saluèrent le policier et reprirent la route.
- Je te propose de nous arrêter dans le centre-ville pour déjeuner, dit Bruce. Nous aussi on a besoin de prendre des forces.
- C'est une bonne idée, acquiesça Marie qui sentait son estomac gargouiller.
Bruce semblait connaître parfaitement la direction et les mena dans un quartier plus agité. L'attention de Marie fut attirée par une enseigne lumineuse récurrente représentant quatre X rouges, déclinée dans toutes les dimensions. Elle s'enquit de sa signification auprès de son guide.
- *Fourex, mate*. La bière du Queensland, la meilleure.
- Ah tiens, je ne savais pas qu'il y avait une bière spéciale dans le Queensland. Je ne connais que la Foster's.
- Oublie la Foster's, personne ne boit de cette saleté ici, sauf les touristes. Un *Aussie*, il boit de la bière locale : XXXX, VB, Tooheys, Carlton...
- Et toutes ces boutiques avec l'enseigne XXXX, elles vendent de la bière ?
- Ces boutiques, si t'as pas remarqué, sont des pubs ou des restaurants. Et si tu veux acheter de la bière pour picoler chez toi le soir, il faudra

que tu ailles à la *Bottle shop*, pas au supermarché comme chez vous. Mais ne t'inquiète pas, il y en a une à Yallolaba.
- C'est dingue tous ces pubs, c'est comme en Angleterre...
- Il faut bien s'occuper le soir ici. Tiens, on va déjeuner là si ça ta va : *The merry beef*. Le patron est un ami et ils font une entrecôte-frites délicieuse. Juste le temps de trouver une place de stationnement à l'ombre pour notre pensionnaire.
- J'aime autant les haricots verts...
Bruce parvint à se garer à l'abri d'un figuier géant, à une centaine de mètres du *merry beef*. Après avoir vérifié que leur koala ne manquait de rien (il avait à sa disposition des feuilles d'eucalyptus et un distributeur d'eau à pipette), les deux acolytes descendirent de voiture et marchèrent droit vers le restaurant.
- Hey Bruce, comment ça va mon ami ? s'exclama une voix dès qu'ils poussèrent la porte.
- Salut Allan. Bien et toi ? Est-ce qu'on peut déjeuner rapidement, on a un malade dans la voiture ?
- *No worries mate*. Qu'est-ce que vous prenez ?
- Deux entrecôtes, frites pour moi, haricots verts pour la demoiselle et deux XXXX.
- C'est parti. *Nice chick* ?
- *French chick*, et avec un fichu caractère...
- Je te crois. Une *French chick* qui ne mange pas de *French fries*... Bon courage ! dit Allan en donnant une tape dans le dos de son ami avant de partir vers les cuisines.
Marie n'avait rien manqué des derniers échanges, et elle ne tarda pas à faire part de son énervement :
- Dis-moi Bruce, vous êtes tous aussi machos les Australiens ? Parce que je te préviens, je ne suis pas venue ici pour me faire traiter de poule. Et ne me dis pas encore que c'est affectueux.
- Ne t'énerve pas... D'abord pour ta culture, *chick* ça veut pas dire poule mais poussin. Mais c'est vrai qu'utilisé pour désigner une fille, ce n'est pas très flatteur. Il faut le comprendre, il a voulu nous taquiner, il ne voit pas souvent de jolies filles par ici...

- Oui et bien pour sa culture, tu lui diras que les *french fries* n'ont rien de français, les frites c'est belge. En France on sait manger. Et bien manger.
La discussion aurait pu s'envenimer si une serveuse ne s'était approchée de leur table avec deux bouteilles sur un plateau.
- Et elle aussi c'est une *chick* ? demanda Marie à Bruce en la désignant de la tête.
La serveuse décapsula les deux bouteilles avant de les déposer sur leur table :
- *Here's for you lady... and for you sir.*
- *Thank you.*
- *Lady*, c'est plus classe, je préfère... fit remarquer Marie.
- OK. Alors *lady*, trinquons pour oublier cet incident. *Cheers mate !*
Les deux bouteilles s'entrechoquèrent dans un tintement de cloche.
- Et attends, on n'a pas de verre... s'écria Marie.
- Pas besoin, ici c'est au goulot. Tu t'imagines traîner des verres dans le *bush* ?
- En plus elles sont énormes ces bouteilles, 375ml, chez nous c'est 250. Tout est plus grand dans ce pays...
- Juste des *stubbies* standards, dit Bruce qui avait du mal à imaginer qu'il pût en être autrement ailleurs.
Marie porta la bouteille à ses lèvres et avala sa première gorgée de XXXX, mais comme elle était incapable de décrire les saveurs qui émanaient d'une bière, elle se contenta d'un :
- Elle n'est pas mauvaise.
- Oui, et rafraîchissante. Ça fait du bien, la température commence à monter.
- Il faudrait que le patron se dépêche d'apporter nos plats, sinon c'est notre koala qui va cuire.
- Ne t'inquiète pas pour lui, il est à l'ombre et j'ai laissé ma fenêtre ouverte.
Quelques minutes passèrent à descendre les bières avant qu'Allan arrive enfin du fond du restaurant, une assiette dans chaque main. Il les déposa devant les convives en commençant par celle de Bruce, ce qui fit grincer les dents de la Française.

- Merci, dit-elle avant d'ajouter à mi-voix : *chicken*, et de rigoler toute seule. Les 4,8% d'alcool de la XXXX Bitter commençaient déjà à lui monter à la tête.
Les portions servies étaient copieuses et Marie dut se forcer pour terminer son assiette même si son entrecôte était très bonne, la tendreté de sa viande valant bien celle des vaches de ses parents. Bruce n'était visiblement pas gourmand car il refusa la carte des desserts et ne commanda qu'un café. Marie qui était déjà bien rassasiée en fit autant, sauf pour le café dont elle se passa. Elle se trouvait assez énervée et n'avait pas d'obligation de rester éveillée, une nouvelle sieste dans la voiture lui serait plus profitable.
L'après-midi était déjà bien avancé lorsqu'ils quittèrent le restaurant.
- À quelle heure va-t-on arriver à Yallolaba ? demanda Marie à Bruce en marchant vers le Land Rover.
- En début de soirée. Le problème c'est qu'il n'y a pas de route directe d'ici et on va devoir emprunter une piste. Ça va nous ralentir, et aussi nous secouer.
- C'est l'aventure !
- Oh non, aucun risque, ce n'est pas l'*outback*.
- Oh la la, regarde ! Notre koala n'a pas l'air bien du tout. Il ne bouge pas et fait une grimace, s'apitoya Marie en regardant à travers la fenêtre.
- Mais non, il dort c'est tout.
- T'es sûr ? Il n'a plus l'air de respirer.
- Et bien prends son pouls pour vérifier...
- Comment on fait ?
- Je croyais que t'étais vétérinaire.
- Presque vétérinaire. Et je suis désolée, mais je n'ai jamais pris le pouls d'un koala.
- Regarde, c'est facile. Tu attrapes une patte avant et tu mets ton pouce juste avant ses doigts, là où ce n'est pas trop poilu. Et tu comptes...
Bruce avait décrit ses gestes en les exécutant et était maintenant concentré sur les pulsations du cœur de l'animal. Quelques instants plus tard, il reprit :
- Je dirais 60-70 ppm, c'est normal pour un koala au repos. Tout va bien.

En route *lady* !
Le moteur du Land Rover fit entendre son bruit sourd et le véhicule s'anima aussitôt. Après avoir zigzagué dans les rues étroites de Toowoomba, Bruce le mena sur une petite route goudronnée pendant une trentaine de kilomètres avant de bifurquer sur la gauche et de s'arrêter.
- Et voilà la piste, annonça-t-il. Il faut passer notre char en mode 4WD.
Il actionna un levier et provoqua un craquement d'engrenages.
- C'est bon, c'est reparti ! Merveilleuse cette mécanique rustique, dit Bruce gaiement.
Le Land Rover reprit sa course et Marie, assoupie, ne remarqua pas vraiment le changement de revêtement, et les chaos de la piste finirent même par l'endormir complètement. Bruce conduisait à un bon rythme en se concentrant pour éviter les nombreux creux de la piste quand soudain un kangourou surgit des hautes herbes et traversa à moins de trente mètres devant eux.
- *Look Mary, a Big roo* ! s'exclama Bruce.
Il tourna la tête vers sa passagère, mais celle-ci était profondément endormie et n'avait pas réagi.
- C'est vraiment miss koala celle-là, murmura-t-il sans méchanceté mais sans penser qu'elle avait quarante-huit heures de voyage derrière elle et neuf heures de décalage horaire à encaisser.
Elle se réveilla deux heures plus tard, juste quand la voiture pénétrait dans une petite agglomération de quelques dizaines de maisons en bois, peintes en blanc et entourées chacune d'un jardinet.
- Bienvenue à Yallolaba *lady*, dit Bruce qui voyait Marie reprendre ses esprits.
- Il y a combien d'habitants ? demanda-t-elle un brin dépitée.
- Presque mille je crois, et c'est la plus grande bourgade à cent kilomètres à la ronde. Il n'y manque rien : son *pub*, sa *Bottle shop*, son épicerie, son bureau de poste, son école et même sa station-service. D'ailleurs je vais m'y arrêter, il faut toujours avoir de l'essence si on est appelé sur une urgence.
Bruce s'arrêta devant deux pompes antiques et Marie s'imagina un

instant perdue sur une route de l'Ouest américain dans un film des années 60. Sitôt que Bruce ouvrit sa portière, des piaillements assourdissants emplirent l'habitacle. Marie sursauta : Les oiseaux d'Hitchcock, c'était son film. Mais Bruce frappa deux fois fort dans ses mains et des dizaines de perroquets colorés s'envolèrent du jacaranda en face d'elle en une vision psychédélique. Quand Bruce revint s'asseoir après avoir rempli son réservoir, il maugréa :

- Ces *rainbow lorikeets* sont vraiment envahissants.
- Mais tellement magnifiques, je n'avais jamais vu ça.
- Vous n'en avez pas en France ?
- Si, mais seulement en cage dans les oisellerles.
- Un *rainbow lorikeet* de compagnie encagé dans son salon, c'est n'importe quoi... Pauvre bête.
- Mais c'est la vie dans les villes européennes...
- Des cinglés, conclut Bruce. Allez, dernier effort, le centre est à quelques kilomètres, au calme.
- C'est vrai qu'il y a trop d'agitation dans le centre-ville de Yallolaba, dit ironiquement Marie.

La nuit commençait à tomber et Bruce avait allumé les phares. Ils roulèrent quelques minutes sur une piste étroite avant de longer un long mur de pierre plus ou moins délabré puis de s'engouffrer à droite à travers un portail ouvert. Marie reconnut aussitôt en face d'elle la maison de maître de Scott Adamson, le fondateur du BEKS, qu'elle avait vue sur Internet. Deux fenêtres étaient éclairées au rez-de chaussée.

- Maggie est encore dans son bureau, dit Bruce en s'engageant sur une allée latérale pour aller se garer derrière la demeure.
- Tiens, ça sent le barbecue, fit remarquer Marie en descendant de voiture.
- Ils ne nous ont pas attendus pour dîner. Rejoignons-les vite, dit Bruce en sortant leur passager de sa cage.

Il avait été si sage sur la fin du trajet que Marie avait presque fini par l'oublier.

Ils marchèrent une cinquantaine de mètres sur un petit sentier pour rejoindre les autres employés du BEKS qui partageaient leur repas du

soir. L'ambiance évoqua immédiatement à Marie une fête entre étudiants qui célébraient la fin de leur année de cours et leurs trois mois de vacances à venir. Une trentaine de personnes, plutôt jeunes et la plupart avec une bouteille à la main, discutaient gaiement autour de lourdes tables en bois sur lesquelles étaient disposés des plats de salades variées. Un peu plus loin, deux escogriffes s'affairaient à griller des saucisses sur un barbecue électrique. Une voix plus forte que les autres annonça soudain :
- Hé, Bruce est de retour !
- Bonsoir Bruce ! reprirent en chœur quelques voix passablement éméchées.
- Bonsoir à tous, je vous présente Marie, de France, et notre nouveau pensionnaire, mordu à la cuisse.
- Bonsoir Marie de France, reprirent les mêmes voix alors que toutes les têtes se tournaient vers elle. Bienvenue au BEKS.
Marie ne trouva rien d'autre à dire que :
- Merci, bon appétit.
- Quelqu'un pour s'occuper du blessé ? On est crevés, demanda Bruce.
Personne ne semblait se manifester quand un homme aux cheveux gris, la cinquantaine bedonnante, sortit de l'ombre et se présenta à Marie :
- Pr Patrick Mallow, responsable de la clinique. *Nice to meet you, Mary.*
- Enchantée
- Bruce, donne-le-moi, je vais l'ausculter, dit le Pr.Patrick en saisissant l'animal.
Il prit le koala dans ses bras et lança à une dizaine de jeunes femmes attablées :
- Y-a-t-il une *nurse* encore assez sobre pour venir m'aider ?
Une brune aux cheveux bouclés et aux grands yeux noirs se leva et les autres s'exclamèrent :
- Ouaiiiiis ! Bravo Gloria pour les heures sup' !
Bruce et Marie s'assirent à une table alors que les deux cuistots apportaient leurs saucisses. La Française comptait sur son acolyte pour faire la conversation avec les autres convives car elle était bien fatiguée et sentait que la bière (une XXXX bien sûr) qu'on lui avait tendue et

qu'elle n'avait pas su refuser allait l'achever. Mais alors qu'elle commençait à découper ses saucisses, une femme blonde avec une queue de cheval et des lunettes rondes se présenta à elle, un cartable à la main :
- Bonjour Marie, je suis Maggie, la secrétaire administrative du centre. Donna m'a demandé d'organiser ton arrivée, elle est à Brisbane en début de semaine et ne reviendra qu'après-demain. Tu es installée dans le logement B7, voilà ta clé, Bruce te montrera où c'est. Pour tes uniformes et tout le reste, on verra demain. Je suis désolée, je dois y aller. Il faut que je m'occupe de ma petite famille. À demain.
- À demain, merci, répondit Marie avant de demander à Bruce :
- Elle habite à Yallolaba ?
- Oui, une maison avec son mari et ses deux enfants.
- Et toi tu loges sur le site ? lui demanda Marie avec curiosité.
- Oui, au C2. Ça fait un peu caserne, mais quand on n'a pas de famille c'est mieux que la solitude d'une maison à Yallolaba, répondit Bruce avec un brin d'amertume dans la voix.
Après s'être copieusement rassasié de saucisses grillées, Bruce termina son dîner par une mangue mûre à point. Puis il saisit son assiette et celle de sa voisine et se leva pour aller les laver dans les éviers de la cuisine communautaire. Marie somnolait lorsqu'il revint vers elle et lui dit :
- Je vais faire un saut à la clinique prendre des nouvelles de notre koala. Tu m'accompagnes ?
- Bonne idée, approuva Marie en se levant.
Ils passèrent entre des bâtisses de bois qui ressemblaient à des versions agrandies des maisons individuelles de Yallolaba : un étage sur pilotis entouré d'un balcon sous auvent.
- Ces constructions sont typiques de la région ? demanda Marie.
- Oui, inspirées des *queenslanders*, les maisons des pionniers. Les pilotis permettent de s'isoler des rongeurs et les auvents sont les bienvenus pour se mettre à l'abri pendant le *wet*, la saison des pluies. Ton *lodge*, le B, est celui-ci à gauche.
La clinique était juste à côté. Elle avait l'allure d'un bloc de béton blanc posé sur le sol, percé de rares ouvertures en guise de fenêtres. Bruce

poussa la porte vitrée qui s'ouvrit sur un petit hall éclairé. Marie entra et frissonna, la climatisation rafraîchissait l'atmosphère. Ils se rendirent dans la salle d'examen dont la porte était entrouverte et Bruce lança :
- Alors Pat, le diagnostic. C'est grave ?
- Ah, Bruce, dit le professeur surpris en levant la tête. Non, ça devrait aller. On a fait une radio, il n'y a pas de fracture. On lui a mis un patch cicatrisant et on lui a fait un prélèvement sanguin qu'on enverra au labo demain. Il n'a pas de fièvre, il a juste besoin d'un peu de repos. Gloria a préparé sa fiche.
- Oui, enchaîna l'intéressée. Numéro : 2047. Date d'arrivée : 27/03/20xx. Type : koala du Queensland. Genre : mâle. Taille : 61 cm. Poids : 5,3kg. Âge : environ 4 ans. Origine : Toowoomba. Symptômes : morsure de chien domestique. Test chlamydia : négatif.
En entendant son accent, Marie perçut immédiatement que Gloria n'était pas native d'Australie. Elle apprendrait le lendemain, après avoir discuté avec elle, qu'elle venait d'Argentine et était comme elle, bénévole.
- Est-ce que vous avez un nom pour lui ? continua Gloria.
- Euh, oui. Avec Marie, on avait pensé à Jésus, dit Bruce en faisant un clin d'œil à sa comparse, qui sourit.
- Jésus, reprit le Pr.Patrick. Tu es devenu mystique Bruce ? Tu veux peut-être qu'on t'appelle Joseph aussi ?
Marie rigola et Gloria reprit le plus sérieusement du monde :
- On n'a pas encore de Jésus...
- Alors d'accord, trancha le Pr.Patrick. Et on l'installe où ?
- Je pensais le mettre dans l'enclos Kosciuszko, il n'y a que des femelles de son âge.
- Ce n'est peut-être pas l'idéal s'il doit se reposer, intervint Marie.
- Mais si, au contraire, rien de mieux pour lui faire reprendre des forces, contredit Bruce.
Le professeur acquiesça et partit en compagnie de Gloria pour présenter Jésus à ses nouvelles colocataires. De son côté, Bruce entreprit d'emmener Marie jusqu'à son logement mais elle lui fit remarquer qu'elle devait d'abord récupérer ses bagages dans le Land Rover. Ils se retrouvèrent donc derrière le véhicule où Bruce se saisit de la lourde

valise tandis que Marie agrippait son petit sac à dos.
- Qu'est-ce que tu trimballes, elle est hyper lourde ? demanda le brave porteur.
- Oh, juste le nécessaire, assura Marie. Mais je vais rester six mois quand même...
Les roulettes de la valise se bloquaient dans la terre caillouteuse et Bruce eut de la peine à la traîner jusqu'à la porte B7. Marie entra la première, suivie de près par Bruce qui constata d'un air désolé :
- Hou là, c'est tout petit ici, ils ne t'ont pas gâtée.
La pièce d'une quinzaine de mètres carrés était équipée d'un lit simple avec une lampe à son chevet, d'une armoire style IKEA, d'une table de travail avec sa chaise et d'un évier-lavabo avec une bouilloire et une tasse à thé. Des draps propres étaient pliés sur le lit. Marie, qui était habituée aux studios lyonnais exigus, trouvait cela convenable.
- Normalement il y a les sanitaires, la cuisine collective et le salon au bout du couloir, dit-elle. C'est différent chez toi ?
- Oui, moi j'ai 42m² et ma propre salle de bains. Ils te facturent ça combien ?
- Heu rien, c'était convenu que je serais logée.
- Ah oui, c'est vrai qu'en plus t'es bénévole... Bon, et bien bonne nuit, dit Bruce en se tournant vers la porte.
- Merci, toi aussi... Et... à quelle heure on commence le matin ?
- Oh, il n'y a pas d'horaire précis. L'important c'est que tu dormes bien pour te remettre rapidement du décalage horaire. Ah, et j'y pense, si par hasard t'as un problème, tu peux m'appeler avec cet appareil archaïque là... Le réseau interne fonctionne toujours.
Bruce avait décroché un vieux téléphone fixé au mur à côté de la porte.
- Il suffit de faire le 5 32, je suis au C2. Ton numéro à toi doit être le 5 27. Voilà, n'hésite pas si t'as un souci.
- Merci Bruce Joseph, mon ange gardien australien, dit Marie en posant une main amicale sur le bras de son nouveau collègue.
Ce dernier lui glissa un baiser sur la joue avant de la quitter sans se retourner.

Le lendemain, il était 10:00 am passées lorsque Marie fut tirée de son sommeil par une sonnerie de réveil qu'elle ne connaissait pas. Cela doit venir de l'appartement voisin, se dit-elle sans vraiment ouvrir les yeux avant de reposer sa tête sur l'oreiller. Mais l'étrange alarme se fit de nouveau entendre, et cette fois Marie réalisa qu'elle venait de l'extérieur. Intriguée, elle se leva, remonta le store et ouvrit la fenêtre. Le soleil éclairait déjà largement les alentours et elle reconnut tout de suite en face d'elle, perché sur une branche d'eucalyptus, un fameux *laughing kookaburra* dont elle avait découvert le portrait dans son livre animalier. Ce martin-chasseur y était décrit comme un oiseau trapu avec une grosse tête, un œil marron saillant et un très grand bec pointu. Son cri, aisément identifiable, évoquait un rire rauque. Tout à fait ça, pensa Marie. L'oiseau, paisiblement installé sur sa branche, n'était nullement effarouché et regardait d'un œil narquois la grande silhouette qui s'étirait en bâillant devant lui. Il repartit même dans un grand rire, comme pour lui signifier que dorénavant il était maître de son sommeil et pouvait la réveiller à sa guise.
- Incroyable, on dirait que cet oiseau se moque de moi, dit Marie en s'éloignant de la fenêtre. Quel pays !
Elle réalisa que ce réveil insolite était en fait le bienvenu car elle avait dépassé le tour de l'horloge à rêver (et à ronfler ?), il était temps de se lever.

Les sanitaires, déserts à cette heure-ci, lui rappelèrent son internat au lycée, mais pour six mois elle s'en accommoderait. Elle se vêtit de sa petite robe rouge légère qu'elle adorait. Tant pis si elle risquait de passer un peu pour une touriste, c'était si bon de sortir du placard les tenues d'été plus tôt que d'habitude. Il n'y avait personne dans la salle commune, ses collègues étaient sans doute toutes au boulot, aussi se contenta-t-elle de terminer un paquet de biscuits en guise de petit-déjeuner.
Et que faire ensuite ? Inutile d'essayer d'appeler Bruce avec le réseau interne, il devait être sur le terrain. Elle se dit que le mieux était de rejoindre la secrétaire qui s'était présentée à elle la veille au soir. Comment s'appelait-elle déjà ?... Maggie, c'est ça. Elle sortit pour se rendre à son bureau. Alors qu'elle marchait tranquillement au milieu du chemin trois petits coups de klaxon résonnèrent derrière elle. Elle se retourna et se jeta sur le côté. Un mini-tracteur silencieux (électrique sans doute) tirait une remorque remplie de branches d'eucalyptus. Marie crut reconnaître à son volant l'un des gars qui faisait griller les saucisses au barbecue la veille. Il la salua d'un geste de la main en la dépassant et elle en fit autant. Elle poursuivit son chemin jusqu'à se retrouver devant la grande maison blanche, monta les quelques marches pour accéder au perron et se retourna pour avoir une vue d'ensemble de l'entrée de la propriété. Elle eut la surprise, et le ravissement, de repérer deux petits kangourous (deux petits wallabies, pardon) qui s'ébattaient dans la pelouse et sautaient en rond autour de la fontaine en pierre. Ils avaient l'air de s'amuser comme des enfants et Marie se demanda s'ils étaient domestiqués pour s'approcher sans crainte aussi près des humains. Il faudrait qu'elle se renseigne... Mais pour l'heure elle devait trouver Maggie. Elle poussa la porte d'entrée qui était fermée mais pas verrouillée, et franchit le seuil. L'intérieur de la demeure ne manquait pas de charme mais était quelque peu défraîchi. Le vaste hall ouvrait sur quatre hautes double-portes en bois sur les côtés et un escalier monumental au fond. D'après les indications de Bruce dans le Land Rover, le bureau de Maggie devrait se trouver sur la droite. Marie s'approcha et frappa à la première porte.

- Entrez, répondit une voix enjouée.
Elle poussa la porte et trouva la secrétaire assise à son bureau, entourée de hautes piles de dossiers.
- Ah, Marie. Comment vas-tu ? Pas trop fatiguée par le décalage horaire ?
- Si, un peu. Je viens juste de me lever, je suis désolée...
- Ne t'inquiète pas, c'est normal. Il faut y aller doucement. Alors d'abord tes uniformes. Ta robe rouge te va à ravir, mais pour travailler avec nos pensionnaires, ça ne va pas être pratique, ils ne manqueraient pas de la déchirer. J'ai ce qu'il faut dans ce placard, dit Maggie en se levant. Chemise et bermuda, c'est mixte, comme taille j'ai S, M, L, XL, XXL. Je pense que S va être trop petit pour toi, tu es grande mais svelte. M devrait t'aller, et si c'est un peu large, quelques jours de régime saucisses-bière comme hier soir et ça t'ira parfaitement.
- Je préfère encore mettre une ceinture. C'est barbecue tous les soirs ? demanda Marie en souriant.
- Non, une ou deux fois par semaine. Il y a une cuisine commune dans ton bloc. Je ne sais pas comment les filles s'organisent, si elles préparent chacune leur repas ou cuisinent pour toutes à tour de rôle...
- Je verrai.
- Je t'en donne trois, dit Maggie en tendant une pile de vêtements sous plastique à la nouvelle recrue. Essaie-les et si ce n'est pas ta taille, rapporte-les moi je te les échangerai. Pour la lessive, il y a des machines à laver en libre-service à la buanderie entre les blocs C et D. Évite juste de les utiliser la nuit, il y en a qui dorment pas loin.
- Bien sûr.
- Ah oui, et pour aller faire des courses à Yallolaba, il y a des vélos à disposition sous le grand hangar derrière la buanderie. Et si tu veux aller plus loin, tu peux emprunter une voiture du BEKS, il y a juste le planning de réservation à remplir affiché à côté de la porte, là. Tu sais conduire n'est-ce pas ?
- Oui oui, et j'ai demandé mon permis international avant de partir. Mais je n'ai jamais roulé à gauche, dit Marie un peu inquiète.
- Oh, ce n'est pas compliqué, et il n'y a pas beaucoup de trafic par ici.

Autre chose ?
- Euh, oui. Et pour... mon travail quotidien ?
- Ah, oui. On t'a mise sous la supervision de Jack. Dr.Jacqlin Johnson, une de nos vétérinaires. Tout le monde l'appelle Jack ici. Elle fera la « maître de stage » que demande ton université. Elle n'était pas là hier soir, mais elle passe son temps auprès de nos pensionnaires, entre la clinique et les enclos. Tu la trouveras facilement et elle te fera ton programme.
- Super. Merci Maggie. J'ai tout. À bientôt.
- À ta disposition.
Marie quitta la maison pour regagner son logis B7 avec ses uniformes sous le bras. Une fois chez elle, elle en enfila un aussitôt et observa le résultat sur le grand miroir de la penderie. Ce n'était pas si mal, la taille était bien ajustée. Pas question de prendre des kilos avec les barbecues, se dit-elle. Il faudra faire attention. T'as l'air d'une vraie boy-scout comme ça. C'est cocasse, toi qui avais toujours refusé de rejoindre les guides parce que tu détestais l'ordre, la discipline, l'uniformité, tu es servie... Allons ma fille, même si elle est un peu ridicule, cette tenue est bien plus pratique que ta robe pour s'occuper des animaux. Et puis dans ce pays, porter un uniforme n'a pas la même connotation que chez toi. Écoliers, collégiens et lycéens s'y soumettent sans broncher ici.
Ragaillardie par cette pensée, Marie enfila ses chaussures de toile à semelles lisses et sortit flâner sur les sentiers du domaine, à la recherche du Dr.Jack, sa superviseuse. Elle ne put s'empêcher de penser : j'espère que ce n'est pas une super visseuse au tempérament électrique qui sera toujours sur mon dos, ni une super vicieuse qui me réservera les tâches les plus ingrates...
Elle en était là de ces inquiétudes lorsqu'elle croisa deux nurses qu'elle avait aperçues au barbecue de la veille. L'une d'elles portait un koala dans ses bras.
- Hey, Marie ! Comment ça va ? interrogea la plus grande. Je suis Lena.
- Moi c'est Kathy, poursuivit la seconde. Et lui c'est Bob, on l'emmène à la clinique pour sa visite médicale.
- Enchantée, répondit Marie. Dîtes donc, il n'a pas l'air commode Bob.

Le koala était en effet très agité et se débattait comme un prisonnier.
- Oh, c'est juste qu'il est un peu stressé, il suffit de le tenir fermement, dit Kathy en mettant ses paroles à exécution.
- Si tu cherches Bruce, il est dans l'enclos Perth, à une centaine de pas sur la droite là-bas.
- Euh non, en fait je cherche le Dr.Jack, c'est ma superviseuse.
- Ah, Jack. Elle s'occupe des grands brûlés, suite aux incendies de l'été. Bon courage si tu vas là-bas, il faut avoir le cœur bien accroché. Ils ne sont pas beaux à voir, dit Lena.
- C'est le moins qu'on puisse dire, ajouta Kathy. Tu loges dans le bloc B, c'est ça ? Nous aussi, on s'y retrouvera.
- C'est ça. Bonne journée. Bob s'impatiente, répondit Marie.
Elle ne savait pas où se trouvaient les grands brûlés et comme les propos des deux nurses ne l'avaient pas rassurée, Marie décida de commencer par aller saluer son chauffeur de la veille. Elle suivit les instructions de Kathy et sourit quand elle trouva Bruce enfermé dans une cage, entouré par une dizaine de koalas. Il avait un râteau en plastique à la main et était fort occupé à nettoyer l'enclos.
- Bonjour Bruce ! l'interpella Marie.
- Ah, Marie ! Oh, mais la Française a passé notre uniforme. Bienvenue dans nos rangs, plaisanta Bruce.
- Mes respects colonel, fit Marie en mimant un salut militaire. Mais je ne reçois d'ordres que du général Jack qui est égaré, en vadrouille sur le domaine.
- Et bien, ça te fait un drôle d'effet d'avoir dormi au baraquement B7...
- C'est toi qui as dit hier que c'était un peu une caserne ici... Mais dis-moi, tu ne reloges jamais les occupants quand tu vas faire le ménage chez eux ? Tu ne crains pas une réaction agressive ?
- Qu'est-ce que tu veux qu'il m'arrive ? Ce sont des koalas, pas des tigres du Bengale...
- Toujours se méfier des animaux en groupe, recommandation du petit guide du bon vétérinaire. C'est toujours en groupe que les situations dégénèrent. Imagine que le gros pépère, là, te saute sur le dos. Alors toi tu le jettes par terre, ce qui ne plaît pas à sa copine qui arrive pour te

griffer, accompagnée par son frère et ses amis. Tu te retrouves vite submergé.
- Arrête, j'ai l'impression que tu me décris l'agression d'un pompier dans une banlieue sensible. Nos koalas ne sont pas si bêtes. Ils savent que je suis là pour leur bien. Et mince ! Qu'est-ce que je suis maladroit, râla Bruce qui venait de renverser sa pelle à côté du grand sac de toile destiné à recueillir les déchets.
- Tu veux un coup de main ? demanda Marie.
- Puisque tu le proposes si gentiment... Fais juste attention à ne pas te faire dévorer en entrant dans la cage, dit Bruce en tournant la clé dans la serrure.
À deux, la tâche fastidieuse fut rondement menée. Bruce poussait avec son râteau les excréments séchés et autres feuilles d'eucalyptus brunies par le temps dans la pelle que Marie, d'un geste ferme et habile vidait dans le sac à déchets. Les deux travailleurs œuvraient depuis un bon quart d'heure lorsqu'une voix féminine et ferme se fit entendre :
- Bruce ! Tu n'as pas honte ?
- Aïe ! fit Bruce à l'intention de Marie. Le général Jack...
- Tu vas passer en cour martiale, dit celle-ci en riant.
La femme en blouse blanche, une brune corpulente d'une quarantaine d'années, avait le visage un peu carré, comme les lunettes qu'elle portait sur le nez. Elle s'approcha du grillage et dit d'un ton agacé :
- Bruce, c'est comme ça que tu accueilles notre nouvelle vétérinaire ? En lui faisant nettoyer les cages ?
- Pas du tout, se défendit le pauvre Bruce. C'est elle qui a voulu m'aider.
- Je confirme, ajouta Marie. Comme je ne vous trouvais pas docteur, j'ai voulu me rendre utile.
- Appelle-moi Jack. Bon d'accord. C'est bientôt l'heure du lunch. On se retrouvera sur la terrasse pour discuter de ton emploi du temps.
- D'accord, à tout à l'heure.
Quand Jack fut partie, Marie s'adressa à Bruce :
- Alors, content d'avoir échappé au peloton d'exécution ?
- Oh, il n'y avait pas de risque. Jack avait l'air un peu en rogne là, mais au fond elle est bien sympa.

Leur travail achevé, ils sortirent de la cage et Marie demanda soudainement à Bruce :
- Au fait, t'as des nouvelles de Jésus ?
- Euh oui... dit Bruce après un temps de réflexion. Il paraît qu'il est ressuscité.
- Oui, il y a deux mille ans. Pour celui de Nazareth, j'étais au courant, merci, répliqua Marie avec une petite moue. Mais notre Jésus de Toowoomba ?
- Je ne sais pas. On peut passer le voir si tu veux, il n'est pas loin.
- On y va !
Bruce guida Marie avec assurance à travers les enclos jusqu'au Kosciuszko. Une dizaine de koalas s'y alignaient, perchés sur de grosses branches mortes dans des positions plus ou moins acrobatiques.
- Et voilà ton petit protégé, dit Bruce à Marie.
Celle-ci reprit d'une voix hésitante :
- C'est bien le dernier à droite, c'est ça ?
- Non, l'avant-dernier, le grand gaillard en plein roupillon. Décidément, tu n'es pas plus physionomiste avec les koalas qu'avec les wallabies, la tança Bruce.
- C'est le manque d'expérience, même cause, mêmes effets, tenta de se justifier Marie. Et regarde-le, il est roulé en boule les yeux fermés, comment veux-tu que je le reconnaisse ?
- T'inquiète pas, ça te deviendra vite naturel...
- En tout cas je ne sais pas si les demoiselles qui partagent sa cage sont bavardes, mais on ne peut pas dire que leur présence l'ait boosté.
- Bah, il faut lui laisser le temps de se reposer... Tiens, aide-moi, on va leur donner leur nourriture du jour. Les jardiniers viennent de livrer.
Un grand bac en plastique rempli de branches d'eucalyptus aux feuilles bien vertes avait été déposé devant la porte de la cage. Bruce le poussa sur le côté, déverrouilla la serrure et entra avec une grosse brassée de feuilles qu'il déposa soigneusement à proximité de chaque animal. Marie l'imita et quand elle arriva aux pattes de Jésus, elle secoua une branche devant sa tête et dit à mi-voix :
- Réveille-toi mon petit, il faut manger si tu veux reprendre des forces...

À ces mots, l'intéressé ouvrit un œil, poussa un petit grognement et tendit brusquement une patte en avant pour attraper la branche.
Bruce, qui avait suivi la scène, intervint :
- Le meilleur moyen de réveiller un koala, c'est de lui mettre à bouffer devant le nez.
- Ah bon ? dit Marie dépitée.
Elle avait rêvé comme une petite fille que son doudou chéri avait reconnu sa voix et lui avait obéi...
L'heure de déjeuner était venue et les deux collègues se rendirent sur l'aire de repas extérieure. Sur une des tables en bois était disposé un buffet en libre-service avec les restes de salades de la veille, des tranches de bacon, un bloc de cheddar et du pain de mie ainsi que quelques fruits : kiwis, mangues, ananas. Déjeuner frugal, se dit Marie qui pensait aux bouchons lyonnais. Mais c'est mieux comme ça, on est moins tenté par une sieste pour digérer. Ils se servirent et s'installèrent à la table que Jack partageait avec quelques membres de l'équipe. Sitôt qu'ils furent attablés, Jack clôtura la conversation futile qui meublait le déjeuner pour se lancer dans une discussion plus professionnelle. Elle commença par indiquer à Marie que les capacités d'accueil du centre étaient à leur maximum avec près de deux cents pensionnaires, et que par conséquent l'objectif était de remettre en forme les malades le plus rapidement possible pour les relâcher dans leur environnement naturel. Les koalas étaient classés en espèce menacée depuis plusieurs années car ils faisaient face à une série de dangers qui menaçaient leur survie. Comme la perte de leur habitat en raison de la déforestation, les voitures et les chiens, responsables de plusieurs milliers de décès chaque année ou les incendies de forêt tels qu'on en avait subis ces derniers mois. Mais la menace principale qui pesait sur ces marsupiaux était la chlamydia, une bactérie responsable de maladies comme la conjonctivite qui menait à la cécité, la pneumonie, les infections des voies urinaires et des voies reproductives. Il était donc primordial de détecter la présence de chlamydia le plus tôt possible pour essayer de s'en débarrasser avec des antibiotiques. Quant aux animaux sérieusement atteints, ils n'avaient aucune chance de s'en sortir à moyen

terme et l'enjeu était de leur offrir un environnement qui leur assurerait une fin de vie dans la dignité. Il en était de même pour les grands brûlés, incapables de retrouver leur autonomie.
Bref, le travail ne manquait pas et les priorités variaient chaque jour. Jack proposa à Marie de rejoindre pour l'après-midi l'équipe qui s'occupait des visites médicales afin de se familiariser avec ces marsupiaux qu'elle n'avait sans doute pas eu tellement l'occasion de côtoyer en Europe.
- Pas du tout même, confirma Marie.
C'est ainsi qu'elle passa le reste de sa journée dans le cabinet médical de la clinique à mesurer, peser, prendre la température et la tension des patients tout en glanant auprès de ses collègues un maximum d'informations qu'elle inscrivait minutieusement dans son carnet de bord.
À l'issue d'un dur après-midi de labeur, le dernier marsupial fut raccompagné parmi les siens. Margaret, la responsable des auscultations du jour, fit son bref rapport écrit à destination du Pr.Patrick pour lui signaler qu'elle n'avait pas constaté de cas problématique à traiter rapidement. Néanmoins, l'état général des patients 1602 et 1733, atteints par la chlamydia, s'était sérieusement dégradé depuis leur dernière visite. À lui de décider quelles dispositions adopter...
Marie était rentrée directement à son logement, fatiguée par sa première journée de travail. Elle s'était débarrassée de son uniforme pour retrouver son jean et un polo vert avant de s'étendre sur son lit. Elle repensait à ce qu'elle avait appris dans l'après-midi en s'assoupissant lentement. Une demi-heure plus tard, des bruits de casseroles venus du bout du couloir éveillèrent son attention. La nuit était tombée (elle tombait vite en ce point du globe) et les autres habitantes du bloc B s'étaient déjà mises aux fourneaux. Elle réalisa que son stock de vivres était au plus bas (un fond de paquet de chips, un reste de sandwich rassis et une pomme golden) et que si elle voulait en savoir davantage sur l'organisation des repas, elle avait tout intérêt à rejoindre la cuisine communautaire au plus vite. Elle s'étira, bâilla un bon coup, puis se leva et se dirigea vers le fond du couloir, son paquet de chips et sa pomme à

la main. Elle poussa la porte de la cuisine et y trouva Gloria en compagnie de deux comparses. L'une épluchait des carottes sur la table tandis que l'autre surveillait une cuisson. Gloria accueillit Marie chaleureusement et répondit à toutes ses questions. Chacune préparait son propre repas, sauf avis contraire. Elles disposaient d'un rayon dans l'un des deux gros réfrigérateurs, là, et d'une place dans le congélateur bahut, ici, mais il fallait étiqueter les produits à son nom. Pour les courses, le mieux était d'aller chez Barnaby, la grosse épicerie (ou le petit supermarché, c'est selon) dans le centre-ville. Ce n'était pas loin, à peine un quart d'heure en vélo en passant par la forêt. Oui, les prix étaient raisonnables, et en général il restait assez de monnaie pour attraper au passage une bière fraîche dans la *Bottle shop* juste à côté. Et si pour ce soir elle n'avait plus que des chips, ce n'était pas grave, elle pouvait partager ses pâtes au pesto.
Ainsi fut fait. Marie dîna avec ses colocataires, et les discussions allant bon train, elle eut du mal à mémoriser le parcours de chacune, mais sa seule certitude à la fin du repas était que toutes étaient bénévoles pour une durée n'excédant pas six mois. Les services de l'immigration australiens étaient intraitables.
De retour dans sa chambre, Marie pensa pour la première fois à essayer d'activer son smartphone. Son opérateur l'avait informée qu'elle serait connectée automatiquement au réseau local et qu'elle n'aurait pas à s'en occuper. Juste à payer les suppléments sur la facture qui pouvaient être corsés si elle utilisait beaucoup de voix ou de data. Ça, le commercial de l'opérateur ne l'avait pas dit, mais elle avait lu les lignes minuscules au bas du contrat. Elle s'abstiendrait donc de regarder des séries en ligne, ce qui n'était d'ailleurs pas dans ses habitudes, pour se concentrer sur le minimum, c'est-à-dire SMS et e-mails.
Sitôt allumé, le smartphone émit sa symphonie de bips électroniques. Entre accusés de réception de mails, notifications d'applis et alertes sur les réseaux sociaux, il était impossible de disparaître trois jours sans être harcelé jusqu'au bout du monde. Marie ne s'intéressa qu'à ses mails. Sur la vingtaine qu'elle avait reçus, elle n'en conserva que trois, tous les autres furent supprimés sans ménagement avant même d'être ouverts. Le

premier était de son amie Julie qui lui demandait si elle était bien arrivée et pas trop fatiguée. Le second venait de son père : *Où es-tu ma fille ? Ta mère se fait du souci, elle n'en dort plus la nuit. Donne-nous vite des nouvelles. Bises. Papa.* Le dernier avait été envoyé par Alex le facétieux : *Marie, on n'a pas entendu parler du troisième crash de la Malaysia Airlines donc tu as dû arriver saine et sauve chez les koalas. Quel effet ça fait d'être dans un zoo de peluches ? Les surfers sont-ils bien bronzés et musclés ? Profites-en bien. Alex.*
Ces trois mails étaient succincts, mais Marie passa près d'une heure à y répondre, sans broder mais en prenant le soin de bien rassurer ses parents, elle ne pouvait accepter l'idée de causer du tourment à sa mère. Quand elle eut terminé, elle programma une alarme pour le lendemain 7:00 am, se coucha et s'endormit immédiatement.

L'ambiance était bien calme dans la cuisine-salle-à-manger lorsque Marie en poussa la porte au sortir de sa douche. Presque toutes les habitantes du bloc B étaient attablées pour le breakfast matinal. Bien qu'arrivée les mains vides, Marie se fit servir un grand bol de thé vert avant de prendre place dans l'assemblée. Les visages semblaient plutôt endormis et aucun sujet de conversation n'avait encore émergé. Marie, qui s'était emparée d'une tranche de pain de mie, fit signe à Jenny, assise à sa droite, de lui faire passer le pot de confiture d'abricot. Cette dernière tendit le bras et changea d'avis instinctivement au dernier moment pour attraper le pot voisin à l'étiquette jaune et rouge.
- Il faut absolument que tu goûtes ça, dit-elle à Marie. La *Vegemite*, c'est plein de vitamines et les petits Australiens en mangent tous les matins, c'est pour ça qu'ils deviennent si forts en grandissant.
Marie saisit le pot, regarda à l'intérieur et dit :
- Ah, c'est une pâte à tartiner. On dirait du Nutella en plus foncé...
- C'est ça, un chef d'œuvre de la gastronomie australienne, dit Lena de l'autre côté de la table. Ce qui fit bien rire les autres convives.
- Ne fais pas une tartine entière si tu ne veux pas gaspiller, souffla Gloria à l'oreille de Marie. Et bon courage...
Marie s'interrogeait sur ces étranges consignes de précaution et n'étala de la *Vegemite* que sur un angle de sa tranche de pain. L'odeur était neutre, pas de quoi s'inquiéter a priori. Elle remarqua en portant la tartine à sa bouche que tous les regards, anxieux, étaient tournés vers son visage. Emportée par son élan, elle mordit la tartine et commença à

mâcher. Aussitôt ses yeux se plissèrent, ses lèvres se pincèrent, ses épaules se levèrent, son ventre se creusa. Il n'était pas dans son éducation de cracher, aussi se força-t-elle à avaler ce qu'elle avait en bouche avant de s'exclamer :
- Mais c'est dégueulasse !
- Infect !
- Ignoble !
- Immonde !
Les filles qui avaient subi le même sort que Marie partageaient son opinion. Jenny, la seule autochtone, se lamentait :
- C'est quand même dingue qu'il n'y ait que les Australiens qui aiment la *Vegemite* !
- C'est parce que vous en mettez dans le biberon des enfants, ça détruit leurs papilles, dit Joa la Thaïlandaise.
Marie, quant à elle, avalait de grandes gorgées de thé pour se débarrasser de cette expérience gustative pour le moins déconcertante.
Elle passa ensuite de longues minutes à se brosser les dents, et c'est l'haleine rafraîchie qu'elle se rendit à la clinique pour participer aux visites médicales du matin. Elle croisa le Dr.Jack qui l'interpella :
- Ah, Marie. Tu as rendez-vous à 10:00 am avec Donna, notre directrice, dans son bureau. D'ici là, il y a deux pitchounes qui t'attendent en salle 1.
- Très bien, Jack, j'y vais de suite.
Marie poussa la porte de la salle de consultation n°1 et se retrouva face à une cage dans laquelle deux jeunes koalas s'ébattaient activement.
- Ils sont sortis de la poche maternelle le mois dernier, dit Laurie qui était déjà penchée sur un dossier. Il faut faire leur visite hebdomadaire rapidement et les ramener à leurs mères, sinon elles vont être furieuses et agressives.
- J'imagine. Ça n'a déjà pas dû être facile de les attraper sur leur dos.
- Oh, c'est Mark qui me les a amenés. Il est costaud et ne se laisse pas impressionner. Mais maintenant, c'est à nous de jouer.
Et joignant le geste à la parole, elle attrapa une des petites boules de fourrure et la posa sur la balance.

- Alors... Plus quatre-vingt douze grammes pour notre petit Isidore, c'est pas mal...
Laurie s'était reculée d'un mètre pour noter ses observations dans le dossier d'Isidore et ce dernier en profita pour filer en douce. Marie le rattrapa in extremis avant qu'il ne saute de la table.
- Et bien, les jeunes ont l'air plus actifs que leurs parents, dit Marie en caressant Isidore.
Laurie rigola :
- Oui, ils sont comme tous les gamins, infatigables.
Les deux femmes continuèrent les auscultations approfondies des deux jeunes et notèrent leurs évolutions dans leurs dossiers avant de leur administrer une petite dose de vitamines. Puis elles appelèrent Mark, le brancardier-convoyeur. Charge à lui de ramener chaque petit à sa mère sans subir les foudres de leur colère.
Marie regarda sa montre : il était dix heures moins le quart. Elle passa donc au vestiaire déposer sa blouse blanche et rentra chez elle. Là, elle se coiffa avec soin devant le miroir de la penderie, puis fouilla dans sa valise et en sortit un sac en papier coloré.
- Allons, en route, dit-elle en sortant pour se rendre chez la directrice.
Elle remarqua tout de suite le petit cabriolet MG rouge des années 60 garé à côté de l'escalier du perron, juste sous une plaque émaillée indiquant *Direction Parking Only*. Bizarre, pensa-t-elle. Je n'imaginais pas du tout la Donna Hillop que j'avais vue en visioconférence dans une voiture comme celle-là. Elle entra dans la maison et se dirigea vers le bureau de gauche dont la porte était ouverte. Elle entra prudemment.
- Bonjour mademoiselle, que puis-je faire pour vous ? dit une voix masculine sur sa droite.
Marie tourna la tête et trouva un homme, chauve et d'un certain âge, assis derrière un écran d'ordinateur.
- John Hayward, comptable. Pour vous servir, dit-il d'un ton galant.
- Excusez-moi, je cherche le bureau de la directrice.
- Il est à l'étage, sur le palier en face du grand escalier.
- Ah merci. Désolée de vous avoir dérangé.
- Je vous en prie.

Marie ressortit dans le hall et gravit une à une les marches de l'escalier monumental. Légèrement essoufflée, elle frappa à la porte en chêne devant elle.
- Entrez, dit une voix forte mais chaleureuse.
Marie poussa la lourde porte et pénétra dans un vaste bureau, illuminé par une porte-fenêtre ouverte sur un balcon.
- *Nice to meet you*, Marie, commença la directrice.
- *Nice to meet you too.*
- Es-tu bien remise de ton voyage ?
- Oui oui, ça va. Et... tenez, c'est pour vous, des petits souvenirs de ma ville, dit Marie en tendant son sac à son interlocutrice.
- Oh, merci, mais il ne fallait pas, c'est trop gentil. Un beau livre sur *Lyons*, magnifique. Et ça, des coussins. Qu'est-ce que c'est ?
- Des confiseries locales...
- Excellent. Merci *so much*. Je vais regarder le livre avec attention puis je le mettrai dans notre bibliothèque, à disposition de tous. Tu as visité notre bibliothèque ?
- Pas encore.
- Elle est juste à côté de mon bureau. Il y a surtout de la documentation scientifique, mais aussi quelques ouvrages généraux. Tu as commencé à prendre tes repères ? Tu loges dans le bloc B je crois.
- Oui c'est ça. Et les autres filles m'ont bien accueillie, en me faisant même goûter la *Vegemite*.
- Ah les vaches. Je ne sais pas pourquoi, c'est une sorte de bizutage pour les bénévoles étrangers. Pas trop dur ?
- On survit. J'ai commencé des visites médicales sous la supervision du Dr.Jack...
- Oui, je t'ai confiée à Jack parce que c'est elle qui t'apportera le plus sur le plan pratique. Moi je suis plutôt du côté labos et recherche à l'université. Mais on va lancer un essai clinique sur une nouvelle molécule contre la chlamydia dans les prochaines semaines et je compte bien t'y associer.
- Il va être réalisé ici ? demanda Marie, curieuse.
- Oui. Il faudra sélectionner deux groupes d'une trentaine de malades

chacun à un stade plus ou moins avancé et évaluer si le nouveau traitement parvient à ralentir le développement de la maladie plus efficacement que les antibiotiques actuels.
- Il n'y a vraiment aucun moyen d'éradiquer cette chlamydia ?
- On cherche. On cherche mais on manque de moyens. Il faudrait qu'on soit soutenus par les labos privés, mais ça ne les intéresse pas. Quelques dizaines de milliers de koalas à sauver, ce n'est pas un marché intéressant pour eux à côté des centaines de millions de chiens et de chats...
- Quelle tristesse !
- Et attends, tu ne connais pas la dernière théorie qui circule dans le milieu universitaire, celle du Pr.MacClean de l'université de Sydney.
- Non, quelle est-elle ?
- Il propose d'euthanasier tous les koalas atteints par la chlamydia car selon lui quand il n'y aura plus de malades, il n'y aura plus de transmission et il prédit une éradication de la maladie dans les cinq à dix ans.
- C'est terriblement cruel ! s'offusqua Marie.
- Oui, et aussi très risqué. Parce que si les grands peuplements comptent assez d'individus sains pour survivre à un abattage massif, de nombreux petits peuplements vont disparaître et ce sera un grand coup porté à l'espèce en terme de biodiversité. Heureusement, pour l'instant l'opinion publique empêche les autorités de lancer un tel plan. Mais les années à venir seront décisives pour la survie des koalas.
- Et de tant d'autres espèces aussi, hélas, ajouta Marie remplie d'amertume.
Lorsqu'elles eurent achevé leur conversation, Donna mena Marie à la bibliothèque. La pièce occupait toute la largeur du bâtiment et ses murs étaient tapissés d'ouvrages, du sol au plafond. Deux escabeaux en bois étaient à disposition du lecteur qui cherchait sa nourriture dans les hauteurs. Il pouvait ensuite s'installer livre en main dans un fauteuil confortable autour de la table ronde vernie. Donna commenta :
- Côté gauche, il y a toute la littérature historique sur les marsupiaux, y compris l'intégralité des écrits de Scott Adamson sur les koalas, et côté

droit, ce sont les publications plus contemporaines qui t'intéresseront davantage, je pense, comme les dernières thèses des doctorants de nos universités.
Visuellement, les couvertures en cuir d'antan s'opposaient aux boudins en plastiques d'aujourd'hui, mais tous ces ouvrages contenaient le summum des connaissances de leur époque en matière de koalas.
- Voilà, dit Donna. N'hésite pas à venir ici quand tu as du temps libre et pioche des ouvrages au hasard, ou cherche dans la base de données installée sur le vieux PC, là.
- Oui je viendrai, c'est très intéressant, répondit Marie sans s'avancer davantage.
Les deux femmes allèrent ensuite déjeuner en plein-air avec le reste de l'équipe. La directrice s'intéressait à l'avancement du travail de chacun et ne manquait pas de noter sur son carnet les doléances qui lui parvenaient tout en savourant le navarin de bœuf livré par le traiteur de Yallolaba.
Quand elle se rendit à la clinique en début d'après-midi, Marie tomba sur le Pr.Patrick :
- Ah, Marie. J'ai vu l'individu que vous avez ramené de Toowoomba avec Bruce, il ne m'a pas semblé bien fringant. Il faudrait que tu lui donnes une dose de Nutri-P4. Demande à Gloria de t'en sortir une. Tu peux t'en occuper cet après-midi ?
- Pas de problème, professeur.
Marie commença par rejoindre la salle de consultation où elle était attendue pour les visites de l'après-midi. Puis à l'heure de la pause, elle alla trouver Gloria au bureau :
- Gloria, le Pr.Patrick m'a dit...
- Oui je sais, il m'a prévenue. Je t'ai sorti un sachet de Nutri-P4. Il suffit de le diluer avec 50ml d'eau dans un biberon comme ça, là. Tu veux que je vienne avec toi pour lui donner ?
- Oh c'est bon, ça va aller, répondit Marie en versant le Nutri-P4 dans le biberon. Juste rappelle-moi, il a quel numéro notre Jésus ?
- Laisse-moi vérifier... C'est ça, Jésus, n° 2047.
- Parfait, merci.
- Et n'oublie pas de prendre un passe...

- Ah oui.
Marie sortit avec son biberon et une clé à la main pour se rendre dans l'enclos Kosciuszko. Là, elle ne put s'empêcher d'éprouver une légère appréhension au moment d'entrer seule dans la cage. Mais elle se ravisa vite : Bruce avait raison, ce n'étaient pas des tigres, seulement de gentils koalas. Une fois dans la cage, il lui restait encore à identifier Jésus. Elle suivit son instinct et s'avança jusqu'à un animal roulé en boule. Elle lui souleva l'oreille gauche pour lire son étiquette... 1988. Mince ! Elle recula et embrassa la cage du regard. Un individu haut perché, les bras écartés, semblait la toiser. Elle plissa les yeux pour lire sur sa boucle d'oreille : 2047, c'était bien son Jésus. Elle remarqua d'ailleurs que son oreille droite, blanche, présentait une grosse tâche de fourrure marron.
- Allez mon petit Jésus, descends, j'ai un biberon pour toi, je vais pas monter là-haut moi, implorait Marie qui se trouvait dans l'embarras.
Jésus était en effet bien installé et peu disposé à bouger. Marie commençait à s'énerver et agitait ses bras en tous sens si bien qu'une giclée de Nutri-P4 s'échappa du biberon pour atterrir sur le ventre de Jésus. Le créateur du Nutri-P4 avait-il eu le même génie que le fondateur des bonbons Haribo qui avait su rendre irrésistible sa fraise Tagada aux enfants qui en avaient humé le parfum ? Car Jésus abandonna sa branche pour descendre à la hauteur de Marie, plus exactement à la hauteur du biberon qu'elle lui tendait et qu'il avala goulûment. Son repas terminé, il la remercia d'un gros rôt dont elle ne s'offusqua pas, toute à la joie d'avoir accompli sa mission. L'odeur du Nutri-P4 était-elle montée aux narines des comparses de Jésus ? Marie percevait un regain d'activité dans la cage et, par précaution, battit en retraite. Elle reverrouilla la porte et s'éloigna, non sans avoir fait un dernier signe de la main à son koala favori.
De retour à la clinique, Gloria n'était plus au bureau. Elle lui laissa donc une note pour lui confirmer que Jésus avait bien avalé son Nutri-P4 et alla laver le biberon dans le vestiaire. Elle retourna ensuite dans la salle de consultation et constata que la chaîne des visites médicales s'était réorganisée sans elle. Il était 5:00 pm et elle obtint de Laurie la confirmation qu'on pourrait se passer d'elle pour la fin de la journée. Ça

tombait bien, elle allait avoir le temps de faire ses courses à Yallolaba.

Elle rentra chez elle avec l'idée de se changer, mais estima finalement devant le miroir que sa tenue du BEKS était parfaite pour faire du vélo et lui assurerait même peut-être une certaine reconnaissance en ville. Elle attrapa juste son sac à dos et son portefeuille et se rendit au local à vélos. Là, elle choisit un VTT standard, s'étonna de l'absence d'antivol (tant pis, se dit-elle, je me dépêcherai de faire mes courses en gardant un œil dessus) et sortit pour rejoindre le chemin qui menait à Yallolaba.
- Et ton casque ! l'interpella une voix forte derrière elle après seulement trois coups de pédale.
Marie se retourna et reconnut Mark, l'ambulancier convoyeur des petits koalas du matin.
- La piste est accidentée ? lui demanda-t-elle.
- Non, mais le casque est obligatoire pour les cyclistes ici, même dans la forêt. Et la police ne rigole pas, c'est cinquante dollars d'amende et confiscation du vélo. Alors si tu ne veux pas risquer de rentrer à pied...
- Ah oui, d'accord, je vais en mettre un. Merci, dit Marie avant de revenir au local.
Elle avait bien vu tous ces casques sur les étagères mais avait rechigné à en prendre un car elle détestait avoir la tête oppressée. Allez, un casque de vélo, ce n'est pas si terrible...
Et c'est bien équipée qu'elle se remit en route. Le chemin s'enfonçait dans la forêt qui entourait le domaine, et le ruban de terre, en bon état malgré quelques ornières, se déroulait au milieu d'une végétation dense. Les fougères et buissons de plantes semi-tropicales étaient régulièrement surmontés par quelques eucalyptus et surtout par des figuiers géants qui pouvaient dépasser cinquante mètres de hauteur et dont le feuillage fourni obscurcissait l'environnement. Marie se demanda un instant comment les jardiniers pouvaient venir cueillir des branches d'eucalyptus dans un lieu aussi sauvage avant de réaliser qu'elle était idiote, la forêt d'eucalyptus plantée par Scott Adamson était de l'autre côté du domaine. Après cinq minutes de pédalage tonique, elle se retrouva face à une patte-d'oie.

- Aucune indication bien sûr ! maugréa-t-elle en regardant à droite et à gauche.
Les deux chemins étaient de même largeur, aucune raison de choisir l'un plutôt que l'autre. Finalement, elle partit sur la droite en se disant que si elle n'était pas arrivée un quart d'heure plus tard, elle ferait demi-tour. En espérant que ce genre de bifurcation n'allait pas se multiplier.
Mais finalement, quelques minutes plus tard le chemin sortait de la forêt et traversait une plantation de manguiers avant de rejoindre la rue principale de Yallolaba. Marie passa devant la petite école primaire avec son préau en bois et sa cour de récréation, déserte à cette heure de la journée. Il n'y avait qu'une salle de classe éclairée et Marie n'aperçut par la fenêtre que trois ou quatre élèves, tous avec la même chemisette bleu-marine. Sans doute des enfants à l'étude qui attendent leurs parents, pensa-t-elle. À cent mètres de l'école, l'hôtel de ville était reconnaissable à son horloge antique. Elle affichait 5:40 pm. Il n'y avait guère de promeneurs dans la rue, et si le pub essayait d'égayer l'ambiance en diffusant une musique rythmée, c'était pour l'instant peine perdue, sa terrasse était totalement déserte. Marie continua sur la droite jusqu'à la station-service et se retrouva sous l'emprise d'un autre concert, celui des piaillements des *rainbow lorikets* qui les avaient accueillis avec Bruce deux jours plus tôt. C'est dingue l'instinct grégaire de ces oiseaux pour se rassembler tous dans le même arbre, se dit Marie. Elle ne tenta pas de lâcher son guidon pour taper dans ses mains mais se contenta de pousser un cri. En vain. Pas de quoi effrayer les oiseaux, elle n'aurait pas son ballet multicolore ce soir. Elle arriva enfin sur le parking de la zone commerciale, seul endroit de la ville qui donnait quelques signes d'animation. Le magasin Barnaby trônait entre la *Bottle shop* et le *Newsagent*. Marie appuya son vélo contre la devanture, retira son casque et se lança pour ses premières courses australiennes. Les habitudes alimentaires étant plus ou moins standardisées dans les pays développés, elle trouva sans problème tout ce dont elle avait besoin. Enfin presque. Elle fut en effet prise au dépourvu au rayon fromage qui présentait de nombreuses variétés de cheddar ainsi qu'un *blue cheese* qui faisait pâle figure en comparaison avec son bleu d'Auvergne. Elle ferma

les yeux et choisit au hasard un bloc de cheddar.
- Oh non, 1kg, faut pas abuser. Commençons par 200g, on va voir si on survit à ça.
Le rayon charcuterie était lui aussi des plus restreints : oubliés saucissons et jambons crus, place aux tranches de bacon et aux *italian sausages* sous vide. Pas très appétissant... Après avoir attrapé au passage un paquet de biscuits au chocolat *Tim & Tam*, Marie se présenta à la caisse :
- *Hi, how are you today* ? lui demanda la caissière.
- Euh, *I'm fine, thanks*, répondit Marie, surprise par cette question.
Elle parvint à faire rentrer tous ses achats dans son sac à dos qui était plein à craquer, puis régla et regagna la sortie.
- Mince ! s'écria-t-elle en franchissant la porte automatique, j'aurais dû me dépêcher.
Son vélo était toujours à sa place, mais la nuit était tombée (elle tombait vite en ce point du globe, on l'a déjà dit). Heureusement, son vélo était équipé d'un phare LED qui semblait éclairer pas trop mal. Elle repartit donc tranquillement, même si elle n'était pas très à l'aise pour pédaler avec six kilos de nourriture sur le dos.
La grande rue était parfaitement éclairée par de hauts réverbères, mais dès que Marie tourna pour rejoindre le chemin à travers la plantation, elle se retrouva dans le noir total. Son phare diffusait un mince faisceau lumineux qui éclairait jusqu'à une dizaine de mètres devant elle, pas plus. Par prudence elle ralentit son allure, même si elle se sentait pressée d'arriver. Soudain elle sursauta, presque au point de lâcher son guidon. Elle venait d'apercevoir dans le rai de lumière devant elle une silhouette virevoltante qui manqua de la percuter. Et déjà la revoilà. Puis une autre, et même une troisième. Marie avait aussitôt reconnu des chauve-souris et savait qu'elle ne courait aucun danger. Elle avait toujours été impressionnée par la vitesse et l'agilité de ces volatiles, et si, quand elle était plus jeune, elle se plaisait à les observer par une douce nuit d'été, cette fois elle songeait surtout à s'en éloigner au plus vite. Elle pédala donc fermement jusqu'à l'entrée de la forêt. Là, plongée dans le noir, la végétation alentour paraissait moins oppressante qu'à l'aller et les

chauve-souris ne s'étaient pas entêtées à la suivre. Marie respira donc profondément et se détendit. Elle pédalait activement et réfléchissait à ce qu'elle allait pouvoir cuisiner pour son dîner lorsqu'un horrible cri retentit du fond de la forêt :
- Krraaaaaaouaaaa !!! (retranscription bien pâle du cri réel).
Marie en eut le dos glacé, et ses jambes se ramollirent alors qu'elle essayait d'accélérer. Le cri se fit entendre une seconde fois pendant de longues secondes. Il n'y avait qu'un monstre pour hurler de la sorte, pensait-elle. Même le kookaburra qui s'était moqué d'elle avait un cri plus civilisé. Elle pédalait, pédalait le cœur battant pour s'extirper de cet environnement hostile quand...
- Aaaah !!
Elle avait brusquement serré les freins de toutes ses forces et son vélo avait stoppé instantanément. Elle était pétrifiée de terreur : quelques mètres devant elle, une espèce de lézard géant long de plus de deux mètres trônait au milieu du chemin et la fixait de ses yeux noirs perçants. C'était un *goanna*, dont elle avait vu la photo dans son livre. Elle avait alors pensé qu'il avait comme un air de dinosaure, mais elle ne s'attendait pas à en croiser un sur sa route. Elle se souvenait du commentaire de son livre qui se voulait plutôt rassurant : si ces gros reptiles étaient carnivores, ils n'étaient pas agressifs quand ils étaient rassasiés. Marie ne bougea pas pour ne pas l'effrayer, les animaux n'attaquent que s'ils se sentent en danger. Elle attendit que ce pacha veuille bien libérer le chemin pendant quelques secondes qui lui semblèrent durer des heures. Elle essaya d'actionner la sonnette du vélo mais son tintement n'eut pour effet que de déclencher un nouveau cri strident au-dessus de sa tête tandis que le *goanna* sortit sa longue langue, comme pour menacer l'intruse. L'attente était insoutenable. Prise dans un véritable cauchemar éveillé, Marie décida de tenter le tout pour le tout. Elle estima qu'en serrant bien le bord de la piste sur la droite, elle aurait assez d'espace pour passer. Elle banda les muscles de ses cuisses et fit un démarrage tonitruant qui surprit le reptile. Par réflexe, il s'esquiva sur la gauche et Marie le dépassa sans encombre. Elle fonça à toute allure en direction du BEKS comme si tous les monstres de la

forêt lui couraient après.
Elle arriva au domaine à bout de souffle, reposa le vélo et le casque à leurs places et une fois chez elle, s'allongea sur son lit quelques instants pour reprendre ses esprits. Quel pays ! Sa nature était-elle vraiment aussi hostile ou avait-elle trop d'imagination ?
Elle revivait son horrible chemin du retour dans sa tête quand elle réalisa soudain qu'elle n'avait pas vu Bruce de la journée. Elle pensa un instant à l'appeler par le réseau interne, puis se dit qu'il allait encore se moquer de la petite Française qui avait été terrorisée par un simple *goanna*. Elle entendit que ses colocataires commençaient à s'activer du côté de la cuisine et se dit qu'elle ferait bien de les rejoindre, elle pourrait mettre ses achats au frigo et leur raconter sa mésaventure.
Lorsqu'elle entra dans la cuisine, Gloria qui était assise à table et équeutait des haricots verts leva les yeux vers elle et lui demanda :
- Ça va Marie ? Tu es toute pâle.
- Oui oui, ça va. Mais je suis allé faire des course à Yallolaba, et...
- Et ?
Et elle capta l'attention de toutes les filles présentes avec le récit de son retour épique avec les chauve-souris, puis les hurlements dans la nuit et enfin le *goanna* monstrueux.
- C'était juste notre faune habituelle, dit Jenny sans paraître impressionnée. Les hurlements que tu as entendus c'étaient sûrement les cris des *cockatoos*. Les cacatoès à huppe jaune sont nombreux dans la forêt.
- Moi aussi j'ai été terrorisée la première fois que j'ai vu un *goanna*, compatit Gloria, mais lui aussi a eu peur et il est parti se cacher dans les fourrés. Maintenant quand j'en aperçois un, je fais du bruit et en général il déguerpit.
- Ah, c'est bon à savoir, j'essaierai, dit Marie en la remerciant.
Pour se remettre de ses émotions, elle enfourna une *meat pie* qu'elle avait trouvée au rayon traiteur de Barnaby. Elle avait lu que ces tartes à la viande étaient une spécialité australienne. Puis elle trouva de la place dans un frigo pour ses produits frais et s'octroya un rayon du grand placard pour stocker ses conserves et son sachet de pâtes.

Le dîner se déroula dans la bonne humeur, puis rattrapée par le décalage horaire, la fatigue de sa journée et sa course folle à vélo, Marie refusa l'invitation de ses colocataires à partager une tisane devant la dernière série télé et regagna sa chambre. Elle y fit un brin de toilette, enfila se chemise de nuit, se coucha et s'endormit aussitôt.

Le lendemain matin, vendredi, le kookaburra rieur réveilla Marie quelques minutes avant l'alarme qu'elle avait programmée sur son smartphone. Décidément, ce *kookie* semblait vraiment veiller sur elle. Après une bonne douche chaude, elle s'assit à la table de la cuisine pour son petit-déjeuner. Lena, qui buvait son café en face d'elle ne tarda pas à lui demander :

- Qu'est-ce que tu fais ce week-end Marie ?
- Euh, je ne sais pas, répondit l'intéressée qui n'avait pas encore réfléchi au sujet. Je pense que je vais me balader autour de Yallolaba pour découvrir les environs.
- Oh la la, ma pauvre, tu vas déprimer. Il n'y a rien à faire dans le coin. Nous on va sur la côte. Si ça te dit de nous accompagner, tu es la bienvenue.
- Merci, c'est gentil, mais c'est qui nous ?
- Le clan des surfeuses : Gloria, Kathy, Judith et moi.
- Mais vous allez où ? Et comment ? demanda Marie, perplexe.
- À Byron Bay. On a réservé la vieille Ford Falcon du centre, il y a largement de la place pour toi. Et on dormira dans un *Backpackers*, ça ne nous coûtera pas grand chose.
- Byron Bay, c'est un spot de surf mythique, ajouta Judith qui suivait la conversation.
- Ah bon, je croyais que c'était Surfers Paradise le mieux pour surfer, dit Marie qui essayait de se rappeler les conseils vus sur Internet.
- Non, la Gold Coast, c'est la banlieue de Brisbane, il n'y a que des

loulous...
- De toutes façons, je ne sais pas surfer, avoua Marie en baissant la tête.
- Ce n'est pas grave. Nous non plus on n'était jamais montées sur une planche, et on n'est pas des championnes. D'ailleurs Gloria, t'as appelé Greg pour réserver un cours ?
- Oui, demain après-midi, de deux à quatre.
- Greg, c'est notre prof de surf attitré, expliqua Lena. Il est super sympa.
- Et super beau gosse, ajouta Judith qui fit rigoler toute la tablée.
- Bon, bien merci de m'inviter. Je vous confirmerai si je viens ce soir, ça vous va ? dit Marie qui hésitait entre son besoin de se reposer et son envie de vivre une nouvelle aventure avec ses collègues.
Le reste de sa matinée se déroula sans anicroche, comme si une certaine routine s'était déjà installée. Après le petit-déjeuner communautaire elle s'était rendue à la clinique pour ausculter les patients du jour.
À l'heure du déjeuner, cela sentait à nouveau le barbecue sur la salle-à-manger extérieure : il fallait fêter l'arrivée du week-end. Marie contourna la fumée des saucisses et aperçut Bruce, déjà attablé avec des collègues. Elle alla s'asseoir à ses côtés.
- *Hi* Bruce, ça va ? Je ne t'ai pas vu hier, tu étais en congés ?
- Salut Marie. Non, hier j'ai passé la journée dans la plantation à élaguer des arbres et à aider les gars à cueillir de belles branches pour nos petits gloutons.
- Chauffeur, nettoyeur, cueilleur, tu es l'homme à tout faire du centre, lui dit Marie en souriant.
- Oui, multi-tâches. Et t'as encore rien vu... Et toi toubib, ça se passe bien à la clinique ?
- Oh oui, avec les koalas c'est tranquille. Mais tu sais ce qu'il m'est arrivé hier soir ?
- Non, raconte-nous.
Et voilà Marie partie dans le récit épique de son retour de Yallolaba. Elle força sur ses talents de comédienne, espérant s'attirer un peu de compassion, mais elle ne parvint qu'à déclencher une franche rigolade autour de la table.
- Mais ce n'est pas drôle ! Je vous assure que je me suis crue à *Jurassic*

Park en pleine nuit, entourée de dinosaures.
- Allez, allez, un *goanna* c'est quand même pas un crocodile, lui dit Bruce. T'en verras d'autres !
- Il y a des crocodiles par ici ? demanda Marie, inquiète.
- Non, mais...
- *Help* ! À l'aide ! Attrapez-le ! Attrapez-le ! cria une voix venant des enclos.
Lena arriva en courant, l'air ennuyé :
- Il y en a un qui s'est échappé, il m'a filé entre les jambes quand je leur apportais à manger. Il est parti par là, dit-elle en tendant son bras vers la droite.
Les convives assis à la table de Bruce et Marie se levèrent pour aider Lena qui était catastrophée. Ils furent suivis par les deux cuistots qui délaissèrent leur barbecue pour leur prêter main-forte.
- Et toi, tu ne vas pas les aider ? demanda Marie à Bruce pour le taquiner.
- Oh non, ils sont assez nombreux. De toute façon il n'ira pas loin, les koalas ne sont pas des marathoniens...
- Oui c'est vrai... Mais celui-là a l'air bien excité, dit Marie qui venait de l'apercevoir débouler derrière le préau des éviers.
Les employés essayaient de se rapprocher de lui en l'encerclant, mais le bougre était doté d'une agilité et d'une vivacité déconcertantes. Par un habile zigzag, il parvint à se jouer des costauds qui n'eurent pas le temps de plonger pour le plaquer au sol. Et le marsupial était déjà au milieu des tables de pique-nique. Il s'arrêta un instant, tourna la tête, et repartit tout droit vers le barbecue.
- C'est pas possible ! s'exclama Marie. C'est lui.
- Qui ça lui ? demanda Bruce.
- Lui Jésus. Je l'ai reconnu avec sa tache sur l'oreille et son pansement sur la cuisse.
- Hé, le saligaud a volé ma pince à saucisses ! cria l'un des cuistots qui arrivait en courant.
Jésus tenait en effet un long objet métallique dans sa patte avant gauche, tel un preux chevalier brandissant son épée. Mais à courir ainsi sur trois

pattes, il trébucha, roula en boule et abandonna sa prise. Il se releva un peu sonné en secouant la tête, et comme si cette chute marquait la fin de sa cavale, il s'avança docilement jusqu'à la table où étaient assis Bruce et Marie, sauta sur le banc et vint poser sa tête sur la cuisse de la jeune femme.

- Ça alors ! s'écria Bruce. Qu'est-ce que tu lui as fait pour qu'il te reconnaisse comme si t'étais sa mère ? J'ai jamais vu ça.

- Mais rien ! Je lui ai juste donné une dose de Nutri-P4 hier, conformément aux instructions du Pr.Patrick qui le trouvait un peu faible. Mais là visiblement, il a repris du poil de la bête. Qu'est-ce qu'il y a comme produits dopants dans vos sachets maison ?

- J'en sais rien, j'avais jamais vu un koala si excité. À mon avis, il est complètement cinglé. Et quelle idée de venir chiper la pince à saucisses sur le barbecue...

- Moi je pense que le pauvre a été traumatisé par son attaque de chien à Toowoomba. Alors quand il a vu tous ces gens qui lui couraient après, il a pris peur et s'est emparé d'une arme pour se protéger. Bon après il s'est un peu emmêlé les pinceaux, mais il a l'air calmé maintenant. N'est-ce pas mon pépère ? dit Marie en caressant le fugueur derrière les oreilles.

- Oui bon, maintenant il faut le ramener dans son enclos, dit Bruce en se levant.

- Passe devant pour m'ouvrir la cage, je le tiens bien là, dit Marie en se levant également.

- T'es sûre que tu le maîtrises ? Il ne va pas réessayer de se faire la belle ?

- On verra bien...

Bruce et Marie traversèrent l'aire de repas sous les applaudissements du personnel qui avait participé à la traque de l'évadé.

- Quand même, c'est vraiment bizarre qu'il soit venu vers toi spontanément, reprit Bruce.

- Mais non, il était fatigué, c'est tout.

Bruce déverrouilla la porte de l'enclos Kosciuszko et Marie déposa Jésus sur une branche puis lui souffla à l'oreille :

- À bientôt mon grand, je reviendrai te voir, promis.

Elle quitta promptement la cage, mais Jésus était déjà descendu de sa branche et s'accrochait au grillage en émettant un grognement plaintif.
- C'est dingue, on dirait qu'il pleure, fit remarquer Bruce.
- Oh, arrête, répondit Marie qui avait elle aussi la larme à l'œil.
Lorsqu'ils revinrent à leur table, les saucisses grillées avaient déjà été servies et ils les attaquèrent d'un bon appétit pour se remettre de leurs émotions. Au cours du repas, Marie demanda à Bruce :
- Qu'est-ce que tu fais ce week-end ?
- Comme tous les week-ends, répondit-il. Le samedi je me repose de ma semaine et le dimanche je cours mes vingt kilomètres. Ça fait du bien. Pas seulement au corps, mais aussi à la tête.
- Sans doute, mais ce n'est pas donné à tout le monde de courir vingt kilomètres, dit Marie d'un ton admiratif.
- Oh, il suffit de le vouloir et de s'entraîner, répondit modestement Bruce. Et toi, tu as prévu quelque chose ?
- Les filles m'ont proposé de les accompagner sur la côte.
- C'est super !
- Bof, je ne sais pas. Elles vont surfer et ça ne me dit pas trop. Je n'ai pas d'équilibre, je vais être ridicule. Tu surfes bien toi ?
- Alors là, si ça peut te rassurer, tous les Australiens ne sont pas des surfers-nés. Personnellement, j'ai fait quelques tentatives quand j'étais jeune, mais elles n'ont pas donné grand chose.
- Quand j'étais jeune... On croirait entendre un papy, le tança Marie. Au fait, t'as quel âge ?
- 28. Et toi ?
- 23, répondit Marie d'un air songeur.
- Et vous y allez comment sur la côte ?
- Il paraît que le centre a une vieille Ford à disposition...
- Ah, la Ford Falcon qui est dans le hangar avec les tracteurs. Je ne savais pas qu'elle roulait encore. Et je m'étais toujours demandé ce qu'elle faisait ici. Il n'y a pas moyen de trimballer des koalas avec.
- Elle doit juste servir à trimballer les bénévoles le week-end, dit Marie en souriant.
- Ça doit être ça. C'est une vraie voiture de baroudeur, pour ceux qui

n'ont pas les moyens de se payer un Combi. Pas besoin de tente, tu baisses la banquette et tu peux dormir à l'abri à l'intérieur.
- C'est pratique, conclut Marie.
Autour d'eux, leurs collègues s'étaient levés, marquant la fin de la pause-déjeuner. Ils se levèrent à leur tour et retournèrent vaquer à leurs occupations.
L'après-midi de Marie fut intense. Les koalas défilèrent à un rythme effréné dans la salle de consultation. Mais elle tint bon car elle maîtrisait maintenant parfaitement leur manipulation. Et elle éprouvait toujours autant de plaisir à serrer ces peluches vivantes entre ses mains. Après quatre bonnes heures à la clinique, elle regagna sa chambre éreintée. Elle s'interrogeait toujours sur ses options du week-end tant elle avait besoin de repos. Mais une bonne douche la remit d'aplomb et lors du dîner, elle confirma à Lena et au clan des surfeuses qu'elle se joindrait à elles avec plaisir. Rendez-vous fut pris pour 8:00 am car il fallait compter trois heures et demi de route, selon Lena. Puis Marie salua la troupe et partit reprendre des forces dans son lit, après avoir glissé sa serviette de plage et quelques affaires dans son sac à dos.

Le lendemain, Marie avait déjà un œil ouvert quand le kookaburra poussa son rire matinal. Elle était à la fois excitée à l'idée de découvrir l'océan Pacifique et anxieuse de la session de surf qui s'annonçait. Elle rejoignit ses comparses dans la cuisine où le *breakfast* fut englouti à toute allure. Puis le clan des surfeuses et son invitée prirent possession de la vieille Ford Falcon dans le hangar. À la vue du véhicule, Marie repensa à ce que lui avait dit Bruce : c'était vrai qu'elle était énorme et... dans un piteux état. Après avoir posé son sac dans l'immense coffre, Lena lança :

- Je commence à conduire, ça vous va ?

En l'absence de réaction hostile, elle s'installa au volant. Les trois autres surfeuses s'assirent à l'arrière, laissant la place passager à Marie.

- Ça va, il y a le plein, dit Lena en se tournant vers elle. Le problème avec cette voiture, c'est qu'elle consomme un max.

- L'essence est moins chère ici qu'en Europe, fit remarquer Marie.

- Heureusement ! Vu qu'on est obligées de faire des centaines de kilomètres pour sortir de ce trou paumé. Vous vous souvenez quand on est tombées en panne les filles ? demanda Lena en commençant à rouler.

- Et comment qu'on s'en souvient !

- On n'était pas fières...

- Vous êtes tombées en panne avec cette voiture ? s'inquiéta Marie.

- Oui, panne sèche, confirma Lena. Un dimanche soir, on avait voulu profiter au maximum de notre week-end, alors on était allées dîner au resto en bord de mer avant de repartir. La nuit était tombée quand on a

repris la voiture. J'ai mis le contact, l'aiguille de la jauge était au plus bas, vu qu'on partage la conduite et que la conductrice précédente n'avait pas jugé utile de s'arrêter dans une station-service, n'est-ce pas Judith ?
- Oh, ça va, on va pas revenir là-dessus, protesta l'intéressée.
- Et alors ? demanda Marie.
- Alors j'ai pas fait quinze kilomètres et le moteur s'est arrêté. Sur une petite route, avec franchement pas beaucoup de circulation. Un dimanche soir, en plus.
- Qu'est-ce que vous avez fait ?
- D'abord on a commencé par s'engueuler...
- C'est bon, c'est bon, la coupa Judith.
- Et après, ce qui est bien dans ce pays, c'est que quand quelqu'un voit quatre jeunes femmes en perdition autour d'une vieille guimbarde sur le bord de la route en pleine nuit, il ne passe pas son chemin en leur lançant : « démerdez-vous, grognasses ! »
- La première voiture à passer s'est arrêtée, confirma Gloria.
- Un dragueur ? s'enquit Marie.
- Pas du tout, reprit Lena. Un couple de petits vieux charmants. J'ai pris nos deux bidons d'eau vides et ils m'ont déposée à la station-service la plus proche. J'ai rempli les bidons et pour le retour j'ai demandé à un type qui repartait dans ma direction si je pouvais monter, et il m'a ramenée. Il a même fait un détour pour me poser juste devant la Ford. Ça m'a pris à peine une demi-heure. On a vidé les bidons dans le réservoir et la bagnole a redémarré.
- Vous avez dû être soulagées, dit Marie en imaginant la scène.
- Oui, mais provisoirement seulement.
- Pourquoi ?
- Parce que je suis retournée à la station pour faire un vrai plein pour rentrer à Yallolaba. Je m'arrête devant une pompe, je décroche le pistolet et là, rien ne coule... Je vais voir à la boutique, la porte était fermée et le type me fait non de la main en m'indiquant la pendule : il était 10:03 pm, et la station fermait à 10:00 pm d'après les horaires indiqués sur la porte.

- C'est râlant, dit Marie.
- Oui, je me suis énervée, j'ai tapé sur sa porte jusqu'à ce qu'il l'ouvre et je l'ai imploré de rebrancher la pompe, on était presque à sec, mais ce connard n'a rien voulu entendre.
- Quel salaud ! confirma Marie. Alors, qu'est-ce que vous avez fait ?
- On est reparties la peur au ventre, en roulant doucement pour moins consommer, à l'affût du moindre hoquet du moteur...
- Et ?
- Et après un temps qui m'a semblé durer une éternité, c'est Kathy qui la première a aperçu des lumières sur la droite : un supermarché avec des pompes automatiques accessibles 24h/24.
- Ouf ! fit Marie soulagée.
- Comme tu dis. En tout cas, maintenant on fait attention et on surveille la jauge.
Après ce récit épique, le silence était retombé dans l'habitacle. Les passagères somnolaient, bercées par le ronronnement du vieux moteur six cylindres de la Ford. La conductrice, elle, restait concentrée sur la route qui traversait la campagne. Après environ deux heures, le véhicule pénétra dans l'état de Nouvelle-Galles du Sud, comme l'indiquait un panneau blanc : *Welcome to New South Wales*, accompagné d'un plus petit, carré jaune, figurant un kangourou de profil. Quelques kilomètres plus tard, Lena s'arrêta sur une aire de pique-nique pour céder le volant à Kathy. La pause fut brève et les jeunes femmes reprirent la route sans tarder : l'océan les attendait.
Kathy avait relancé la lourde Ford Falcon à un bon rythme, si bien que vers 11:30 am, la circulation devenue plus dense indiquait qu'elles se rapprochaient d'une agglomération.
- On ne va pas tarder à arriver les filles, annonça la conductrice. Je vais au centre commercial faire le plein et on laissera la voiture sur le parking, ça vous va ?
- Oui, au moins on se prendra pas un PV de stationnement à cinquante dollars comme l'autre fois, dit Judith.
- Les places sont hyper difficiles à trouver dans le centre, et j'aurai pas à faire un créneau. Avec ce tank, je suis pas sûre d'y arriver, confirma

Kathy.
Elle s'arrêta devant une pompe, coupa le contact et descendit faire le plein. Marie qui commençait à avoir des crampes, sortit aussi de la voiture pour se dégourdir les jambes. Quand Kathy reposa le pistolet et se dirigea vers la boutique, Marie l'interpella :
- Tu veux de l'argent ?
- Ça va merci. On fera les comptes à la fin du week-end.
Quelques minutes plus tard, l'imposante Ford Falcon était garée sur le parking du supermarché voisin. Les cinq jeunes femmes l'avaient abandonnée et marchaient avec leurs bagages vers le centre-ville, à quelques centaines de mètres à peine. Les rues dégageaient un air bon enfant de station balnéaire plutôt calme. Les boutiques de souvenirs et d'articles de plage se partageaient l'espace avec les cafés et les restaurants fast-food. Sur la rue en bord de mer s'alignaient également des boutiques de surf, dont celle de Greg.
- On prend des sandwiches chez Bob & Winny et on va pique-niquer sur la plage, suggéra Gloria.
- OK, on te suit.
Toute l'équipe rentra donc dans la sandwicherie *made as you wish* où le client créait lui même son sandwich en choisissant sa taille, le type de pain et toute sa garniture. Pour emporter, précisèrent-elles à la caisse, pressées d'aller profiter du soleil et du sable fin face au bleu envoûtant de l'océan Pacifique Sud.
- Wahoo, quelle plage ! s'écria Marie en descendant les quelques marches qui la menaient jusqu'au sable.
Elle avait en tête les plages rikiki de la Côte d'Azur sur lesquelles s'entassaient les vacanciers dans une promiscuité peu supportable. La plage de Byron Bay lui semblait immense en comparaison, bien qu'elle fut de taille plutôt modeste pour cette île-continent. Le côté Sud se terminait par la falaise du Cape Byron sur laquelle était bâti un phare historique datant de 1901, le plus puissant d'Australie. Le groupe s'installa sur le sable à proximité du rivage et Marie se déchaussa aussitôt et courut mettre ses pieds dans l'eau comme une gamine ravie des vacances qui l'attendaient. Elle pataugea quelques minutes puis

rejoignit ses amies qui, affamées, avaient déjà commencé à pique-niquer.
- C'est super ! Elle est trop bonne, s'écria-t-elle en leur jetant un peu d'eau qu'elle avait ramenée au creux de ses mains.
- Oui, en cette saison elle est encore supportable sans combinaison, dit Judith.
- Supportable ? Elle est au moins à 26°C.
- Oui mais en été elle est plus chaude.
- Ah bon, dit Marie en pensant qu'elle ne connaîtrait pas l'été austral car elle serait rentrée en France.
Après le déjeuner frugal, la proposition de Gloria d'aller se baigner reçut l'approbation générale. Celles qui n'avaient pas leur maillot sur elles se débrouillèrent pour l'enfiler en se protégeant tant bien que mal des regards indiscrets avec leurs serviettes. Quelques instants plus tard, toute l'équipe était dans l'eau et nageait vers le large.
- Ça va pas être terrible pour surfer, cria Lena. Il n'y a pas de vague.
- Quand même un peu de houle, fit remarquer Judith. Ça s'agite toujours dans l'après-midi.
- C'est idéal pour débuter, dit Gloria à l'attention de Marie.
- Oui, ça me suffira, répondit celle-ci.
Les jeunes femmes nagèrent encore un bon moment avant de regagner la plage pour se sécher et faire une petite sieste avant leur leçon de surf.
Ce fut Lena qui alerta la première :
- Hé ho les filles, c'est l'heure ! Il faut y aller !
Tirées de leur sommeil ou de leur somnolence, elles se levèrent une à une, ramassèrent leurs paquetages et se mirent en marche vers la boutique de Greg.
- Ah, voilà le *team* des koalas ! leur dit chaleureusement ce dernier à leur arrivée. Et il y a une nouvelle...
- Oui, Marie, de France, enchantée, dit la Française en scrutant la silhouette devant elle.
Greg était l'archétype du surfeur. Grand sans être un géant, corps musclé et bronzé, surmonté d'une tête d'ange à la chevelure blonde mi-longue, ondulée mais décoiffée. Ses yeux étaient encore plus bleus que le ciel.

Et le tout agrémenté d'un large sourire ouvert sur une dentition si blanche qu'il aurait pu poser pour une publicité de dentifrice.
- *Nice to meet you*, dit-il. Tu as déjà surfé ?
- Non, jamais.
- Ah oui, la France, c'est plutôt du snowboard là-bas.
- Non plus. J'en suis restée au ski.
- Ce n'est pas grave, je vais te donner une planche pour débutants. Et pour les autres demoiselles, les mêmes planches que d'habitude ? demanda Greg en se tournant vers le petit groupe.
- Oui, comme d'hab s'il te plaît.
Le vendeur Greg disparut dans l'arrière boutique, puis revint quelques instants plus tard en moniteur Greg tirant derrière lui six planches posées sur un chariot.
- Allez, en route ! dit-il en faisant signe à ses élèves.
Quelques minutes plus tard, ils étaient tous sur le sable au bord de l'eau à s'échauffer et pratiquer quelques exercices d'assouplissement. Puis Greg entra dans le vif du sujet :
- On va faire quelques essais sur le sable pour se relever de sa planche. Je vous rappelle la technique...
Et joignant le geste à la parole, il saisit une planche et la posa sur le sable.
- Voilà, allongé sur le ventre, les orteils sur le bout de la planche. Bon celle-ci est un peu petite pour moi...
Les filles rigolèrent, ses pieds dépassaient de quinze bons centimètres.
- Les mains à plat sur la planche, on tend les bras pour relever le thorax, et tchac ! Un petit saut et on se retrouve accroupi avec son pied d'appui en avant, plus qu'à se redresser en poussant sur les jambes. Facile ! À vous maintenant. La planche plus large là, c'est pour la nouvelle. Sur le sable ça change rien mais sur l'eau ce sera plus stable.
Chacune prit sa planche et elles se disposèrent en ligne, face à l'océan. Marie, qui était à côté de Gloria, lui demanda :
- C'est quelle jambe qu'on met en avant déjà ?
- Comme tu le sens. Moi je suis *regular*, je mets la gauche devant.
- Moi je le sens pas justement. Je vais essayer comme toi.

Les filles exécutèrent leur exercice une à une sous les commentaires de Greg.
- Pas mal Jude ! Essaie d'être plus percutante quand tu passes accroupie... Super Lena ! C'est bien ça... Bien, Gloria. Mais tu es trop en arrière sur la planche... Marie, vas-y... Hou là ! C'est quoi ça ?
La Française s'était emmêlée les pieds, avait roulé sur le côté et s'était retrouvée la tête dans le sable.
-Pfft ! fit-elle pour recracher du sable. C'est juste le « et tchac ! Un petit saut » qui a raté. Je m'y attendais. Tu peux pas nous le refaire au ralenti ?
- Au ralenti, non. Mais c'est pas compliqué. Regarde.
Et Greg se coucha sur sa planche et refit le mouvement sans hésitation.
- Facile ! redit-il.
Facile, facile, pensa Marie. Bien sûr quand on surfe tous les jours de puis l'âge de cinq ans. Mais j'aimerais bien te voir à ma place grand cake.
Voyant qu'elle n'était pas convaincue, Greg reprit :
- Si tu veux au début tu peux faire une étape intermédiaire en te mettant à genoux. C'est moins fluide mais ça permet de se relever.
- Ah oui, je vais essayer ça.
Les surfeuses poursuivirent les exercices sur le sable pendant encore un quart d'heure avant de se jeter à l'eau. Greg les avait accompagnées et il passait de l'une à l'autre pour leur prodiguer ses conseils en ramant avec les bras, couché sur sa planche.
- Lena, tu te lèves trop tôt avant la vague... Gloria, tu es trop en arrière sur ta planche, la *tail* s'enfonce dans l'eau... Bravo Marie ! Tu as réussi à te lever. Non, ne te retourne pas, tu...
Greg n'eut pas le temps de finir sa phrase que Marie était tombée à l'eau. Tu vas perdre l'équilibre, avait-il voulu lui dire.
Après une heure passée à essayer de se redresser sur sa planche pour retomber à l'eau sitôt qu'elle y était arrivée, Marie avait les jambes fatiguées et décida de faire une pause. Elle regagna le rivage et se posta debout face à l'océan pour observer ses amies. Lena était de loin celle qui s'en sortait le mieux. Judith n'allait pas mal non plus. Soudain, elle

vit que Greg ramait dans sa direction et elle chercha quelque chose à lui dire pour mener la conversation. Mais une fois sur la plage , il se mit à courir et la dépassa sans lui adresser un regard. Elle se retourna et vit qu'il s'était arrêté pour discuter avec un autre type. Désertion du prof en plein cours, ce n'est pas très sérieux, se dit-elle en revenant à ses observations.

Quelques minutes plus tard, elle reçut une forte poussée dans le haut du dos qui l'obligea à faire un pas en avant pour ne pas tomber.

- Non mais quel est le connard qui... s'écria-t-elle en tournant la tête. Greg ! Mais t'es dingue, qu'est-ce qui t'a pris ? Tu m'as fait peur !

Et lui, tout sourire :

- Je m'en doutais, c'est ça ton problème.
- Quel problème ?
- T'es *goofy*, pas *regular*. Regarde, instinctivement t'as mis ta jambe droite en avant quand je t'ai poussée. Donc c'est ta jambe d'appui naturelle. Essaie de mettre ton pied droit devant sur ta planche, tu seras plus stable, tu verras.
- Oui bon, je vais essayer merci. Mais ce que je vois, c'est que pour moi, le surf c'est pas naturel.
- Ça viendra. On a tous commencé comme toi, lui dit Greg pour l'encourager.

Il repartit aussitôt sur sa planche pour coacher les autres filles qui, aux yeux de Marie, semblaient infatigables. De son côté, elle s'assit quelques minutes sur la plage avant de retourner à l'eau. Courageusement, car si ses amies arrivaient plus ou moins à se laisser porter par les vagues, elle n'arrivait pas à sortir de l'enchaînement s'allonger sur la planche, essayer de se redresser, tomber à l'eau, se hisser sur la planche, s'allonger... Mais tout de même, à force de persévérer, elle finit par réussir à se tenir debout quelques secondes. C'est à ce moment que Greg lui cria en s'approchant d'elle :

- Bravo Marie ! Tu vois que t'es *goofy* !
- Euh oui, répondit-elle les jambes tremblotantes, pas convaincue qu'il y ait une réelle amélioration en changeant de jambe d'appui.
- Par contre, continua Greg, essaie de te relever plus rapidement. Deux

ou trois secondes maximum, sinon la vague te dépasse et part sans toi. Tiens, t'as qu'à imaginer qu'il y a requin derrière toi et que tu dois absolument prendre la prochaine vague pour lui échapper. Ça va t'aider à accélérer.
- Il y a des requ...
Marie n'eut pas le temps de finir sa phrase qu'elle avait déjà la tête dans l'eau. Elle émergea rapidement pour entendre Greg répondre à sa question inachevée :
- Non, il n' y a pas de requins ici, mais sur d'autres spots ça peut arriver. Allez, courage, continue.
Et il avait déjà filé vers une autre élève.
Marie poursuivit ses efforts, mais inexorablement, plus elle se précipitait pour essayer de se relever sur la planche, plus vite elle retombait dans l'eau. Elle était lasse et fatiguée quand elle vit enfin Greg et les autres surfeuses revenir du large vers la plage. Elle les rejoignit en pensant qu'elle n'était pas près de remonter sur une planche de surf. Lorsqu'elle arriva sur le sable, Greg était en train de livrer à chacune son commentaire sur la session.
- Kathy, c'était bien, tu avais bien plus d'assurance que la dernière fois, continue...
- Je vais essayer, répondit l'intéressée.
- Lena, tu as dû t'ennuyer aujourd'hui. Les vagues n'étaient pas au rendez-vous, ça arrive.
- C'est pas grave, c'était quand même super d'être sur l'eau.
- Et Marie. Et bien disons que c'étaient des débuts... prometteurs. Il faut continuer à travailler, ça viendra.
- Oui, bon, on verra. Merci de tes conseils.
- OK, c'est l'heure. Je vous laisse les planches si vous voulez continuer à vous entraîner, mais n'oubliez pas de me les rapporter avant 5:30 pm, après je ferme la boutique.
- Et il faudra aller te chercher au pub, ajouta Lena qui fit rire tout le groupe.
Le clan des surfeuses retourna à l'eau tandis que Marie, éreintée, s'installa confortablement sur la plage pour la fin de l'après-midi. Elle

somnola un long moment avant d'être tirée de sa torpeur par le retour de ses amies.
- Allez Marie, réveille-toi ! Il faut rapporter les planches à Greg, lui dit Lena.
- OK, on y va, soupira-t-elle en s'étirant.
À l'issue de cet après-midi sportif, seule Léna semblait avoir encore la force de charger les planches sur le chariot et de tirer celui-ci dans le sable. Greg fut ravi de voir revenir son matériel intact et ses clientes sans blessure et de bonne humeur. Devant le sourire de ce grand cake, comme Marie le surnommait intuitivement, elle eut soudain une idée :
- Greg, on peut faire un selfie, toi, la planche et moi devant l'océan ?
- Pas de problème. C'est pour envoyer à ton ex ? Un règlement de compte ? lui demanda Greg, visiblement habitué à ce genre de requête.
- Non, pas exactement, mais c'est bien pour faire râler un mec, répondit-elle sans plus de précisions.
Ils prirent la pose, Marie entre la planche et Greg. Pour plus de réalisme, Greg avait passé son bras autour des épaules de la jeune femme, mais celle-ci avait beau tendre le sien au maximum, impossible de faire rentrer tout ce beau monde dans le cadre.
- Attends Marie, je vais la prendre, passe-moi ton téléphone, dit Gloria qui observait la scène.
- Tiens et prends en plusieurs, répondit Marie en lui tendant l'appareil.
Après une dizaine de clics, Gloria lui rendit en disant :
- Voilà, c'est bon.
- Merci, dit Marie avec un petit sourire en coin qui entretenait le mystère sur le destinataire des clichés.
Les filles saluèrent Greg puis se mirent d'accord pour aller voir s'il y avait de la place au *Sunset hostel* pour la nuit. Byron Bay ne manquait pas de *backpakers hostels*, ces espèces d'auberges de jeunesse pour baroudeurs, au confort sommaire mais aux prix imbattables. Le *Sunset* était leur préféré car ses soirées étaient animées mais son bar fermait à minuit, ce qui garantissait quelques heures de sommeil. Il se trouvait dans le centre-ville, à quelques centaines de mètres de la plage. Le petit immeuble en briques de trois étages ouvrait côté rue sur une cour

ombragée par deux palmiers. Gloria, Judith et Marie attendirent là Kathy et Lena qui étaient allées à la réception. Celles-ci revinrent triomphantes peu après :
- C'est bon les filles, on a une chambre pour six, la 214. Côté piscine.
Marie, qui n'était pas encore habituée aux *backpackers*, tiqua un peu en entrant dans la chambre. Il y avait bien six lits, mais superposés, dans une pièce de moins de 20m². Une petite fenêtre donnait sur le jardin, avec la piscine, le bar et la salle à manger. Pour les sanitaires, il fallait aller voir au bout du couloir. Marie posa son sac sur un couchage bas, laissant les hauteurs aux habituées : il n'y avait pas d'échelles, et ses jambes fatiguées auraient eu bien du mal à la pousser dans l'ascension.
Elles se rendirent chacune à leur tour dans la petite salle de bain de l'étage pour y prendre une bonne douche tiède (une douche chaude aurait été un luxe incongru dans un *backpackers hostel*) et se parer pour la soirée. Oh, n'imaginez pas là robes de gala et escarpins à talons. Bermudas, chemisettes et espadrilles étaient bien assez élégants après avoir passé la journée en maillots de bain et tongs.
La terrasse commençait à se remplir lorsqu'elles descendirent, et elles s'emparèrent de la dernière table libre.
- Je vais commander, dit Lena. Comme d'habitude, des tapas, trois VB et une *Tooheys* pour Judith. Et toi Marie qu'est-ce que tu bois ?
- Je ne sais pas, je n'ai goûté que la XXXX.
- La XXXX c'est pas terrible. Je te prends une VB aussi, c'est la meilleure.
- D'accord, merci.
Lena se dirigea vers le bar et revint quelques minutes plus tard avec cinq *stubbies* sur un plateau.
- Voilà les bières, annonça-t-elle fièrement. Ils nous apportent les tapas, juste le temps de les préparer. En attendant :
- *Cheers !* s'écrièrent les amies d'une même voix en levant leurs bouteilles avant de porter les goulots à leurs lèvres.
Marie fut la première à reposer sa bouteille sur la table. Quand Lena en fit autant quelques instants plus tard, elle avait déjà descendu presque la moitié de sa bouteille et demanda :

- Alors Marie, comment tu la trouves la VB ?
La Française lui répondit par une grimace car elle avait avalé de travers et essayait de refréner une furieuse envie de tousser et cracher. Lena continua :
- La *Victoria Bitter* a des arômes beaucoup plus raffinés que la XXXX, la bière des *farmers* du Queensland, ces ploucs...
- Arrête Lena, la coupa Gloria. Tu sais bien qu'il n'y a que toi qui aime la bière. Nous on trouve ça dégueux et en plus ça fait grossir et roter. Si on en boit c'est juste pour l'alcool qui nous fait doucement tourner la tête et rigoler. Pas vrai les filles ?
- Suis d'accord, balbutia Marie qui peinait à reprendre son souffle.
Le barman arriva opportunément avec les tapas, ce qui mit fin à cette conversation qui s'annonçait conflictuelle. Lena put néanmoins la poursuivre avec les occupants de la table voisine : deux Allemands venus passer un an en Australie avec un visa vacances-travail leur permettant d'être embauchés temporairement (dans des exploitations agricoles essentiellement) pour financer leur périple. Ils étaient accompagnés d'un Chinois, étudiant en sciences dans une université de Sydney, qui trouvait les cours tellement nuls qu'il les séchait allégrement pour faire du tourisme. Il fut de toutes façons bientôt très difficile de se parler (de s'entendre surtout) car le DJ maison avait rejoint ses platines pour essayer de mettre une *crazy atmosphere* dans l'établissement.
Après quelques minutes de musique électro, la piste commençait à se remplir.
- On va danser ? proposa Kathy a ses amies.
Et toutes se levèrent d'un même élan. Seule Marie, restée assise, répondit :
- Allez-y, je vous rejoins...
L'électro n'était pas sa tasse de thé, et elle se demandait comment elles avaient encore assez d'énergie après ce long après-midi de surf pour aller gigoter sur une musique aussi agressive. Mais peut-être était-ce simplement qu'elle-même n'avait pas encore terminé sa VB. En les regardant se mêler à la foule des danseurs, elle repensa à sa photo avec Greg et se dit qu'il était temps de l'envoyer à son destinataire. Elle

attrapa son téléphone et fit défiler un à un les clichés pris par Gloria. Greg arborait son large sourire *Colgate* sur chacun d'eux, son sourire à elle semblait plus forcé. Elle choisit finalement la pose où la planche, légèrement plus inclinée, laissait apparaître une ombre comme un rire sur son visage. C'était l'imagination de Marie l'artiste... Elle appuya sur *Envoyer par SMS* et l'accompagna du commentaire : Salut. Tu avais raison. Les surfeurs australiens sont hyper cool. *Choix du destinataire :* Alex. *Envoyer.* Et voilà. Elle pensa à son pauvre camarade lyonnais qui devait encore être dans le brouillard et le froid d'un hiver interminable, à s'occuper des hémorroïdes du caniche à sa mémère dans un cabinet vétérinaire. Elle avait fait le bon choix de venir en Australie, elle en était persuadée. Ragaillardie par ses pensées positives, autant que par ses dernières gorgées de VB, elle remarqua que le DJ avait changé de registre et était revenu à du classique pour certains, du ringard pour d'autres. Abba déchaînait la piste avec sa *Dancing queen*, et Marie quitta sa table pour se joindre à la vague.
Nos surfeuses passèrent ainsi la soirée à alterner trémoussements sur le *dance floor* et discussions ineptes au bar avec des types plus ou moins écervelés, sans qu'elles puissent toujours discerner s'ils étaient dans leur état habituel ou fortement imbibés de XXXX et de VB. Il y avait les harceleurs, qui devant une présence féminine si massive et charmante essayaient à tout prix d'obtenir leur numéro de chambre. Ou les illuminés, comme ce russe, qui après avoir étudié pendant quatre ans le commerce à l'université de Saint-Pétersbourg s'était irrémédiablement retrouvé au chômage. Las, il avait fui vers l'Australie dans l'espoir de commencer une nouvelle vie. Quand les jeunes femmes lui apprirent qu'elles travaillaient avec les koalas, il eut une idée de génie. Il leur proposa de s'associer avec lui pour exporter vers la Russie des peaux de koalas afin d'en faire des pantoufles.
- Da ! Fourrir koala très chaud, très doux.
Les soigneuses, offusquées, lui rappelèrent que le koala était un animal protégé et lui conseillèrent d'arrêter la vodka.
Comme indiqué dans le règlement intérieur, à 11:59 pm, le DJ arrêta ses platines et remercia tout le monde pour cette super soirée au *Sunset.* Il

était maintenant l'heure d'aller se coucher mais il les invita à revenir nombreux dès le jeudi soir suivant pour d'autres super soirées, toujours dans la bonne humeur...
Tout ce beau monde regagna donc docilement les chambres, sauf quelques acharnés qui maugréaient contre ce couvre-feu beaucoup trop précoce à leur goût et qui partirent en ville à la recherche d'un autre lieu où s'éclater. Quant à nos surfeuses, elles se couchèrent sans tarder, épuisées par cette journée sportive jusqu'à la dernière minute.

Le lendemain matin, Marie ne fut pas réveillée par le chant d'un kookaburra, mais par un concerto de ronflements à quatre voix. Son volume sonore n'était certes pas très élevé, mais néanmoins assez agaçant pour annihiler toute tentative de ré-endormissement. Lasse de se retourner dans son lit, elle tendit le bras pour tirer le rideau et jeta un œil aux premières lueurs de l'aube. Son esprit s'éveilla en un instant. Elle se leva, enfila son short et un T-shirt, sauta dans ses baskets, avala une barre de céréales et trois gorgées d'eau puis sortit de la chambre discrètement. Arrivée dans la cour, elle se mit à courir en direction de la plage. L'occasion de contempler le lever du soleil sur l'océan Pacifique ne se présentait pas tous les jours, il ne fallait pas la manquer. Elle arriva sur la plage essoufflée mais juste à temps et s'assit en tailleur sur le sable. Quelques nuages s'étaient glissés dans le ciel comme pour magnifier le spectacle. Ils se teintaient d'un dégradé de violet, rouge, orange, tandis que peu à peu émergeait à l'horizon un cercle de feu qui embrasait le ciel de sa lumière chatoyante. Marie était ébahie par un tel spectacle et bien qu'il ne durât que quelques minutes, il la remplit de bonne humeur pour la journée. Journée qu'elle commença activement en courant pieds nus sur le sable au bord de l'eau, se laissant arroser au bon gré des vagues. Un immense sentiment de liberté la submergea quand elle repensa aux joggings qu'elle faisait à Lyon pour se détendre, obligée de slalomer sur les trottoirs entre poussettes, mamies, trottinettes et crottes de chiens. Elle fit plusieurs allers-retours le long de la plage avant de finir par s'écrouler sur le sable, à bout de souffle. Elle pensa alors à Bruce. Était-il en train de courir ses 20 km comme il lui avait

dit ? Il faudrait qu'elle s'entraîne encore durement pour espérer l'accompagner.
Marie retourna au *Sunset* au moment où ses amies s'apprêtaient à en sortir. Étonnées de ne pas la trouver à leur réveil, elles lui avaient laissé un message l'invitant à les rejoindre sur la plage.
- La plage, j'en viens, il y avait un lever de soleil magnifique, leur dit-elle lorsqu'elle les croisa. Mais attendez-moi cinq minutes, le temps que je mette mon maillot de bain et je vous accompagne.
Elle se précipita dans la chambre et en revint quelques instants plus tard, prête à plonger dans l'océan.
Les jeunes femmes passèrent la matinée en alternant séances de bronzage sur la plage et baignades rafraîchissantes. Puis, l'heure du lunch approchant, Judith et Kathy allèrent faire quelques courses à la supérette la plus proche pour un pique-nique improvisé : pain de mie, barquettes de coleslaw et autres produits locaux. Marie put ainsi s'initier au sandwich cheddar-tranches de *beetroot* en conserve qui sans se contenter d'être un désastre gustatif laissait aussi comme des tâches de sang sur les mains. Une fois rassasiées, les surfeuses décidèrent d'aller louer des planches à Greg pour occuper l'après-midi. Les vagues étaient meilleures que la veille, il fallait en profiter. Pour sa part, Marie préféra tenter sa chance à l'observation des baleines et monta au belvédère du Cape Byron, au pied du phare, le meilleur endroit pour les regarder passer. Elles se séparèrent donc et se donnèrent rendez-vous à 4:30 pm devant la boutique de Greg : il faudrait penser à rentrer à Yallolaba.
Marie se traîna laborieusement jusqu'au Cape Byron, ses jambes accusaient le coup de son jogging matinal. Arrivée au pied du phare, elle s'installa confortablement sur un banc face à l'océan. Pour observer les baleines, il fallait avant tout être patient. Mais son état de fatigue et le calme apaisant de l'océan au-dessous d'elle l'emportèrent vite sur sa détermination : elle ne tarda pas à s'assoupir.
- Là, maman, regarde !
Marie s'éveilla en sursaut. Devant elle, un petit garçon pointait son index vers l'océan pour indiquer à sa mère où il venait de voir une baleine sauter hors de l'eau. Marie se leva précipitamment, regarda dans

la direction indiquée mais ne vit qu'une grosse tâche d'écume blanche au milieu des vagues.
- Elle était énorme, et trop belle, reprit le gamin, ravi.
Trop tard, pensa Marie en se rasseyant. Il faut que je reste concentrée.
Elle s'efforça de rester à l'affût pendant un bon quart d'heure, mais comme rien ne semblait arriver, elle retomba irrémédiablement dans un demi-sommeil. Et la même scène se répéta.
- Wahoo ! T'as vu ça Lucy ?
- Oui, et son jet d'eau était hyper haut !
Cette fois c'était un père et sa fille qui s'extasiaient. Et Marie venait encore de rater le spectacle de quelques secondes. Elle décida alors d'aller se promener sur le sentier qui longeait la falaise. En gardant les yeux rivés sur l'océan, elle finirait bien par apercevoir un cétacé. Effectivement, après quelques minutes, son effort fut récompensé. Son attention fut d'abord attirée par deux dauphins majestueux qui semblaient se livrer une course effrénée le long de la côte. Ils jaillissaient de l'eau pour y replonger aussitôt, mouvements répétés à un rythme endiablé. Et alors qu'elle s'extasiait de ces merveilles de la nature, elle aperçut un peu plus loin comme le jet d'une fontaine, prémisse à l'émergence de la tête d'une imposante baleine à bosse qui resta une fraction de seconde en l'air avant de s'écraser dans l'océan en un tonnerre d'éclaboussements. Une vision fugace mais si exceptionnelle qu'elle s'imprimait dans la mémoire comme une photographie. Marie, tout ébahie, en resta figée quelques instants. Puis de retour à la réalité, elle remercia la nature de lui avoir offert un tel spectacle et elle se rappela qu'il était temps de commencer à rejoindre la plage pour retrouver ses amies.
Elle arriva dans la rue côtière au moment où le clan des surfeuses sortait de la boutique de Greg. Elles repartirent ensemble vers le centre commercial pour récupérer leur voiture. Toutes étaient ravies de leur après-midi. L'une parce qu'elle avait vu sa baleine, les autres parce que les vagues étaient bien meilleures que la veille. Après avoir chargé les bagages dans le coffre de la vielle Ford, les surfeuses décidèrent que Marie conduirait car elle s'était, selon elles, reposée tout l'après-midi. Ce

qui n'était pas totalement faux. La Française s'installa donc au volant, avec un peu d'appréhension car c'était la première fois qu'elle tenait un volant à droite et que le gabarit de la Ford Falcon n'était pas celui d'une Fiat 500. Mais elle s'aperçut vite qu'il était naturel de rouler à gauche avec le volant à droite, comme si tous les réflexes s'étaient inversés spontanément. La boîte automatique la déchargeait en outre du changement des vitesses, et Marie semblait maîtriser parfaitement le char dès la sortie de Byron Bay. Et voilà l'équipe partie pour une longue route jusqu'à Yallolaba.
Marie s'énerva pourtant une demi-heure plus tard en tripotant les leviers derrière le volant, alors que les essuie-glaces battaient à pleine vitesse.
- Mais comment ça marche cette m..., murmura-t-elle.
Lena, qui somnolait sur le siège passager, ouvrit un œil :
- Tu cherches les phares. Attends, c'est là.
Elle tendit le bras, et d'un geste assuré actionna les bonnes commandes. Les essuie-glaces s'immobilisèrent et une pâle lumière éclaira la route. Elle précisa :
- Fais attention, ils n'éclairent pas top.
- Je vois.
- Tu vois bien ?
- Je vois qu'ils n'éclairent pas bien. Mais ça ira. Il n'y a pas le choix.
Et la Ford poursuivit sa course sur une petite route déserte pendant une bonne heure. La nuit était maintenant complètement tombée et Marie restait concentrée sur sa conduite. Mais soudain elle sauta sur les freins en s'écriant :
- Hiiiiiiiii !
- Ouch ! Aïe ! Keskispass ? réagirent les passagères réveillées en sursaut.
- Un kangourou ! Ce con a traversé juste devant, on a failli le percuter !
- Ah oui, ça arrive la nuit, il faut être prudent, dit Judith d'un ton nonchalant.
L'émotion passée, Marie relança la voiture, il fallait avancer. Elle ne put s'empêcher de penser que si Bruce avait été là il lui aurait dit : « c'était pas un kangourou, mais un wallaby ». Qu'importe, il était passé à la

vitesse de l'éclair, impossible de distinguer. En tout cas elle avait la preuve que les panneaux carrés jaunes avec un animal noir dessiné dessus n'étaient pas là seulement pour amuser les touristes.
Arrivée à l'aire de repos de Jonction Point, Marie céda le volant à Lena qui termina la route jusqu'à Yallolaba.
Il était 8:50 pm lorsque la Ford regagna son garage.
- Pas fâchée d'arriver, dit Lena en bâillant.
Les autres en dirent autant, attrapèrent leurs bagages et regagnèrent leurs chambres pour une longue nuit réparatrice.

Les jeunes surfeuses étaient plus ou moins reposées le lendemain matin. Mais on était lundi, et elles n'avaient pas d'autre choix que de se lever pour commencer la semaine. Sur le planning préparé par le Dr.Jack, Marie avait été affectée à la salle de consultation n°2 pour des visites médicales en binôme avec Judith. Elle était rassurée, sa collègue semblait aussi fatiguée qu'elle et le rythme n'allait pas être survolté. Il fallait néanmoins tenir la cadence des aide-soignants convoyeurs qui leur apportaient les marsupiaux et les reconduisaient dans leurs enclos après la consultation.
Tout se déroulait sans anicroche, dans le calme, quand à environ 11:00 am un grand bruit se fit entendre dans le couloir, comme si un objet était tombé au sol.
- Par Vishnou, viens ici toi ! s'exclama une voix grave.
Peu après, la porte de la salle de consultation laissée entrouverte s'ouvrit brusquement et les deux jeunes femmes, surprises, découvrirent un koala sur le carrelage.
- Oh non, c'est pas possible, encore lui, se lamenta Marie qui avait aussitôt reconnu Jésus.
Un jeune homme grand, à la peau mate et doté d'une épaisse chevelure se présenta. C'était Ganesh, un volontaire indien.
- Excusez-moi mesdemoiselles, ce cochon a sauté sur le bureau de l'accueil et a envoyé valser le téléphone avant de se précipiter ici. Il n'est pas pour vous, il est prévu en salle n°1 pour refaire son pansement. Quel enragé ! Il est cinglé celui-là.

- C'est bon, merci, on va s'en occuper, je l'ai bien en mains. Ramène plutôt celui-ci dans son enclos, dit Marie en montrant le koala qu'elles venaient d'ausculter.
En fait, c'était plutôt Jésus qui maîtrisait la situation. Il s'était accroché à la jambe de la jeune femme comme à une branche d'eucalyptus et ne semblait pas disposé à lâcher prise. Judith entreprit de libérer sa collègue en essayant d'écarter les bras de l'animal récalcitrant.
- Attention, lui fit remarquer Marie, il risque de te griffer. Il faut le mettre en confiance, gentiment.
Et en le caressant doucement derrière la tête, elle continua :
- Sois gentil mon petit Jésus, laisse-moi regarder ta blessure, je vais te soigner... Là, voilà...
Et sous les yeux ébahis de Judith, Jésus avait relâché son étreinte et s'était laissé porter docilement par Marie sur la table d'auscultation. Elle retira délicatement le vieux pansement, désolée mon pitchoune le sparadrap ça tire les poils, vérifia que la cicatrisation était en bonne voie, rajouta un peu de désinfectant et appliqua une nouvelle compresse.
- Et voilà mon grand, tout va bien !
- J'appelle Ganesh pour le ramener ? demanda Judith.
- Non, c'est bon, je m'en charge, j'en ai pour cinq minutes, répondit Marie qui tenait déjà Jésus dans ses bras.
Elle attrapa une clé à l'accueil qu'elle glissa dans sa poche et marcha vers l'enclos du koala en lui prodiguant des petits massages pour soulager ses vertèbres et lui insuffler un peu de bien-être. Elle-même en profitait pleinement tant il était agréable pour ses doigts de manipuler cette douce peluche. Pour ne pas risquer une nouvelle escapade, elle ouvrit l'enclos, déposa Jésus sur le sol et lui claqua la porte au nez. Celui-ci se mit aussitôt à gémir comme un animal blessé. La soigneuse s'accroupit à sa portée et essaya de le consoler :
- Arrête mon grand, tu sais bien que je ne peux pas être toujours avec toi. Il faut que je m'occupe des autres aussi. Pourquoi tu ne vas pas t'amuser avec tes copines là, je suis sûre qu'elles sont super gentilles. Ne fais pas ton timide...
Et elle tourna le dos pour retourner à ses activités.

La semaine se déroula sans tracas jusqu'au jeudi après-midi, quand le Dr.Jack demanda à Marie de l'accompagner pour s'occuper des grands brûlés. Finies les visites médicales tranquilles, il était temps pour la future vétérinaire d'être confrontée à la réalité du métier, parfois cruelle. Les deux femmes se dirigèrent vers l'enclos dédié. Marie réalisa qu'elle ne l'avait jamais remarqué, peut-être parce que contrairement aux autres enclos entièrement couverts de grillage, celui-ci comptait trois murs en béton, comme pour mieux tenir ses pensionnaires à l'abri des regards.
- Juste après les incendies, nous avons hébergé plus de quarante individus atteints de brûlures graves. Et seulement trois ont pu être réintroduits dans la nature. Aujourd'hui, il nous en reste huit, dit le Dr.Jack en approchant.
- Et les autres... tenta Marie.
- Ils sont enterrés dans notre cimetière, là-bas derrière.
- Quelle tristesse !
- Et on ne se fait pas d'illusion pour ceux qui restent, ils n'en ont plus que pour quelques semaines, au mieux. L'enjeu est donc de leur assurer une fin de vie digne et soulager autant que possible leurs souffrances.
Arrivée devant l'enclos, Marie eut un haut-le-cœur. Certains koalas, méconnaissables, auraient pu jouer les rôles de monstres dans un film d'épouvante. Toute leur fourrure avait disparu, et leur peau à vif affichait un sinistre dégradé de couleurs, du rose vif au brun sombre. L'un avait même été amputé d'un membre et était accroché tant bien que mal à une branche que Marie se demandait s'il n'allait pas finir par s'écraser sur le sol.
- On va leur donner une dose de Nutri-P2 à chacun, dit le Dr.Jack en sortant le matériel de son sac. Et il faut essayer d'évaluer leur niveau de douleur, pour leur faire au besoin une injection de Morfladol, un analgésique morphinique.
- Bien docteur.
- Jack. Appelle-moi Jack.
- Bien Jack.
Marie saisit une dose de Nutri-P2 et s'avança vers le koala le plus à gauche en frissonnant. Elle n'était pas cette fois en présence de peluches

attendrissantes, mais d'individus traumatisés à l'aspect rebutant. Elle essaya néanmoins à plusieurs reprise d'approcher la tétine de la gueule de l'animal, mais rien à faire, il restait prostré et fixait sur elle un regard vide.
- Il faut forcer le passage s'ils n'en veulent pas, dit le Dr.Jack qui observait la scène. Pour leur faire desserrer la mâchoire, il suffit d'appuyer un peu sur les joues de chaque côté avec les doigts, comme ça.
Et elle mima le geste sur son propre visage.
Marie suivit la consigne délicatement et, comme par enchantement, la petite bouche s'ouvrit devant elle. Du moins s'entrouvrit suffisamment pour y glisser la tétine. Plus qu'à attendre que le loustic veuille bien avaler la potion. Allez, allez, oui ! Ça y était. Marie aperçut le liquide qui s'écoulait lentement. Avec son imagination débordante, elle se vit alors en infirmière incrustée sur la photo mythique de Nick Ut, portant secours à cette petite fille brûlée au napalm pendant la guerre du Vietnam.
Le Dr.Jack et son assistante passèrent l'après-midi à s'occuper de ces patients délicats et Marie dut même faire une injection de Morfladol à l'un d'eux sur injonction du docteur.
- 5 mg, ça suffira. Au-delà ça pourrait le rendre complètement amorphe.
Marie avait eu envie de lui répondre que les koalas étaient amorphes par nature, mais elle s'était abstenue.
Les deux femmes quittèrent l'enclos des grands brûlés à la nuit tombante, et tandis que le Dr.Jack se dirigeait vers la clinique, Marie se dit qu'elle n'avait rien de particulier à y faire et préféra regagner directement le quartier des habitations. Enfin, presque directement, puisqu'elle se dit qu'une petite visite à son Jésus lui ferait du bien après ce dur après-midi. Mais arrivée devant l'enclos Kosciuszko, elle constata avec étonnement que Jésus n'était pas perché seul dans son coin sur sa branche habituelle, mais qu'il s'était rapproché de l'une de ses colocataires et semblait discuter avec elle. C'était pure conjecture car elle ne comprenait pas le langage koala, mais les deux marsupiaux avaient l'air de bien s'entendre. Elle essaya néanmoins d'attirer son

attention :
- Jésus... Jésus, je suis là. Tu ne viens pas me voir ?
Le bougre tourna la tête, lui accorda un bref regard et en revint à sa complice du moment. Marie, qui avait vu dans ses yeux qu'il avait l'air joyeux, partit en direction de sa chambre en maugréant :
- Ah ces mâles, tous les mêmes...
Arrivée au bloc B, elle se dit qu'elle n'était pas d'humeur à dîner avec ses collègues. Elle fit donc un bref passage en cuisine pour récupérer dans ses provisions un bol de nouilles japonaises à cuisson instantanée et regagna sa chambre. Là, elle activa sa bouilloire pour préparer son dîner frugal qu'elle ingurgita en moins de cinq minutes, avant de se coucher pour une nuit qu'elle espérait réparatrice.

Mais son sommeil fut chaotique cette nuit-là. Il y eut d'abord ce rêve qu'elle faisait fréquemment avant d'arriver en Australie, mais cette fois il avait tourné au cauchemar. Elle serrait un koala dans ses bras et courait, courait pour échapper aux flammes derrière elle. Mais elle trébucha, et tombant à terre, elle lâcha sa prise et Jésus, puisque c'était bien de lui dont il s'agissait avec son pansement sur la cuisse, roula en boule dans un buisson qui s'embrasa instantanément. Pfffou ! Marie s'était réveillée tout essoufflée, et elle se tourna et se retourna dans son lit un long moment avant de retrouver le sommeil. Mais cette fois elle était une petite fille qui avait perdu ses parents dans la forêt noire. Et tout autour d'elle, des monstres arborant les gueules cramées de ses patients du jour poussaient des grognements terrifiants. Puis ce fut la pause-déjeuner avec ses collègues. Tous parlaient fort et tenaient une bière à la main. Et au milieu d'eux, ce n'étaient pas des saucisses qui grillaient, mais un koala sur une broche. Le méchoui s'annonçait délicieux... Combien de fois Marie se réveilla-t-elle sur d'aussi horribles visions cette nuit-là ? Quand le kookaburra poussa son cri matinal, c'était le diable, incarné en un chat rouge et cornu, qui riait. Il tenait à la main un tison et venait d'incendier un eucalyptus sur lequel s'était réfugiée une famille de marsupiaux.
Après une nuit aussi agitée, Marie n'était évidemment pas au meilleur de

sa forme pour travailler. Heureusement, certains automatismes s'étaient déjà mis en place et son planning du jour à la clinique était plutôt léger. Elle put donc effectuer ses visites médicales avec une attention réduite. Durant la pause déjeuner elle croisa Donna, la directrice, qui la trouva fatiguée et lui demanda si tout allait bien. Marie la rassura en lui disant qu'elle avait juste mal dormi (sans en préciser la raison) et qu'elle allait se reposer ce week-end. Donna fut soulagée car elle comptait sur elle pour participer la semaine suivante à la réunion de mise en place du protocole de test du médicament anti-chlamydia. Sur ce les deux femmes retournèrent à leurs assiettes, garnie uniquement de crudités pour celle de Marie. L'odeur de la fumée la dégoûtait ce jour-là, mais elle avait tout de même jeté un coup d'œil au barbecue pour vérifier que c'étaient bien des saucisses qui grillaient.
Elle passa l'après-midi à la clinique sans faire de zèle, et décida de reporter son idée d'aller faire des courses à Yallolaba au lendemain matin. Le dîner avec les autres résidentes se déroula dans le calme car aucune n'avait prévu d'escapade pour le week-end et la perspective de deux jours de repos forcé à Yallolaba n'était pour certaines pas très enthousiasmante.

Le lendemain matin, même le cri du kookaburra ne parvint pas à décoller la tête de Marie de l'oreiller. La jeune femme était partie pour une bonne grasse matinée. Ce ne fut que vers 10:00 am qu'elle s'éveilla et s'étira en bâillant.
- Déjà ! s'écria-t-elle en regardant l'heure sur son téléphone.
Il ne fallait pas traîner. Elle partit aussitôt prendre sa douche et fit une brève étape à la cuisine pour avaler un semblant de petit-déjeuner avant de repasser dans sa chambre attraper son sac à dos et de se rendre au garage à vélo. Un casque, un VTT et en route pour Yallolaba !
Arrivée sur le parking de la zone commerciale, Marie tomba sur Bruce qui sortait de la *Bottle shop* avec un énorme carton de XXXX dans les bras. Elle l'apostropha :
- Et bien Bruce, c'est week-end picole en perspective...
- Salut Marie. Il faut bien refaire les stocks de temps en temps, répondit-il nullement gêné. Tu veux que je te ramène en voiture ?
Il avait emprunté la Toyota Yaris du centre.
- Non merci, il faut d'abord que je fasse mes courses. Bon week-end.
- Bon week-end toi aussi.
Marie prit son temps chez Barnaby pour remplir son sac de victuailles en essayant de se rappeler ce qu'il restait sur son rayon du frigo. Puis elle retourna au centre par le sentier forestier. Elle restait sur ses gardes, s'attendant à croiser un goanna ou autre dragon australien. Mais elle était néanmoins confiante. Après avoir été confrontée aux gueules cramées, plus rien ne pouvait l'impressionner.

Après un pique-nique avec ses collègues présents et une courte sieste au soleil, le caractère studieux de Marie l'emporta et elle passa l'après-midi dans la bibliothèque à récolter des informations sur la chlamydia et autres plaies des koalas. Avec la réunion et le projet qui s'annonçaient, il s'agissait de ne pas passer pour une ignare si elle espérait faire entendre sa voix. Elle consulta des thèses et feuilleta des revues scientifiques, notant sur son cahier les moindres détails qui lui semblaient intéressants. Plus tard dans la soirée, elle rédigerait une synthèse de ce qu'elle avait appris. Les heures passent vite lorsqu'on est ainsi absorbé par son travail et Marie s'aperçut que l'après-midi touchait à sa fin lorsqu'elle dut allumer le grand lustre de la bibliothèque pour s'éclairer. Elle s'inquiéta alors qu'il y eût un horaire de fermeture. Et comme elle ne voulait pas prendre le risque de se laisser enfermer par le gardien, elle se hâta de noter ses derniers commentaires et regagna sa chambre.
Le soir après le dîner, Marie était assise à sa table de travail et relisait ses notes lorsqu'elle pensa :« mince, j'ai oublié de lui demander... C'est trop tard pour passer chez lui ». Elle eut alors l'idée d'utiliser le vieil appareil de télécommunication. Elle décrocha le combiné et entra le numéro... ah oui 5 32, c'est ça... une sonnerie... deuxième...
- Allô ?
- Allô Bruce, c'est Marie.
- Oui Marie, qu'est-ce qui t'arrive ?
- Euh, je voulais juste te demander, tu vas courir demain ?
- Oui, comme d'habitude.
- Et je me demandais... Est-ce que je pourrais t'accompagner, au moins au début, pour que tu me montres des chemins sympas ?
- Mais oui, bien sûr, c'est une super idée !
- Juste quelques kilomètres, je te préviens, j'en ferai pas vingt.
- Pas de problème. Départ à 8:00 am, ça te va ?
- Impeccable. Tu, tu as éclusé toutes tes bières ? demanda Marie pour le tester.
- Oh non, je n'en ai bu qu'une. Si ça te dit de passer en partager une...
- Non merci. Si on court demain matin il vaut mieux que je m'abstienne. Bonne nuit Bruce.

- À demain Marie.

Les deux joggers se retrouvèrent à l'heure dite sur l'aire de repas. Marie remarqua immédiatement la grosse montre que Bruce portait au poignet.
- C'est une montre connectée avec GPS, lui expliqua-t-il. Elle enregistre tous les paramètres de ta course et te donne en temps réel la distance parcourue, ton allure et même ton rythme cardiaque.
- C'est du matos de pro. Il manque juste une fonction pour éloigner les goannas...
- Indispensable si on veut s'entraîner sérieusement, et les goannas ne me font pas peur. On va partir du côté de la plantation, ça te va ?
- Je te suis.
Et Bruce commença à trottiner en direction de la maison. Sur la prairie devant la demeure, Marie se souvint des deux wallabies qu'elle avait vus l'autre jour et demanda à Bruce :
- Il y a des wallabies apprivoisés ici ?
- Non, pourquoi ? Tu veux en adopter un ?
- Non, mais l'autre jour il y en avait deux qui jouaient, là.
- Ça arrive, ils ne sont pas farouches. Ils ont compris qu'ici on ne leur fera pas de mal. On va peut-être en croiser.
- Oh, ce serait trop bien.
Les deux sportifs couraient maintenant côte à côte dans la forêt d'eucalyptus et Marie qui commençait à s'essouffler inhalait à fond les senteurs caractéristiques de leurs feuilles aromatiques.
- C'est dingue, j'ai l'impression d'avoir un bonbon suisse dans la bouche, fit-elle remarquer.
- Oui, l'eucalyptus c'est bon pour les bronches. Ça va le rythme, pas trop rapide ?
- C'est bon, pour l'instant je tiens.
- Alors on va prendre à gauche là, j'aime bien ce passage.
Bruce bifurqua sur un sentier étroit et très caillouteux. Peu habituée à ce genre de terrain, Marie devait non seulement surveiller où elle posait les pieds mais aussi faire attention à ne pas se laisser griffer par les

branches des buissons qui empiétaient sur le passage. Elle avait dû réduire son allure et constata que Bruce s'éloignait devant elle. Lorsqu'elle eut environ cinquante mètres de retard, elle essaya de se motiver :

- Allez Marie, force-toi, ne le laisse pas s'échapper !

Et elle fut ravie de constater quelques minutes plus tard que ses efforts étaient récompensés : elle avait rattrapé son ami.

- Ça va Marie ? lui dcmanda-t-il en continuant de courir.

- Euh oui, mais c'est dur ce sentier, répondit-elle, haletante.

- Mais c'est l'endroit idéal si tu veux apercevoir des wallabies.

- Ah oui...

Elle était trop essoufflée pour parler et se concentrait sur sa course car déjà Bruce s'éloignait de nouveau devant elle et prit vite une avance conséquente. J'en peux plus, j'abandonne, pensa-t-elle. Mais dans un sursaut d'orgueil, ses jambes continuèrent à s'activer et bien qu'elle eût l'impression de pédaler dans la semoule, elle parvint encore à rattraper Bruce. Et c'est alors qu'elle comprit qu'il s'amusait à se jouer d'elle en modérant son allure puis en accélérant à sa guise.

- J'en peux plus, j'arrête, gémit Marie à bout de souffle.

Bruce s'arrêta à ses côtés et regarda sa montre :

- Pas mal pour un début : 5,4 km, 33 min 21sec.

- Vas-y, moque-toi...

- Je suis sérieux, je ne pensais pas que tu tiendrais jusque là.

- Mais tu as ralenti pour m'attendre...

- Oh, à peine. Ça va, tu arriveras à rentrer ou il faut que je t'accompagne ?

- Non, c'est bon ça ira. Je vais marcher. Si je ne suis pas rentrée à midi, tu peux appeler les secours.

- OK ça marche, à tout à l'heure.

Bruce se remit à courir à vive allure tandis que Marie s'assit quelques minutes sur un rocher pour se reposer avant de repartir vers le centre. Elle marchait lentement et pensa que si Bruce était un si bon athlète, il allait arriver avant elle au centre après avoir bouclé ses 20 km. Toute à ses pensées, elle sentit soudain une présence sur le sentier. Elle poussa

une branche qui gênait le passage et se retrouva face à un grand gaillard d'environ deux mètres quelques pas devant elle. Décidément, toute la faune australienne s'est donné rendez-vous pour te croiser dans la forêt, pensa-t-elle. Il y a de petits kangourous et de grands wallabies, lui avait dit Bruce. Là, à voir les pectoraux saillants de la bête, elle estima qu'elle se trouvait face un grand kangourou. Les durs des durs, capables de se boxer à mort entre mâles pour les faveurs d'une femelle. Heureusement, celui-ci n'avait pas l'air agressif et elle tenta un pas en avant pour lui signifier son intention de poursuivre son chemin. Mais le géant ne l'entendait pas de cette oreille et il grogna sourdement. Les jambes de la joggeuse, fragilisées par la fatigue, se mirent à trembler car Marie imagina un instant qu'il allait se jeter sur elle comme sur un punching-ball. Incapable de bouger, elle regardait fixement les gros yeux noirs du colosse. Quel message réussit-elle à lui transmettre ? Sans doute quelque chose du genre : *Si tu dégages pas tout de suite j'appelle au secours mon ami Bruce tout-puissant et il va venir te casser la gueule, alors barre-toi, vite !* En tout cas, elle avait été persuasive : le *Big roo* tourna la tête et s'éloigna sur le côté. Marie reprit son chemin lentement. Il était inutile de courir, s'il avait voulu la rattraper, il lui aurait suffi de trois sauts pour se retrouver sur son dos. Elle souffla longuement, une nouvelle fois elle avait écarté le danger.
Arrivée au centre, elle prit une douche et s'enfila un second petit-déjeuner. Puis elle s'allongea sur son lit avec son bouquin de Chatwin, mais ces histoires de légendes aborigènes ne la passionnaient guère et elle finit par s'assoupir.
Une sonnerie électronique grinçante la réveilla peu après midi.
- Qu'est-ce que... ah oui.
Elle se leva pour décrocher le combiné à côté de la porte d'entrée.
- Allô ?
- Ah, Marie. Ça va tu es bien rentrée ?
- Oui Bruce, je suis bien rentrée, merci de t'en inquiéter, mais ce n'était pas la peine... Et toi, bien couru ?
- Oui, pas mal. 21,3 km en 1h47, c'est correct.
- C'est super, oui.

- Et je me demandais... ça te dit de venir déjeuner chez moi ?
- Et bien... oui, pourquoi pas. Ça ne te dérange pas ?
- Puisque je te le propose. Si tu ne crains pas la cuisine asiatique...
- Non, j'adore.
- OK, je t'attends.
- Merci Bruce, j'arrive tout de suite.

Marie était ravie à l'idée de se soustraire au lunch habituel avec les filles du Bloc B et de découvrir la tanière de son ami. Elle jeta un coup d'œil au miroir, se passa un coup de peigne et sortit.

Quelques dizaines de mètres plus loin, elle se trouvait devant la porte C2 et frappa. Bruce lui ouvrit aussitôt.

- Ah c'est sympa chez toi, dit Marie en entrant dans l'appartement.

Celui-ci était constitué d'une grande pièce avec un coin salon meublé d'un canapé, de deux fauteuils et d'une télé, et d'un séjour-salle-à-manger où Bruce avait dressé deux couverts sur la table. La cuisine se trouvait dans un petit renfoncement, isolée par une cloison-bar à mi-hauteur. Enfin un couloir devait mener à la chambre et à la salle-de-bain.

- C'est gentil de m'inviter, je n'avais pas envie de cuisiner, je suis crevée après ce jogging. J'espère que tu n'as rien préparé de spécial pour moi, dit Marie en regardant Bruce s'activer dans la cuisine.
- Oh non, j'ai juste pris un *chinese mix* au rayon traiteur chez Barnaby à faire réchauffer au wok. Mais avant de déjeuner on va se prendre un petit apéro, non ?
- *Yeah, a XXXX, mate*, répondit Marie en essayant de prendre l'accent d'un Australien un peu ivre pour rigoler.
- Oh non, la XXXX c'est pour cet après-midi. Il y a le match de football contre Adélaïde et j'ai invité Ben et Mark à venir le regarder ici. Ça ne te dérange pas ?
- Tu es chez toi Bruce.
- C'est vrai je suis chez moi, alors pour l'apéro... Champagne ! dit Bruce en sortant une bouteille du frigo. Pour fêter la championne du running...
- Arrête, t'es dingue, ça mérite pas une bouteille de Champagne !
- Rassure-toi, c'est pas du Champagne de chez vous. Ici on appelle champagne n'importe quel vin pétillant. Du Moët et Chandon français, il

y en a à la *Bottle shop*, mais vu le prix il ne doit pas s'en vendre souvent à Yallolaba. Là c'est du Swan River, Western Australia.
- OK, alors trinquons aux sportifs que nous sommes. *Cheers, mate !*
Après avoir avalé quelques gorgées d'alcool, Marie ne put s'empêcher de raconter à son ami son retour au centre :
- J'ai encore fait une mauvaise rencontre ce matin, après qu'on se soit séparés.
- Sérieux ? Encore un goanna ? Tu les attires.
- Non, un boxeur. Catégorie super-lourd...
- Un *Big roo* ?
- Ouais, au moins deux mètres de haut, juste devant moi.
- Et qu'est-ce que t'as fait ?
- Je l'ai regardé dans les yeux et je lui ai dit : « dégage de là gros lard ou j'appelle mon copain Bruce et il va venir te casser la gueule », dit Marie d'une voix grave.
Bruce rit aux éclats.
- Et alors ?
- Alors il a tourné la tête et il est parti sur le côté.
- Oh, ça devait juste être un wallaby. Si ç'avait été un vrai *Boxing K*, on t'aurait retrouvée éparpillée en morceaux. À moins que...
- À moins que quoi ?
- À moins qu'il t'ait pris pour sa femelle, et là ton sort n'aurait pas été plus enviable.
Marie rigola :
- Merci de me rassurer. Mais je suis sûre que c'était un kangourou. Il avait les pectoraux super costauds.
- Ça veut rien dire. Il faut que tu ailles chercher dans la bibliothèque des livres sur les kangourous et les wallabies, et tu...
- J'y ai passé tout l'après-midi hier dans la bibliothèque et il n'y a que des bouquins sur les koalas. Rien sur les différences physiques entre kangourous et wallabies. J'ai vraiment l'impression que tu te moques de moi, dit Marie sur un ton énervé.
- Oui bon, ce n'est pas grave. Le wok a l'air chaud, dit Bruce pour changer de sujet.

Il invita Marie à passer à table et lui servit un autre verre de champagne.
- C'est vraiment très bon ton mélange chinois Bruce, bravo.
- Oh, ça ne m'a pas demandé beaucoup d'efforts, il faut remercier Barnaby.
- Oui, il faudra que je pense à passer au rayon traiteur. C'est ta famille sur les photos là ? demanda Marie en regardant le pêle-mêle accroché au mur.
- Là, oui c'est ma sœur aînée Olivia et son mari Edward avec leurs petits Peter et Lise, six et quatre ans. Ils habitent une maison avec piscine dans la banlieue de Sydney. Ed est ingénieur et ma sœur institutrice. Ils ont une belle vie...
- Sans doute, tu les vois souvent ?
- Non pas très, c'est compliqué d'aller là-bas, et eux ne sont jamais venus dans ce trou perdu de Yallolaba. Alors pour les fêtes on se retrouve chez mes parents, sur la Gold Coast.
- Tes parents sont sur la Gold Coast ?
- Oui, papa tenait une petite boutique d'agent de change à Brisbane. Arrivé à la retraite il l'a vendue et a acheté un grand appart à Surfers Paradise. Au dix-huitième étage avec vue sur l'océan.
- Et là, c'est qui les deux petits boy-scouts ?
- Elle est pas d'aujourd'hui celle-là. C'est pas des scouts, c'est ma sœur et moi avec l'uniforme de l'école primaire.
- Oh c'est mignon, je ne t'avais pas reconnu.
- Et toi, t'as des frères et sœurs ?
- Euh, non, je n’ai pas cette chance. Et mes parents sont éleveurs de vaches en Auvergne, une région rurale de France.
Les deux convives avaient terminé leurs assiettes et Bruce annonça d'un air navré qu'il n'avait que des fruits à proposer pour le dessert : mangues, kiwis ou ananas.
- Mais c'est parfait Bruce, j'adore les ananas, dit Marie en souriant.
Il déposa un ananas petit mais entier dans l'assiette de la française et lui tendit un couteau :
- Ça ne te dérange pas si je te laisse le préparer ? Je ne suis pas très habile pour ça.

- Euh, moi non plus. Ça va si je le coupe en rondelles ?
- Ouais, c'est ce que je fais d'habitude et tant pis si on s'en fout partout. Ils viennent du North Queensland et sont très juteux.
Marie découpa l'ananas comme un rôti puis recoupa chaque tranche en deux. Il n'y avait plus qu'à croquer dedans à pleines dents.
- Humm, qu'est-ce qu'il est sucré... délicieux, s'extasia-t-elle en s'essuyant la bouche avec sa serviette en papier. Hé hé, doucement, tu veux me saouler...
- Mais non, il faut le terminer, sinon il n'est pas bon sans bulle, dit Bruce qui venait de vider le fond de la bouteille dans le verre de Marie.
Verre qu'elle avala d'ailleurs d'une traite, estimant que le Swan River s'accordait parfaitement avec la suavité de l'ananas. Elle avait déjà perdu une bonne part de sa lucidité et commençait à bâiller sans retenue.
- Laisse Bruce, je vais faire la vaisselle ! s'exclama-t-elle lorsqu'il attrapa son assiette et la mit dans l'évier.
- Pas question, tu es mon invitée.
Elle se leva pour protester mais sentit sa tête tourner, ce qui n'était pas de bon augure pour la vaisselle de Bruce. Tu ferais mieux de te reposer cinq minutes sur le canapé, se dit-elle. Elle alla donc s'asseoir et se recroquevilla en boule comme un koala avant de s'assoupir, bercée par la cascade qui s'écoulait dans la cuisine.
Avant même que Bruce eût le temps de terminer sa vaisselle et de se préparer un café, Marie s'était profondément endormie, terrassée par l'effort matinal et le champagne local. Elle ne réagit pas lorsqu'on frappa trois coups sourds à la porte.
- Chut ! dit Bruce à voix basse en ouvrant à ses amis. Marie s'est endormie sur le canapé.
- Hein, mais qu'est-ce qu'elle fait là celle-là ? chuchota Ben stupéfait.
- On va quand même pas regarder le match en silence ! s'offusqua Mark.
- Je sais pas. Cette fille est incroyable, elle s'endort comme les koalas.
- Attends mon pote, moi les koalas j'ai l'habitude de les transporter.
Et Mark le costaud s'avança jusqu'au canapé, s'accroupit, passa ses bras autour des épaules et de la taille de Marie et se releva en soufflant comme s'il soulevait un sac de patates. Il s'engouffra dans le couloir et

revint quelques instants plus tard les bras vides.
- Et voilà, problème réglé.
Bruce avait déjà sorti trois XXXX et un décapsuleur pendant que Ben pianotait sur la télécommande pour trouver le bon canal. Ah, voilà, juste à temps. Les joueurs entraient sur la pelouse. Dans les tribunes les voix commençaient à chauffer. Et dans l'appartement de Bruce, les *stubbies* s'entrechoquèrent :
- Pour les Brisbanc Lions...
- *Oye Oye Oye !*
Ce ne fut qu'une bonne demi-heure plus tard que Marie émergea de son sommeil, alertée par des cris lointains, comme étouffés : *Go...Go...Run...No...Bast...Yeah...*
Elle ouvrit un œil et sursauta. Que faisait-elle sur ce lit dans cette chambre inconnue ? Son esprit embrumé chassa peu à peu les nuages, elle se leva en un éclair et se rua comme une furie dans le salon :
- Dis-donc Bruce, tu peux m'expliquer comment je me suis téléportée dans ton lit ?
- Euh, et bien on ne voulait pas te réveiller...
- Pas dans, mais sur le lit. Je précise pour qu'il n'y ait pas de confusion, précisa Mark.
- Tu dormais comme un koala, et comme Mark a l'habitude de transporter les koalas, on s'est dit que c'était une bonne idée. T'as bien dormi ? Tu veux une XXXX ?
- Et il m'a portée tout seul, comme ça ?
- Oh, t'es pas tellement plus lourde que deux koalas, dit Mark.
- Cours ! Mais cours espèce de flemmard, c'est pas possible !
- Tu connais Mark, je ne sais pas si t'as déjà croisé Ben, il passe l'essentiel de son temps dans la plantation. C'est grâce à lui que nos koalas peuvent manger. Pas vrai Ben ?
- Oui, si tu le dis. Mais non ! Y'a pas faute là, c'est n'importe quoi ! s'écria Ben qui n'arrivait pas à détacher ses yeux de l'écran.
- Ah, mais c'est pas du foot, c'est du rugby, dit Marie qui avait digéré l'explication de sa téléportation et voulait se rendre sympathique.
- Du rugby ? Mais d'où elle sort celle-là ? Le rugby c'est pour les

tapettes ! Les hommes, les vrais, ils jouent au football australien, pas au rugby ni au *soccer* comme ces tarlouzes d'anglais !
- Mais c'est quoi la différence avec le rugby ? Le ballon est ovale et apparemment il faut marquer des essais...
- La différence, intervint Mark, c'est qu'à l'*aussie football* les joueurs sont plus engagés, l'arbitre siffle pas faute si t'essuies tes crampons sur la cuisse de ton adversaire ou si tu lui balances ton coude dans sa mâchoire... Non mais quel connard ! Pourquoi il a pas sifflé la pénalité ?! Arbitre pourri !
- Marie constata qu'il y avait déjà une dizaine de *stubbies* vides sur la table basse du salon mais que les trois hommes avaient encore chacun une bière à la main. La scène la ramena quelques mois en arrière, quand ses amis de l'école vétérinaire l'avaient invitée avec Julie à venir regarder le match PSG-OL. Les jeunes femmes avaient été offusquées par les injures proférées par leurs camarades quand Paris marqua le premier but et elles étaient rentrées chez elles. Décidément, le phénomène devait être universel : alcool et sport à la télé suffisaient à décerveler des hommes par ailleurs civilisés. Elle songeait à partir quand Bruce demanda :
- Dis donc Ben, est-ce que t'as déjà vu des *Big roos* rôder dans la plantation ?
- Ouais, ça arrive. Mais en général je suis sur le tracteur ou dans le pick-up, donc ils ne viennent pas m'embêter. Pourquoi tu me demandes ça, t'as peur d'aller courir là-bas ?
- Non, c'est Marie qui pense en avoir croisé un ce matin et qui l'a fait fuir.
- C'est possible. Il a dû flipper devant les pare-chocs, dit Ben en mettant ses mains devant sa poitrine.
Mark éclata de rire. Bruce, lui, riait jaune, craignant que Marie ne parte en vrille comme l'autre fois au restaurant de Toowoomba, sur cette blague de collégien douteuse. Mais la jeune femme fit mine de n'avoir rien entendu, les salua brièvement et sortit.
Dépitée, elle décida d'aller flâner vers les enclos avant de regagner sa chambre, dans le but inavoué de rendre une petite visite à Jésus. Mais en

passant devant l'enclos Kosciuszko, elle jeta un coup d'œil à l'intérieur et aperçut ce qu'elle redoutait : Jésus n'était pas à sa place habituelle mais en compagnie d'une de ses charmantes colocataires qu'il taquinait gaiement. Marie ne put dire s'il agissait de la même que la dernière fois, mais elle passa sans s'arrêter et rentra chez elle remplie d'amertume, comme une jeune fille abandonnée. Les mâles australiens étaient décidément bien trop rustres pour s'intéresser à ses charmes.

La semaine suivante débuta sans surprise. Bruce, qui n'avait pas eu l'occasion de croiser Marie se demandait si la Française n'était pas fâchée après les incidents du dimanche après-midi. Il n'osait cependant pas lui téléphoner de peur de se faire rembarrer. En fait, elle était bien occupée à la clinique et passait son temps libre à relire ses notes prises à la bibliothèque pour préparer la réunion du jeudi matin. Et ce fut durant cette fameuse réunion que le drame survint.
Tous les vétérinaires du centre étaient réunis dans la bibliothèque autour de la directrice pour discuter de la sélection des individus qui allaient participer à l'essai thérapeutique. Soudain, deux grands cris résonnèrent dans le hall : *Emergency !* Urgence !
Quelques instants plus tard, la lourde porte de la bibliothèque s'ouvrit brutalement et Maggie apparut. La secrétaire était essoufflée après avoir monté le grand escalier au pas de course.
- La police de Toowoomba vient d'appeler. Ils nous amènent un individu renversé par une voiture. Ils seront là dans une demi-heure, dit-elle d'une voix affolée.
- Dans quel état le bonhomme ? demanda le Pr.Patrick qui restait calme en toutes circonstances.
- Bien amoché apparemment. Inconscient, mais toujours vivant...
- Bien, on va s'en occuper. Jack, lance la désinfection du bloc et fait chauffer la radio et l'échographie. Et trouve-nous deux nurses pour nous assister. Au hasard, Gloria et Jenny. Marie, tu nous accompagnes, ce sera bien pour ta formation. Et pour la réunion, désolé, continuez sans

nous.
L'équipe d'urgence ainsi constituée se précipita vers la clinique pour préparer l'arrivée du blessé.
- Comment va-t-on le transporter ? demanda Marie.
- Attrape un petit brancard, là, dans le placard, répondit le Dr.Jack. Normalement ils ont dû le mettre dans un matelas coquille pour l'immobiliser. On aura juste à le faire glisser sur le brancard.
Marie prépara le brancard puis alla s'équiper d'une sur-blouse, d'un masque et de gants chirurgicaux. Dans la salle d'examens, Gloria était déjà aux commandes de la radiographie et vérifiait que l'appareil était opérationnel. L'anxiété montait, en particulier chez Marie qui se trouvait propulsée en héroïne de série télé du genre *Urgences* ou *Drame à l'hôpital*. Le drame justement, il fallait l'éviter.
- Les voilà ! cria soudain Jenny qui guettait l'arrivée du blessé.
Le véhicule de police, un break équipé d'une cage pour enfermer les chiens errants, était malmené sur la piste bosselée qui menait à la clinique et constituait une piètre ambulance pour un tel blessé. Sitôt qu'il fut arrêté, l'équipe se précipita.
- Oh la la, se lamenta le Dr.Jack.
- On a fait ce qu'on a pu, tenta de s'expliquer un policier.
- Vite Jenny, une perfusion, ordonna le Pr.Patrick.
Marie, qui laissait ses collègues manipuler le brancard, dit au policier :
- J'espère que vous avez arrêté le salaud qui a fait ça. Il devait conduire super vite...
- Euh non, docteur. C'était une vieille dame. C'est elle qui nous a prévenus. Quand on est arrivés, elle était en larmes, catastrophée. Elle nous a tendu son permis en nous disant : « reprenez-le, il ne faut plus que je conduise, j'y vois plus rien. Ç'aurait pu être un enfant. Un enfant, vous vous rendez compte ? ».
- Oui mais en attendant, enfant ou koala, le mal est fait.
Et Marie rejoignit ses collègues dans la salle d'examens. À peine arrivée, elle en fut chassée par le Dr.Jack :
- Allez, tout le monde dehors, on envoie les rayons.
Quelques secondes plus tard, le Dr.Jack rouvrit la porte et les premières

images s'affichaient sur l'ordinateur.
- Humm, c'est pas beau ça, fractures multiples, constata le Pr.Patrick. Fais voir plus haut Gloria... *Shit !* C'est ce que je craignais, traumatisme crânien avec hémorragie cérébrale. Faut opérer tout de suite pour essayer de drainer l'hématome. Jack, fais-lui une anesthésie générale, Marie, surveille les constantes vitales. On se retrouve au bloc.
Et tandis que Marie venait de brancher un cardiofréquencemètre à la patte avant-gauche du blessé, le Dr.Jack arriva avec une longue seringue :
- Attention, je le pique. 3,2,1 tchac !
Le koala n'eut pas le moindre sursaut.
- Légère diminution de la fréquence cardiaque, alerta Marie.
- C'est normal, ça devrait se stabiliser. Garde un œil dessus.
Les deux femmes portèrent le patient dans le bloc opératoire. Le Dr.Jack le brancha à un respirateur et Marie trouva qu'ainsi affublé, il ressemblait au premier koala pilote de chasse. Le Pr.Patrick regarda une dernière fois les radios puis rasa un petit carré de fourrure derrière la tête du patient avant d'annoncer à Jenny qui tenait le matériel à ses côtés :
- Perceuse !
Marie eut un haut-le-cœur en entendant le moteur électrique de l'outil. Elle imaginait déjà le cerveau du pauvre animal transpercé de part en part. Mais non idiote, se dit-elle. Pat sait ce qu'il fait.
- Compresse... Cathéter... récipient.
Le professeur n'avait qu'à nommer les accessoires et ils lui tombaient dans la main instantanément grâce à la réactivité de Jenny. Lorsqu'elle entendit « constantes », Marie se demanda une seconde quel outil allait apparaître avant de réaliser que le professeur s'adressait à elle.
- Cardio normal, respiration régulière, RAS, répondit-elle aussitôt.
- Parfait.
Quelques minutes plus tard, le Pr.Patrick retira le cathéter qu'il avait posé et boucha le trou avec une espèce de pâte à séchage rapide puis il laissa Jenny se débrouiller pour agrafer la peau. Le plus dur était fait et il s'était replongé devant les radios pour s'attaquer à l'orthopédie dans la

foulée. Il y avait une dizaine de fractures à réduire avant de probablement devoir ouvrir au niveau du bassin. Mais alors qu'il allait se remettre à l'ouvrage, l'alarme du cardiofréquencemètre retentit.
- Le cardio chute ! s'exclama Marie.
- Il faut le masser ! Il faut le masser ! s'écria le Dr.Jack.
Elle poussa Marie sur le côté et appliqua ses mains sur le ventre de l'animal pour essayer de ranimer son petit cœur par des pulsions régulières de ses doigts. Après trois minutes d'effort, l'alarme de l'appareil se tut enfin.
- Ça y est, il repart, dit Marie en souriant.
Le Dr.Jack cessa ses mouvements, à demi rassurée. Et en effet, trente secondes plus tard, l'alarme retentit de nouveau. Le docteur repartit dans un massage tonique.
- *Shit !* On est en train de le perdre, souffla-t-elle.
Les secondes, puis les minutes s'enchaînèrent, lentes et pesantes. Les bips électroniques de l'appareil résonnaient dans les têtes comme le glas au-dessus d'un cimetière. Le Dr.Jack jeta soudain l'éponge et dit :
- J'en peux plus, remplace-moi Marie.
La jeune femme fut surprise car elle n'avait jamais pratiqué de massage cardiaque sur un koala, mais elle avait bien observé les gestes du docteur et après tout, un cœur à sauver était un cœur à sauver. Elle s'adonna à fond à sa tâche pendant quelques minutes, puis le Pr.Patrick qui était resté stoïque jusqu'ici déclara :
- Inutile de s'acharner. C'est trop tard, on ne peut plus rien pour lui.
Il posa une main sur le bras de Marie pour lui intimer de cesser ses mouvements. L'apprentie vétérinaire resta prostrée quelques minutes. C'était la première fois qu'un animal partait comme ça entre ses mains. Le Dr.Jack recouvrit le corps d'un drap, et tous quittèrent la salle.

L'heure était bien avancée lorsque Marie quitta la clinique et les employés qu'elle croisa avaient déjà terminé leur lunch. Vue sa mine déconfite, aucun ne l'interrogea sur le déroulement de l'intervention, et elle-même ne chercha pas à les renseigner : le Dr.Jack s'en chargerait. Elle rentra chez elle où elle grignota quelques chips avant de s'allonger sur son lit. Elle ne pouvait s'empêcher de ressasser les événements du matin et se sentait coupable de n'avoir pas réussi à relancer le cœur de ce pauvre koala. Elle était mal à l'aise et s'en voulait terriblement. Lorsqu'elle sentit ses larmes poindre sur sa joue, elle se souvint que son amie Julie avait essayé de l'initier à la méditation pour l'aider à se détendre avant les partiels du premier trimestre. Cela lui avait fait beaucoup de bien. Elle attrapa son téléphone, y retrouva la séquence de musique zen, s'assit en tailleur, ferma les yeux et respira profondément. Elle allait essayer de s'envoler loin de ce monde cruel pour flotter un moment dans un univers moins hostile. Inspire… Expire… Inspire… À chaque respiration elle se sentait plus légère, comme un ballon qu'on remplit d'hélium. Mark avait raison : elle ne pesait pas plus lourd qu'un koala… et maintenant même qu'une plume. Elle planait au-dessus de la plantation d'eucalyptus, s'emplissant les bronches de leur vapeur bienfaitrice, et elle continuait de s'élever toujours plus haut si bien que Yallolaba ne fut bientôt qu'un minuscule point sous ses pieds. Quelques souffles plus tard, l'Australie entière n'apparut elle-même que comme une petite île au milieu du grand bleu. Quand elle vit la planète entière tourner en rond sans relâche, Marie sut qu'elle avait réussi à s'affranchir de la pesanteur terrestre. Plus rien n'avait d'importance, elle filait droit dans le cosmos en direction de la constellation des marsupiaux. Mais soudain s'abattit devant elle une pluie de météorites qui devinrent autant de boules de feu fonçant vers la Terre. Marie tourna la tête pour profiter du spectacle, et ce fut à cet instant qu'elle les vit, ces deux bras tendus vers elle comme pour lui crier : « Marie, reviens, j'ai besoin de toi !». Sans qu'elle pût discerner s'il s'agissait des bras d'un homme ou d'un koala. Alors elle se laissa entraîner et chut, chut de plus en plus vite, dépassa les étoiles filantes sans craindre de s'écraser sur Terre, persuadée que les bras costauds et grands ouverts de Bruce ou de Jésus étaient prêts à l'accueillir.

Marie ouvrit les yeux aussitôt que la musique se tût. Elle n'était ni dans les bras de Bruce, ni dans ceux de Jésus, mais bien assise en tailleur sur son lit, rassérénée. Elle s'étira et regarda l'heure sur son téléphone : inutile de retourner à la clinique, il était déjà tard, elle se ferait porter pâle. Son intuition lui intima de se rendre à l'enclos Kosciuszko, comme si Jésus l'appelait. Après tout, voir son koala préféré s'amuser avec son amie lui remonterait peut-être le moral. Elle sortit donc et marcha lentement jusqu'au lieu prévu. Mais arrivée devant l'enclos, elle se retrouva désabusée. Toutes les femelles étaient perchées, chacune sur sa branche, et semblaient dormir profondément. Jésus, lui, était assis par terre dans son coin et gardait les yeux ouverts dans lesquels Marie lut une grande tristesse.

- Et bien mon coco, qu'est-ce qui se passe ? Tu t'es engueulé avec ton amie ? essaya de demander Marie.

Pour toute réponse, l'animal tenta d'avancer un bras vers elle, mais il retomba, à bout de force. Marie perçut alors un gémissement qui lui glaça le dos.

- Attends mon grand, je dois avoir ce qu'il te faut. Je reviens tout de suite.

Et la jeune femme fila droit vers la clinique, entra dans le bureau d'accueil, désert à cette heure, et se mit à fouiller dans la grande armoire.

- Ça va Marie ? Tu trouves ce que tu cherches ? l'interpella une voix dans son dos.

- Ah, Dr.Jack. Oui, j'ai repéré un individu très fatigué, et triste aussi. J'ai pensé qu'une dose de Nutri-P4 lui ferait du bien. Je me trompe ?

- Non, non, c'est recommandé dans ces cas-là.

- Et… il n'y a pas de risque de surdosage ?

- Non. Au pire il fera un peu d'insomnie. Mais rassure-moi, c'est bien pour un koala, ce n'est pas pour toi ?

- Mais bien sûr, pourquoi tu imagines…

- Parce qu'avec ce qui est arrivé ce matin, toi aussi tu aurais besoin d'un petit remontant. Mais je te déconseille le Nutri-P4, tu aurais beaucoup de mal à le digérer. Alors prends du recul, tu n'es pas responsable de ce qui est arrivé, on a tous fait ce qu'on a pu, mais on ne peut pas changer le destin. Et on a encore plein de koalas qui ont besoin de nous, alors on s'accroche…

- Oui Jack. Et lui… enfin je veux dire sa dépouille, qu'est-ce que…

- Oh, Ben a creusé une tombe de plus dans notre cimetière, et il l'a enterré.
- Sans une petite cérémonie ?
- Une cérémonie ? Tu crois qu'il existe un paradis pour les koalas ?
- Pourquoi pas ?
- C'est vrai, après tout, pourquoi pas ? Si tu veux te recueillir sur sa tombe, c'est la dernière de la troisième rangée, dit Jack, sceptique.
- Merci Jack, mais avant je vais plutôt soigner celui qui me préoccupe.
- *Take care*, Marie, dit Jack en partant vers les salles de consultation.
Marie prit un sachet de Nutri-P4, le dilua dans un biberon, attrapa une clé accrochée au mur et regagna rapidement l'enclos de Jésus. Elle entra et s'assit à ses côtés sans qu'il fasse le moindre geste. Il était si abattu que cette fois le parfum du Nutri-P4 ne ravit pas ses narines, et Marie dut le forcer à ouvrir la bouche pour y glisser la tétine. Elle dut le caresser longuement derrière les oreilles pour le mettre en confiance :
- Avale ça mon chéri, ça va te faire du bien, je t'assure…
Elle y passa du temps mais n'abandonna pas avant que Jésus eût fini d'avaler tout le contenu du biberon. Elle le serra une dernière fois dans ses bras et lui promit qu'elle reviendrait le voir bientôt. Puis elle repassa à la clinique pour laver le biberon avant de retourner dans sa chambre, elle en avait assez de cette triste journée.

Le lendemain, la clinique avait retrouvé son calme habituel et Marie y travailla consciencieusement toute la matinée. À l'heure du lunch, elle se rendit sur l'aire de repas où comme chaque vendredi se tenait la *BBQ party*. Mais elle n'avait pas le cœur à s'empiffrer et ne se servit qu'un peu de salade avant de rejoindre Bruce et ses collègues qu'elle avait aperçus à leur table habituelle.
- Ah ! Hello Marie ! Ça faisait longtemps qu'on ne t'avait pas vue, dit Bruce avec un grand sourire.
- Oui, depuis le match de dimanche en fait. Alors le résultat, ça a donné quoi ?
- Et bien on n'a pas eu de bol, répondit Mark. L'équipe favorite s'est inclinée face à la poisse… Un peu comme vous à la clinique hier.
- Ah oui, vous êtes au courant… dit Marie à la fois étonnée et choquée qu'on puisse comparer une défaite sportive et une intervention chirurgicale fatale.
- C'est les filles qui s'inquiétaient de ne pas t'avoir vue de l'après-midi, ni de la soirée, intervint Bruce.
- C'est vrai que j'ai grignoté dans ma chambre hier soir, et alors ?
- Alors elles m'ont téléphoné, elles pensaient que tu t'étais réfugiée chez moi.
- Chez toi ? Quelle idée ! Elles n'avaient qu'à toquer à ma porte, ces idiotes.
- C'est ce qu'elles ont fait m'ont-elles dit, mais tu n'as pas ouvert.

- Bah, je devais dormir…
- C'est ce que je leur ai répondu, que tu dormais parfois comme un koala.
Marie sourit et lui demanda :
- Et toi Bruce, tu ne t'es pas inquiété pour moi ?
- Euh, pas plus que ça…
- Et bien merci, ça fait plaisir !
- Mais je suis bien content que tu sois en forme aujourd'hui. Je comprends que c'est terrible ce qui t'est arrivé, mais on est tous exposés à des coups durs et il faut apprendre à les encaisser. Moi j'ai été envoyé sur le terrain après les incendies. Des koalas carbonisés, j'en ai ramassé à la pelle pendant dix jours. Au début j'ai trouvé ça atroce, mais il faut se dire qu'on n'y peut rien et penser à ceux qui restent, pour les aider le mieux possible.
- Sur ce les amis, à bientôt, le devoir m'appelle, dit Mark en se levant.
Et s'adressant à Bruce :
- N'oublie pas de lui montrer, hein !
- Ouais, ouais ça va, répondit Bruce en tendant le bras vers son collègue comme pour le chasser.
- Qu'est-ce que tu dois me montrer Bruce ? questionna Marie qui avait tout entendu.
- Oh, rien, ça n'a pas d'importance…
- Arrête de te défiler, qu'est-ce que vous aviez prévu de me montrer ?
- Bon d'accord, si t'insistes. On rapporte les assiettes à la cuisine et je t'emmène voir. Mais tu vas être déçue, dit Bruce, énigmatique.
Ils passèrent par la cuisine, puis Bruce conduisit la jeune femme vers le bloc d'habitation C, et arrivés devant l'escalier en bois du balcon sur pilotis, il lui dit :
- Puisque tu adores notre merveilleuse faune australienne, j'ai pensé que tu serais intéressée par ce spécimen endémique…
- Quel spécimen ? Où ? Il n'y a personne là.
- Si, dans l'angle de la deuxième marche, regarde bien.
Marie s'approcha et se pencha en avant.
- Ça ? Mais c'est une araignée. Tout ça pour me montrer une petite

araignée, vous êtes cinglés les mecs !
- Tu ne vois rien de spécial, toi la véto…
- Désolée, je ne suis pas spécialiste en arachnologie. À l'école, c'est plutôt chiens et chats, c'est plus rentable. Mais là, on dirait qu'elle a comme une tâche rouge sur le dos, dit Marie en observant plus attentivement.
- C'est ça, c'est une *red back spider*. Ça ne te dit rien ?
- Non, désolée.
- C'est une des araignées les plus dangereuses de la planète ! Si elle te pique et qu'on ne t'injecte pas d'antidote immédiatement, tu clamses en moins d'une demi-heure.
- Et c'est cette horreur que vous vouliez me montrer ?
- C'est une idée de Mark. Il m'a dit : « je suis sûr que si tu montres la *red back* à Marie elle va te sauter dans les bras en hurlant *Au secours Bruce ! Sauve-nous de ce monstre qui veut nous tuer* ». Mais apparemment c'est raté.
- Oui, c'est raté. Mais si cette araignée est si dangereuse que tu le dis, il ne faut pas la laisser là comme ça. Alors voilà ce que j'en fais.
Marie leva sa jambe droite et d'un coup de semelle réduisit la pauvre araignée en bouillie.
- T'es folle, elle aurait pu te piquer.
- Et qu'est-ce que t'aurais fait, toi, si j'avais sauté dans tes bras ?
- Ben… un bon coup d'insecticide.
- Ça pollue. Tu diras à Mark que la *Frenchie* n'a pas peur des araignées et que pour que je saute dans tes bras en criant *Au secours Bruce !* il faudrait qu'on croise au moins… un crocodile. Allez, je vais être en retard à la clinique avec tout ça. À plus Bruce.
- À plus Marie. Et… tu viens courir dimanche ?
- Oh, je sais pas, je pensais me reposer, je suis crevée. On se tient au courant.
- OK.
Et chacun fila vers ses activités.
En mesurant la tension d'un koala en visite médicale, Marie pensa qu'elle avait été un peu rude avec Bruce. C'était gentil de sa part de

penser qu'une araignée rare pourrait intéresser l'étudiante vétérinaire qu'elle était. Mais pas de chance pour lui, elle détestait les araignées autant que les insectes, les serpents et les animaux de compagnie. Et en plus, ce contretemps l'avait empêchée de rendre visite à Jésus et elle s'inquiétait du sort de son petit protégé qui était si triste la veille. Elle attendit donc avec impatience la pause de l'après-midi pour aller rôder vers les enclos.

Arrivée devant l'enclos Kosciuszko, elle fut soulagée de constater que Jésus était remonté sur sa branche. Il avait l'air de roupiller mais elle essaya tout de même de l'appeler. Sa voix douce produisit son effet sur ses oreilles poilues. Une paupière se leva, puis l'autre. Sa bouche s'ouvrit largement pour un bon bâillement, puis Jésus sauta à terre et courut vers Marie. La jeune femme exultait alors qu'il essayait de passer ses petits bras à travers le grillage pour la toucher. Elle s'accroupit à sa hauteur et lui dit :

- Et bien ça va mieux mon chéri, à ce que je vois. Il est oublié ce petit coup de mou ? Non, non. N'essaie pas de passer à travers le grillage, tu vas te blesser. Désolée, mais je ne peux pas entrer, je n'ai pas la clé et je dois retourner travailler.

Elle se releva et commençait à repartir lorsqu'elle entendit de grands bruits métalliques derrière elle. Jésus avait l'air furieux et tapait de toutes ses forces contre le grillage, frustré de ne pas avoir eu droit à sa ration de potion magique, ni même à une petite caresse derrière les oreilles. Marie revint sur ses pas et haussa la voix :

- Non mais ça va pas ! Tu vas arrêter ton caprice tout de suite sinon je ne viendrai plus te voir. Je n'aime pas ça.

L'intonation colérique suffit-elle pour que l'animal comprît le message, ou y avait-il des voies de communications secrètes entre ces deux êtres ? Quoi qu'il en fût, Jésus baissa la tête et retourna sagement escalader sa branche.

Marie rejoignit ses collègues qui prenaient le thé devant la clinique.

- Ça va ? On t'a entendue crier, en français, on n'a rien compris.

- Oui oui, j'ai juste crié un peu pour… me détendre.

- Faut que tu te reposes ce week-end, t'as l'air crevée…

- Oui, mais en attendant, allons finir les consultations.
Marie s'engouffra dans la clinique. Elle n'allait tout de même pas avouer à ses collègues qu'elle venait de gronder un pauvre koala, ils l'auraient prise pour une folle.

Le lendemain matin, il était déjà 10:30 am passées lorsque Marie décolla la tête de l'oreiller. Elle se remémora brièvement la soirée de la veille. Judith avait apporté un gâteau au dessert pour fêter son anniversaire, ainsi que trois ou quatre bouteilles de cidre qu'elles avaient vidées une à une jusqu'à la dernière goutte. Puis toutes les habitantes du Bloc B s'étaient retranchées dans le salon télé où, bien éméchées, elles avaient rigolé et dansé en regardant DJ Matthews sur Mtv. D'où ce réveil tardif et poussif. Tant pis pour les courses à Yallolaba, je les ferai cet après-midi, se dit Marie en reposant la tête sur l'oreiller pour jouer les prolongations. Elle paressa encore trois quarts d'heure avant de parvenir à se motiver pour se lever. Elle passa ensuite un long moment dans la salle de bain si bien qu'il était midi passé lorsqu'elle se rendit dans la cuisine pour se préparer un bon breakfast-lunch. Elle y retrouva Gloria, Judith et Lena qui avaient été plus matinales qu'elle et étaient déjà attablées pour déjeuner.
- Hello Marie, ça va, bien dormi ?
- Oui oui, ça va et vous ?
- Oui. On va faire une balade en vélo cet après-midi, tu viens avec nous ?
- Euh, ce serait avec plaisir, mais il faut que j'aille faire des courses, je n'ai plus rien à manger.
- Pas de problème, on part juste après le déjeuner, tu pourras faire tes courses en revenant. Et là, viens donc partager notre repas, quand il y en a pour trois, il y en a pour quatre.
- Super, merci, c'est gentil.
C'est ainsi qu'en début d'après-midi, les koalas du centre qui n'étaient pas occupés à faire la sieste virent défiler leurs quatre soigneuses casquées, perchées sur des VTT aux pneus gonflés à bloc.
- On va dans quelle direction ? demanda Marie qui ne connaissait pas

bien les environs.
Ce fut Lena, la plus aventurière, qui répondit :
- Je vous propose de faire le tour de la plantation jusqu'à la rivière. Si elle n'est pas trop haute, on pourra peut-être essayer de la traverser. Après, je ne connais pas, on verra.
- Bonne idée, acquiesça Gloria.
Et les voilà parties pour pédaler joyeusement à travers les eucalyptus.
Ce ne fut que quatre heures plus tard que revinrent quatre vélos transportant sur leurs selles quatre jeunes femmes exténuées, mais ravies d'avoir passé un si bel après-midi. Arrivées dans le hangar, elles déposèrent vélos et casques et se donnèrent rendez-vous à la cuisine pour partager une bonne *cup of tea*. Marie passa d'abord chez elle pour se changer, car si le premier passage de la rivière à gué avait été périlleux en raison des nombreuses pierres drainées par le courant, la traversée du retour s'était avérée calamiteuse : sa roue avant s'était bloquée contre un rocher et elle avait fini sa course couchée dans l'eau. Une chute sans gravité heureusement, mais qui fait toujours râler, surtout quand on se retrouve trempée. Du coup elle n'envisageait plus d'aller faire ses courses à Yallolaba car la nuit tombait, et ses jambes courbaturées ne lui permettraient pas de courir avec Bruce le lendemain. Elle décida donc de reporter encore une fois sa visite chez Barnaby puisqu'il était ouvert le dimanche matin.
Habillée de vêtements secs, Marie se rendit dans la cuisine où l'ambiance était à la rigolade. Les cyclistes racontaient à leurs comparses sédentaires leurs joyeuses péripéties de l'après-midi, en particulier le bain forcé de Marie. La Française n'en prit pas ombrage car avec du recul, même les pires déboires peuvent laisser de joyeux souvenirs. Et pour couronner cette balade, les amies partagèrent pour dîner un bon bouillon de nouilles asiatiques.

Lorsqu'elle rentra dans sa chambre, Marie ressentit immédiatement que l'atmosphère n'était pas normale. Il y avait cette petite libellule qui tournoyait autour de l'ampoule du plafond. La jeune femme avait pour habitude de laisser sa fenêtre ouverte le soir pour rafraîchir la pièce, mais elle vérifiait toujours que la moustiquaire métallique était bien baissée pour éviter que ce genre d'insectes ne vînt troubler son sommeil. Elle inspecta alors la fenêtre et constata effarée que le fin grillage avait été relevé d'une trentaine de centimètres. Un cambrioleur ? Visiblement non puisque son téléphone et son ordinateur étaient toujours sur la table. Même son sac à main n'avait pas bougé de la chaise. Elle se retourna pour scruter la chambre attentivement et découvrit une étrange bosse sur son lit au milieu du couchage, comme si son oreiller s'était déplacé sous la couverture. Elle tendit le bras pour soulever les draps et s'écria :

- Qu'est-ce que… Nom de nom ! Ils vont m'entendre !

Elle se précipita vers la porte et décrocha le combiné du réseau interne.

Bruce était en train de terminer sa vaisselle quand il entendit la sonnerie électronique de l'appareil. Ah ça, c'est Marie qui veut venir courir demain, pensa-t-il joyeusement avant de décrocher.

- Allô Bruce?

- Hello Marie. Ça va ? Tu viens cou…

- Très drôle la blague, je me marre, mais je suis sensée faire quoi maintenant ?! le coupa-t-elle d'une voix très énervée.

- Hein, quoi, quelle blague ? se défendit Bruce étonné.

- Tu ne vas quand même pas nier que c'est toi et tes copains tarés qui avez mis Jésus dans mon lit ?!

- Quoi ? Qui est dans ton lit ?

- Un koala portant la boucle d'oreille n°2047, enregistré sous le pseudonyme de Jésus. Et j'aimerais bien savoir comment il est arrivé là, dit Marie dont la voix commençait à trembler car elle réalisait qu'il ne s'agissait peut-être pas d'un canular.

- Mais j'en sais rien. Je n'y comprends rien à cette histoire. Tu veux que je passe ?

- Oui, s'il-te-plaît Bruce.

- OK, pas de panique, j'arrive.

Jésus, lui, avait pris ses aises et se sentait chez Marie un peu comme chez lui. Il avait roulé sur le lit pour sauter à terre puis était grimpé sur la chaise en face de la table et tendait ses pattes avant vers l'ordinateur,

comme s'il voulait atteindre le clavier pour y raconter son histoire.
- Mais comment est-ce que tu es arrivé ici ? lui demanda Marie, songeuse. Si seulement tu pouvais parler…
- Hi, hi ! gémit le marsupial en indiquant la fenêtre avec sa patte.
Avait-il compris la question ? Marie le pensa car il descendit de sa chaise, courut à la fenêtre et releva d'une patte la moustiquaire qu'elle avait rabaissée.
- Hi, hi, hi ! cria-t-il fièrement en regardant la soigneuse médusée.
- C'est incroyable ! Mais non, ce n'est pas possible mon gaillard, comment serais-tu sorti de ton enclos ?
On frappa à la porte et Marie ouvrit aussitôt.
- Alors que se passe-t-il ? demanda Bruce en entrant.
- Il se passe que ce koala me rend dingue. Il est en train de m'expliquer qu'il a relevé la moustiquaire lui-même pour rentrer dans ma chambre.
- C'est n'importe quoi ! La première chose à faire est de le ramener dans son enclos. Nos koalas ne sont pas des animaux de compagnie.
- Tu ne crois quand même pas que c'est moi qui l'ai amené dans ma chambre ?
- Je ne crois rien du tout, répondit Bruce, perplexe. J'essaie de gérer la situation au mieux, c'est tout.
- Tu as raison, ramenons-le.
Bruce essaya d'attraper Jésus, mais celui-ci avait flairé le danger et fila entre ses jambes avec une rapidité déconcertante. Il réessaya par deux fois sans succès avant de s'écrier :
- Tu vas venir ici sale bête !
- Laisse, Bruce, je vais m'en occuper, dit Marie pour le calmer.
Et se tournant vers Jésus les bras ouverts :
- Allez mon petit, viens voir ta Marie, n'aie pas peur…
Jésus s'approcha d'elle docilement. Elle l'attrapa et le serra dans ses bras en lui caressant la nuque.
- Là, voilà, c'est bien. En route Bruce, nous sommes prêts.
Le jeune homme s'enfonça le premier dans la nuit, une lampe torche à la main. Marie le suivait de près et Jésus s'accrochait fermement à ses épaules, comme un sac ventral. Mais lorsqu'ils arrivèrent à proximité de

l'enclos Kosciuszko, le koala comprit qu'on le ramenait chez lui et commença à s'agiter, si bien que Marie dut resserrer son étreinte.
- Ça alors ! La serrure est bien verrouillée, remarqua Bruce en éclairant la porte.
Il balaya la clôture du faisceau lumineux de sa lampe et s'écria :
- Ah, les salauds ! Ils ont arraché le grillage là-haut.
- Où ça ? demanda Marie qui avait du mal à retenir Jésus, de plus en plus agité.
- Là-haut dans l'angle, regarde.
Marie constata qu'en effet, un bout de grillage tordu était décroché du toit de l'enclos.
- Tu ne crois pas qu'il a pu faire ça lui-même ? demanda Marie en désignant Jésus.
- Je ne sais pas. Ce koala a l'air aussi fou que… que…
- Que moi ?
- Je n'osais pas le dire.
- Merci. Alors, qu'est-ce qu'on fait ?
- Euh, je ne peux pas réparer ça en pleine nuit, il faut sortir une échelle et trouver de quoi consolider le grillage. Je ferai ça demain, au jour.
- Et en attendant, qu'est-ce qu'on fait de Jésus ?
- Et bien on le garde avec nous. Discrètement.
- On le ramène chez moi ?
- Oui, si tu te sens capable de t'en occuper sans qu'il saccage ta chambre.
- Hum, je préférerais que tu restes avec nous, en fait.
- Dans ce cas, on va tous chez moi. Je ne vais quand même pas dormir sur ta chaise.
- Super ! Merci Bruce.
Ainsi se retrouvèrent-ils tous les trois dans le séjour de Bruce où Jésus, animé par sa curiosité habituelle, commençait à renifler dans tous les recoins.
- Arrête Jésus, sois sage, lui intima Marie.
Et Bruce fut médusé de constater que le marsupial obéit et retourna se coller aux jambes de la Française.

- Bon, et bien puisque tu sembles le maîtriser et qu'il ne veut pas te lâcher, je propose que vous preniez ma chambre. Moi je vais m'installer sur le canapé.
- T'es sûr que ça ne te dérange pas ?
- Non, non, je pense que c'est la meilleure solution.
- D'accord, merci. On va essayer de dormir un peu. Allez Jésus, viens mon grand, c'est par là.
Et Marie disparut dans le couloir, entraînant Jésus derrière elle.
Bruce resta abasourdi quelques instants. Il n'arrivait pas à comprendre qui était cette fille magicienne qui parlait à un koala, lequel lui obéissait comme s'il était son fils... Il aurait le temps d'y repenser le lendemain. Il éteignit les lumières et s'installa tant bien que mal sur son canapé pour un couchage improvisé.

- Aïe ! Ouille !
Marie s'était redressée brusquement sur le lit. Par un étrange transfert de personnalité, elle avait rêvé qu'elle était un koala endormi qui venait de tomber de sa branche. En fait c'était Jésus qui avait roulé au bord du lit et avait chaviré pour arriver les fesses sur le plancher. Encore tout hébété, il se frottait les yeux avec ses pattes avant. Marie regarda l'heure sur le réveil : 9:17 am, déjà. Quelle longue nuit ! Jésus mit plus de temps qu'elle pour réaliser où il se trouvait, et troublé par ce lieu inconnu, il remonta sur le lit et se blottit dans ses bras.
- Ça va mon Jésus. Tout va bien, on est chez Bruce, il n'y a pas de danger. Viens, d'ailleurs, on va le réveiller.
Ils se rendirent tous deux dans le séjour, mais le canapé était vide, Bruce avait disparu.
- Il ne nous a même pas laissé un mot, dit Marie en cherchant en vain une trace du jeune homme. À moins que... Oui, c'est ça, il doit être en train de réparer ta cage. Allons-y.
Marie ouvrit la porte et Jésus sortit le premier, mais ne se dirigea pas dans la bonne direction et elle dut se presser pour le rattraper et l'agripper fermement.
- Tu ne vas pas recommencer ton cirque, mon petit bonhomme. Je te

ramène à ton enclos, un point c'est tout.
Et une fois encore, Jésus sembla obéir car il resta calme, même à l'approche de l'enclos Kosciuszko. Et pour cause, ce malin avait bien remarqué que Bruce ne rôdait pas dans le coin, et que le grillage était dans le même piteux état que la veille au soir.
- Mince, il a dû partir courir pour bien commencer sa journée, allons l'attendre devant la maison.
Marie marcha avec Jésus dans les bras jusqu'à la demeure de Scott Adamson. Là, elle s'assit sur les marches du perron et dit au koala :
- Tu peux aller jouer dans le pré si tu veux...
Jésus ne se fit pas prier et se précipita sur l'herbe bien tondue pour y faire une amusante gymnastique, ponctuée de roulades et autres figures improvisées. Marie était toute à la contemplation du spectacle donné par son artiste et n'entendit pas l'homme s'approcher derrière elle. Il dit d'une voix grave :
- Ce koala est bien rigolo, mais il ne devrait pas être dans une cage ?
Marie se retourna en sursaut.
- Ah, bonjour monsieur Hayward. Ne vous inquiétez pas, je le surveille. Mais, vous travaillez le dimanche ?
- Hum, j'étais juste passé récupérer un dossier. Je m'éclipse. Bonne journée mademoiselle.
- Bonne journée à vous aussi.
Marie suivit du regard le comptable qui rejoignait sa voiture en se demandant ce qu'il pouvait y avoir de si urgent à traiter un dimanche. Le BEKS n'était pas une multinationale. Lorsqu'elle revint à Jésus, celui-ci était en équilibre sur le rebord du bassin de la fontaine qu'il venait d'escalader.
- Descends de là Jésus, c'est dangereux ! cria-t-elle.
Le koala entendit sa voix et tourna la tête, ce qui le fit malencontreusement glisser, et il disparut dans le bassin. Marie, paniquée, s'élança vers la fontaine en essayant de se rappeler si elle avait lu quelque part que les koalas savaient nager. Mais elle n'eut pas le temps de le rejoindre que déjà la bouille de Jésus avait émergée et le marsupial, pas du tout décontenancé, se hissa sans peine sur le rebord.

- Tu m'as fait peur ! le gronda Marie en arrivant. Et maintenant tu es trempé en plus, c'est malin. Allez, ça suffit, on rentre.
Et comme pour montrer qu'il avait compris le message, Jésus s'ébroua, aspergeant la jeune femme de gouttelettes, puis sauta dans le pré et commença à marcher.
Arrivée dans sa chambre, Marie essaya de joindre Bruce par le réseau interne. En vain. Il faudra vraiment que je lui demande son numéro de portable, pensa-t-elle. Même s'il ne le prend pas avec lui quand il va courir. Puis elle constata qu'il était déjà 11:00 am passées et Barnaby fermait à midi le dimanche. Elle prit alors la décision la plus irrationnelle qu'eût prise un vétérinaire en pareille situation. Elle attrapa son grand sac-à-dos, l'ouvrit largement et y fit glisser Jésus qui commençait calmement à roupiller, en prenant bien soin qu'il pût respirer librement. Je ne pourrai faire qu'un demi-plein, mais ce sera déjà ça, se dit-elle en passant le sac sur ses épaules. Et sans hésiter, elle partit chercher un vélo sous le hangar.
Jésus dormit durant le trajet à travers la forêt, et Marie était confiante du bon déroulé de son excursion. Mais le long de la plantation de mangues, les chaos du chemin réveillèrent le koala qui se mit à gigoter vivement dans son dos. Marie pensa un instant à s'arrêter pour le gronder, mais il se calma subitement lorsque le vélo aborda les rues de Yallolaba. Et pour cause, il avait réussi à glisser sa tête sous le rabat du sac et était ravi de ressentir le courant d'air qui chatouillait ses oreilles. Marie, qui ne s'était aperçue de rien, fut surprise en s'arrêtant sur le parking de la zone commerciale d'entendre un petit garçon dire à sa mère :
- Regarde maman, la dame elle a un koala dans son sac. Moi aussi je veux qu'on ait un koala à la maison !
- C'est pas possible, mon chéri. La dame elle a un koala parce qu'elle travaille au BEKS.
- C'est pas juste ! Moi aussi je veux travailler au BEKS.
Marie réalisa que Jésus avait sorti sa tête hors du sac et eut une furieuse envie de l'engueuler, mais elle se retint pour ne pas choquer le petit garçon. Elle lui proposa même :
- Bonjour mon petit bonhomme, tu veux le caresser un peu ?

- Oh oui, merci madame !
Et le gamin se précipita pour passer ses petites mains sur la tête de Jésus, lequel était ravi qu'on s'occupe de lui.
- Ouah, il est bien plus doux que Fido.
- C'est qui Fido ? demanda Marie.
- C'est notre chien, mais il est vieux et il sent mauvais.
- Allez Tom, ça suffit, laisse la dame tranquille, intervint sa mère.
- Oui mais son koala est trop mignon. Merci madame, au revoir.
Et le petit garçon se détacha raisonnablement de l'animal pour rejoindre sa mère.
- Au revoir Tom, il faudra que tu viennes nous voir au BEKS, dit moins raisonnablement Marie en appuyant sur la tête du pauvre Jésus pour le renfermer dans le sac.
Le sanctuaire n'était en effet ni un zoo, ni un centre d'adoption. Barnaby interdisait formellement la présence d'animaux dans ses rayons mais Marie franchit tout de même les portes automatiques, saisit un panier et se lança pour le remplir au pas de course avant d'arriver en tête aux caisses où elle renversa son panier sur un tapis roulant.
- *Hello, how are you tod… Aaaahh !* s'écria la caissière en faisant un bond en arrière sur son siège.
Cet olibrius de Jésus avait eu l'idée de sortir sa tête du sac juste devant elle, comme s'il avait voulu la saluer. Marie le rabroua et essaya de rassurer la caissière :
- Ce n'est rien, il faut toujours qu'il se fasse remarquer celui-là.
Heureusement, son uniforme du BEKS laissa penser à la caissière qu'elle maîtrisait parfaitement la situation et qu'il était normal pour les soigneurs de venir faire leurs courses avec un koala dans leur sac-à-dos. Jésus se calma quand une pluie de produits s'abattit sur lui et Marie régla ses achats rapidement puis quitta le magasin avant que le directeur fût informé de l'incident.
Le koala se tint calme durant le trajet retour, bercé par les odeurs nouvelles qu'il découvrait autour de lui : *cheddar, sausages, mangoes…* Aucune n'égalait celle de l'eucalyptus, aussi s'abstint-il de porter ses dents sur tous ces aliments.

En remettant le vélo à sa place, Marie entendit des coups de marteau en provenance des enclos. Ah ça, ça doit être Bruce qui travaille, pensa-t-elle. Et elle partit avec son sac de courses pour le retrouver. Effectivement, Bruce était perché sur un escabeau devant l'enclos Kosciuszko. Il avait raccroché le grillage arraché et essayait de clouer une planche par-dessus pour le protéger.
- Hello Bruce, ça marche ? l'interpella Marie.
- Ah, Marie, oui j'ai presque fini. Mais où étiez-vous passés, je vous ai cherchés partout. Et où est Jésus ?
- Nous aussi on t'a cherché partout. Et Jésus, il est là. Allez mon gros, tout le monde descend, dit Marie, non pas à Bruce, mais au koala en le poussant hors de son sac.
- Tu es allée le promener dans ton sac-à-dos ! C'est n'importe quoi !
- Non, on n'est pas allés se promener, on est allés faire des courses chez Barnaby.
- Quoi ?! s'écria Bruce qui n'en croyait pas ses oreilles.
- Ne t'inquiète pas, tout s'est très bien passé, n'est-ce pas Jésus ?
Le koala ne répondit rien, il était bien assoupi et n'avait pas suivi la conversation.
- Bon, et bien moi j'ai terminé ma réparation, et cette fois personne ne viendra décrocher ce foutu grillage.
- Qu'est-ce qu'on fait alors, on remet Jésus dans l'enclos ?
- Évidemment qu'on le remet dans l'enclos, tu ne veux quand même pas le garder avec toi toute la journée ?
- Non bien sûr, dit Marie d'un air un peu déçu.
Bruce déverrouilla la porte et Marie déposa son petit protégé au pied de belles branches d'eucalyptus qu'il se ferait un plaisir de grignoter à son réveil.
Puis pour remercier son collègue de son intervention, Marie l'invita à déjeuner, si bien que dans la cuisine communautaire du Bloc B, toutes les filles furent mises au courant de la fugue de Jésus en pleine nuit et des péripéties qui s'ensuivirent. Au dessert, la Française fit pouffer de rire toute la tablée lorsqu'elle mima la réaction de la caissière de Barnaby quand elle avait vu surgir la tête de Jésus hors du sac.

Marie part faire des courses avec Jésus dans son sac à dos

Le jeudi matin suivant, Marie auscultait un jeune koala de sept mois né au BEKS, quand Gloria vint la trouver.
- Marie, Maggie la secrétaire vient d'appeler, tu es convoquée dans le bureau de la directrice *as soon as possible.*
- Mince. *As soon as possible*, tu sais pourquoi ?
- Non, mais ça semblait sérieux. Je peux terminer ta visite médicale si tu veux.
- Euh, oui merci, j'ai déjà presque tout rempli, regarde…
- Ne t'inquiète pas je vais m'en occuper. Et bon courage…
- Tu crois que c'est à cause de l'histoire de Jésus ce week-end ?
- Peut-être.
Marie sortit de la clinique vraiment inquiète, elle s'imaginait déjà sanctionnée et renvoyée en France pour avoir enfreint le règlement. Et sans stage validé, elle ne pourrait même pas obtenir son diplôme. Quand elle aperçut Bruce qui se dirigeait dans la même direction qu'elle, elle n'eut plus de doute : ils allaient se faire copieusement engueuler par la directrice et ils, elle en tout cas, l'avait bien mérité. Elle appela :
- Bruce ! Attends-moi.
Le jeune homme tourna la tête vers elle et lui demanda :
- Toi aussi t'es convoquée chez la boss ?
- Oui. Tu crois qu'on va se faire engueuler à cause de Jésus ?
- Sûrement. Je te l'avais dit : les koalas ne sont pas des animaux de compagnie. Quelle idée t'as eue de l'emmener à Yallolaba ?!
- Oui, c'est de ma faute. Mais ne t'inquiète pas, je vais assumer mes

bêtises.
- Bien, allons-y, elle nous attend.
Les deux collègues entrèrent dans la maison et montèrent le grand escalier avant de se présenter ensemble devant la porte restée ouverte du bureau de la directrice.
- Ah, vous voilà tous les deux. Entrez, entrez, dit Donna d'une voix affable.
Ils entrèrent et la saluèrent, ainsi que le Dr.Jack et le Pr.Patrick, tous deux déjà assis en face du bureau.
- Merci d'être venus si rapidement. Prenez des chaises là, derrière vous, et asseyez-vous. Voilà, j'ai entendu dire que vous aviez eu affaire il y a quelques jours à un individu, comment dire... récalcitrant.
- C'est de ma faute, dit Marie, j'en suis désolée.
- Non Marie, ce n'est pas de ta faute, un animal qui file entre les jambes, ça peut arriver à tout le monde. Et il parait que celui-là était survolté et a fait du grabuge sur l'aire de repas, mais vous avez réussi à le maîtriser et à le ramener dans son enclos. Bravo, vous formez une bonne équipe tous les deux.
- Merci. *So what ?* demanda Bruce en levant le pouce de sa main droite qu'il essayait de montrer à Marie en restant caché de la directrice. La jeune femme était plus détendue et respirait profondément.
- Et bien, les *rangers* de Fraser island nous ont contactés car ils sont dans l'embarras. Ils ont capturé deux koalas au comportement étrange. Ils seraient hyper excités, au point de sauter de leurs arbres pour agresser les touristes. Une femme a même été attaquée sur un terrain de camping. Gravement griffée à la gorge, elle a dû être transférée à l'hôpital de Hervey Bay. Elle y est toujours et souffre d'une forte fièvre.
- C'est incroyable, dit Bruce. D'habitude ce sont les dingos qui posent problème.
- Oui, intervint le Pr.Patrick. Justement les *rangers* ont remarqué que les deux koalas ont des cicatrices de morsures, pas de dingo, mais de chien. S'ils se font attaquer par un dingo, les koalas n'en réchappent pas. Or il n'y a pas de chiens recensés sur Fraser island et il est interdit d'y introduire tout animal domestique, l'espace naturel est hautement

protégé.
Le Dr.Jack continua :
- Les rangers pensent que des touristes seraient venus sur l'île en cachant leur chien, lequel aurait mordu ces pauvres koalas et leur aurait transmis une maladie qui les mettrait dans cet état de démence. Si c'est le cas, il faut agir au plus vite pour éviter une propagation de la maladie.
La directrice reprit la main :
- Bref il nous faut une équipe pour aller sur Fraser island et ramener les deux koalas touchés pour que nous puissions les examiner ici et tirer cette affaire au clair. J'ai pensé à vous, mais je ne peux rien vous imposer, c'est une mission risquée.
- Risquée, pourquoi ? demanda Marie. Il suffit de convoyer ces koalas rebelles dans des cages solides.
- Pas seulement. On ne sait pas de quoi ils souffrent, c'est peut-être un virus transmissible aux humains, une sorte de rage. Il vous faudra prendre des précautions. Tes vaccins sont à jour Marie ?
- Oui, je pense.
- Et toi Bruce ?
- Oui, oui, pas de problème. Et on irait quand ?
- Le vétérinaire des *rangers* sera sur l'île mardi matin. Si vous partez lundi, Maggie vous réserve un hôtel à Hervey Bay lundi et mardi soir et un aller-retour sur le ferry mardi. Vous serez de retour ici mercredi soir. Vous êtes d'accord ?
- Et il faudra aussi que vous fassiez un arrêt à Noosa NP, pour la réintroduction de l'individu n°2018, ajouta le Dr.Jack.
- Oui, pas de problème pour moi, approuva Marie.
- Euh, non, attendez, je pense à un truc, dit Bruce en se frottant le menton.
- Qu'est-ce qui ne va pas ?
- Et bien, je pense que c'est un peu stupide de se taper autant de kilomètres dans un Land Rover pourri sans prendre le temps de faire un peu de tourisme sur Fraser island. Je dis ça pour notre Française surtout, l'île est tellement magnifique... Alors si on partait samedi matin, Maggie pourrait nous réserver l'hôtel samedi soir et le ferry dimanche

matin, ça nous ferait deux jours libres sur l'île avant de s'occuper des koalas enragés.
- Oui, c'est possible, si vous voulez, approuva Donna. Mais le BEKS ne vous paiera pas l'hôtel sur Fraser island, c'est hors de prix.
- Pas de problème, on campera. Enfin, si Marie est d'accord…
- Bien sûr que je suis d'accord Bruce, c'est une super idée. Merci d'y avoir pensé.
Lors de la pause déjeuner, Marie était ravie de raconter à ses collègues que non seulement la directrice ne l'avait pas engueulée, mais qu'elle lui avait confié une mission spéciale avec Bruce et à la clé, deux jours de vacances sur Fraser island. Les filles étaient jalouses car elles avaient toutes lu dans leurs guides touristiques que la plus grande île de sable du monde était un véritable paradis de nature préservée.
Marie se remit au travail l'après-midi l'esprit serein. Elle avait convenu avec Bruce qu'il s'occuperait de toute la logistique, comme un bon *tour-operator* et qu'ils n'auraient qu'à faire quelques courses chez Barnaby vendredi soir. Logistique qui s'annonçait sommaire d'ailleurs puisqu'elle consistait essentiellement en une tente igloo, un matelas gonflable et un sac de couchage. Marie n'en avait pas ? Pas grave, elle emporterait un drap et une couverture de sa chambre.
Le lendemain, le Dr.Jack apporta à Marie le dossier du koala à relâcher à Noosa NP. Il fallait lui faire une ultime visite médicale pour s'assurer qu'il pourrait être réintroduit dans son milieu naturel en toute sécurité. Andrew était arrivé au BEKS début janvier. Les rangers de Noosa NP avaient trouvé ce gros pépère, âgé d'une dizaine d'années, épuisé, à la dérive au milieu d'un chemin du parc et les touristes affluaient pour essayer de le caresser. Ils avaient soupçonné une crise due à la chlamydia et l'avaient confié au BEKS. Mais les tests s'étaient avérés négatifs, et les docteurs du BEKS avaient conclu à une intoxication alimentaire, le marsupial ayant été retrouvé entouré d'un paquet de chips et d'une canette de Coca-cola salement abandonnés par un touriste. Après quelques semaines d'un traitement revigorant, l'individu avait retrouvé du poil de la bête et il commençait à tourner en rond dans l'enclos Tasmania. Le Dr.Jack donna aussi quelques conseils à Marie

pour s'occuper des individus récalcitrants, comme porter des gants et des manches longues pour les manipuler. Elle lui confia également, à utiliser en cas d'extrême nécessité, deux seringues et un flacon de Grododomyl, un puissant anesthésiant. Il fallait de préférence piquer l'animal à l'épaule, mais dans le postérieur, ça marchait aussi. Avec toutes ces recommandations, Marie aurait pu s'inquiéter de cette mission, mais non, elle était confiante. Forte de son expérience avec Jésus, elle était persuadée qu'il suffisait de parler gentiment à un koala en le caressant derrière les oreilles pour le faire obéir. Et les monstres de Fraser island ne feraient pas exception.

Le soleil brillait samedi matin lorsque Marie se rendit sur le parking, son sac sur le dos et sa couverture sur le ventre. Elle ne put s'empêcher de rire bruyamment lorsqu'elle vit Bruce s'affairer autour du Land Rover.
- Salut Marie, qu'est-ce qu'il y a de si drôle ?
- Oh rien, c'est juste ton chapeau : tu ressembles à Crocodile Dundee.
- Crocodile Dundee ? Ce film débile a été diffusé jusqu'en France ?
- C'est pas un film débile, moi je l'ai bien aimé.
- Peut-être mais désolé pour toi, il n'y a pas de crocodile sur Fraser island. Et mon chapeau, y'a pas mieux pour se protéger du soleil. 100% peau de kangourou, *proudly made in Australia*. Et toi, t'as quelque chose à te mettre sur la tête ?
- Je dois avoir une casquette.
- Bon et bien c'est parfait, nous sommes prêts.
- T'as déjà tout chargé ?
- Oui, les provisions sont dans la glacière, et notre petit passager dans sa cage.
- Super Bruce, t'es un pro de l'organisation.
Marie alla tout de même jeter un coup d'œil au koala qui somnolait à l'arrière pour vérifier qu'il s'agissait bien du bon individu. Bague n°2018 à l'oreille, c'était bien lui.
- Tu as une carte ? demanda-t-elle à Bruce en s'installant dans le 4X4.
- Pas besoin de carte. On prend la route habituelle jusqu'à Brisbane et là, on file plein nord sur la Sunshine coast jusqu'à Noosa.

- Et pour trouver le Parc National ?
- Oh, Noosa est une petite station balnéaire chic avec surtout des boutiques de luxe et le parc est juste à côté, le long de la côte.
- Alors en route !
Bruce conduisit toute la matinée et ils ne firent qu'une pause sur une aire de repos peu avant Brisbane pour avaler un sandwich et remplir le réservoir du Land Rover. À peine repartis, Marie accompagna leur koala dans une longue sieste et le pauvre Bruce se sentit bien seul au volant. Heureusement, en bon Australien, il avait l'habitude d'enchaîner les kilomètres sans céder à la fatigue. Ce ne fut que vers 2:30 pm qu'il haussa la voix :
- Allez, il est temps de se réveiller, on arrive !
Marie ouvrit un œil, puis l'autre, et s'étira en bâillant.
- On est déjà à Noosa ?
- Oui, on vient d'entrer dans le Parc National et le bureau des *rangers* est juste là, c'est un petit parc.
En disant cela, Bruce s'était engagé sur le parking visiteurs et il alla se garer à côté d'une cabane en bois.
- Et voilà, on y est. Je vais prévenir les *rangers* pendant que tu prépares la sortie de la bête, ok ?
- Ça marche, répondit doucement Marie qui peinait à émerger de sa sieste.
Et tandis que Bruce disparaissait dans la cabane, la soigneuse sortit s'occuper à l'arrière de la voiture. Quelques minutes plus tard, elle vit Bruce revenir en compagnie d'une grande femme blonde portant la tenue réglementaire des *rangers*.
- On va transporter sa cage un peu plus loin, à l'écart de l'allée principale, pour qu'il ne soit pas perturbé par les visiteurs...
- Oops... murmura Marie en entendant cette bribe de conversation.
Elle avait en effet déjà ouvert la cage et n'avait pas résisté à la tentation de prendre le koala dans ses bras. Andrew était calme et semblait même content de se faire dorloter.
- *Hi, Diana McConnors, nice to meet you*, dit la *ranger*, surprise de voir la jeune femme avec le koala dans les bras.

- Marie, de France, *nice to meet you, too.*
- Mais pourquoi t'as ouvert sa cage ? s'écria Bruce avec un brin d'énervement.
- Mais c'est toi qui m'a dit de le sortir, riposta Marie.
- De sortir sa cage. On ne va pas le relâcher au milieu du parking !
- T'inquiète pas, il est calme, je peux bien le porter. On va par là ?
- Oui, prenons ce sentier, approuva la *ranger.*
- Ce qui m'inquiète, râla Bruce, c'est qu'il risque de faire comme Jésus : il ne va plus vouloir te quitter.
- Et alors ? T'es jaloux ?
- Idiote !
Après quelques minutes de montée sur un sentier accidenté, Andrew commençait à peser sur les bras de Marie. On ne sait pas ce qu'elle lui murmura à l'oreille, mais par une pirouette bien maîtrisée il se retrouva en un instant assis sur les épaules de la jeune femme tandis qu'elle tenait ses pattes avant dans ses mains pour le maintenir à l'équilibre. Bruce et la *ranger* qui marchaient en tête ne découvrirent cette nouvelle posture que lorsque le petit groupe s'arrêta sur un semblant de replat. La vision du koala assis sur les épaules de Marie les interpella, mais la scène fut si brève, Andrew ayant sauté à terre sitôt Marie immobile, qu'ils pensèrent avoir rêvé.
- On va le laisser ici, dit la *ranger,* c'est un point de rendez-vous prisé des koalas, on en voit souvent aux alentours. Regardez, on dirait qu'il reconnaît les lieux.
Andrew s'était en effet mis à renifler l'endroit de gauche à droite puis de droite à gauche avant de s'avancer finalement dans une direction précise. Couvert par les buissons, ses accompagnateurs le perdirent de vue avant de l'entendre, puis de le repérer grimpant sur le tronc d'un eucalyptus bien au-dessus de leurs têtes.
- Et voilà, il a retrouvé son environnement habituel, dit la *ranger.*
- Les réintroductions se passent bien lorsque les individus ne sont pas restés longtemps chez nous, ajouta Bruce.
- Il ne nous a même pas dit au revoir, murmura amèrement Marie qui avait commencé à s'attacher à lui.

Elle ne prononça pas un mot sur le chemin du retour, se demandant si Jésus témoignerait d'autant d'indifférence lorsqu'il serait remis en liberté.
De retour sur le parking, la *ranger* remercia vivement les deux employés du BEKS de leur avoir ramené leur koala en bonne forme et leur proposa de prendre une tasse de thé avec les autres *rangers*.
- Merci mais on a encore une longue route à faire, prétexta Bruce pour décliner l'invitation. Si vous retrouvez Andrew ou un autre koala en détresse, n'hésitez pas à nous rappeler.
Sur ce, les visiteurs reprirent leur route.
- C'est encore si loin que ça Hervey Bay ? demanda la passagère.
- Non, à peine deux heures de route, mais franchement j'avais pas envie de m'enfermer dans leur cabane pour boire un thé par cette chaleur.
- On aurait pu s'installer en terrasse. C'était proposé si gentiment, ça nous aurait fait une bonne pause...
- Oh, ça va ! Si tu veux faire une pause on peut s'arrêter dans le centre de Noosa pour faire du lèche-vitrines, il y a plein de boutiques de luxe, surtout françaises et italiennes.
- Oh non, surtout pas ! s'exclama Marie. Je ne suis pas venue en Australie pour ça.
- J'en étais sûr, je n'ai pas pris beaucoup de risque en te le proposant.
Et les deux camarades se mirent à rire de concert.

Le Land Rover filait sur la longue route droite en direction du Nord à travers d'immenses prairies d'herbe verte. Le mois d'avril marquait la fin de la *wet season* dans le Queensland, avec son temps chaud et humide alimenté par de fortes pluies tropicales. Marie scrutait le paysage par la fenêtre, vitre baissée. Elle était à l'affût d'un kangourou (ou d'un wallaby) ou de tout autre animal qu'abritait cette nature généreuse. Mais la faune sauvage avait décidé de rester cachée ce jour là, et elle perdit tout espoir d'apercevoir une bête charmante quand le Land Rover traversa une plantation de hautes tiges vertes qui occultaient totalement la vue. Elle demanda à son chauffeur :
- C'est quoi ces plantes ? On dirait des cannes à sucre.

- Exact, des cannes à sucre. Et qu'est-ce qu'on fait avec les cannes à sucre ?
- Ben, du sucre.
- Et non, ici on fait du rhum. Le Bundy rhum, distillé à Bundaberg. Le meilleur rhum du monde !
- Hum, vous ne seriez pas un peu comment dire... alcoolo-prétentieux dans le Queensland ? La XXXX est la meilleure bière, notre rhum est le meilleur... Aux Antilles aussi ils s'y connaissent en rhum.
- Pas du tout, je te dis la vérité. Je reconnais que pour le vin, il vaut mieux aller en South Australia. Mais pour la bière et le rhum... Tiens, on arrive dans ton quartier.
- Ah oui, c'est marrant.
Un panneau sur le bord de la route indiquait : *District of Maryborough*. La route continuait à se dérouler tout droit devant et Bruce ne ralentit la course du Land Rover qu'aux abords de cette petite ville typiquement queenslandaise, guère plus développée que Yallolaba. Dans le centre-ville, Bruce se gara sur la place principale et lança à sa passagère :
- Je fais juste un saut à l'office du tourisme pour acheter nos permis de camper, on n'aura pas le temps de les prendre à Hervey Bay, le ferry est à 8:00 am demain matin. Tu m'attends, j'en ai pour cinq minutes.
Marie n'eut pas le temps d'amorcer un mouvement pour l'accompagner qu'il avait déjà disparu au coin de la rue. Il revint peu après, avec une carte de l'île et les précieux tickets à la main.
- Voilà, désolé de t'avoir abandonnée mais c'était moins une, ils étaient en train de fermer.
- Ah oui, c'est déjà 5:00 pm. Bravo Bruce pour cette organisation millimétrée. C'est des réservations de camping ? Je croyais qu'on pouvait dormir où on voulait.
- Non, il n'y a pas de campings, seulement des terrains plus ou moins aménagés et les *rangers* passent contrôler les permis.
- Ah, d'accord. Je fais confiance au guide.
- On a encore un peu de route. Maggy nous a réservé un motel juste avant Hervey Bay.

Le Land Rover reprit du service pour mener son équipage jusqu'au *Swan River motel* qui devait accueillir représentants de commerce et routiers en vadrouille pendant la semaine, mais qui ce samedi soir semblait désespérément vide. Les deux voyageurs se présentèrent néanmoins à l'accueil où ils furent chaleureusement reçus. L'hôtesse leur remis les clés des chambres 112 et 114, les plus confortables, au premier avec vue sur la campagne, assura-t-elle. Puis elle leur conseilla pour dîner le restaurant chinois à cent mètres sur la droite, à côté de la station-service. Un grand choix de spécialités asiatiques, un régal !
Après avoir déposé leurs bagages dans leurs chambres, Bruce et Marie se retrouvèrent donc chez *Mrs Wang, delights of China.* Bruce commanda d'emblée deux XXXX à la jeune serveuse chinoise qui était occupée à dresser des tables. L'ambiance était très calme, une seule table était occupée par un couple assez âgé. Ils s'installèrent à côté d'une fenêtre même si la nuit était tombée et qu'il n'y avait rien à observer. La serveuse revint peu après avec deux pintes de bière et deux cartes.
- Allez, trinquons aux aventures qui nous attendent sur Fraser island, dit Bruce en levant son verre.
- C'est vraiment l'aventure sur cette île ? lui demanda Marie en l'imitant. Tu m'as dit que tu y étais déjà allé, mais tu ne m'as rien raconté.
- Oui, enfin ça dépend des conditions dans lesquelles tu y vas. Mon premier séjour sur l'île, c'était avec mes parents, j'avais neuf ans et on dormait à l'hôtel, on déjeunait à l'hôtel, on dînait à l'hôtel. Et pour les excursions, on partait en groupe avec l'autocar tout-terrain de l'hôtel, c'était pas vraiment l'aventure. Je me souviens du guide: « mesdames, messieurs, c'est fantastique, regardez sur la droite de la piste, une tortue verte, elle doit bien avoir 150 ans vu sa taille. Vous pouvez descendre par la porte arrière pour aller prendre des photos mais remontez bien par la porte avant et ne vous approchez pas trop d'elle pour ne pas la perturber ». Tu m'étonnes qu'elle devait être perturbée, la pauvre... Ou encore quand l'autocar déversait ses cinquante gugusses, certains la clope au bec, sur la petite plage de sable blanc du lac Mc Kenzie, ça cassait d'un coup tout le charme du lieu.
- Oui, je comprends. Et tu y es retourné après ?

- Oui, quand j'avais une vingtaine d'années. Mais cette fois c'était sac au dos et chaussures de rando aux pieds. J'ai marché, marché dans le sable sur les pistes et sur la plage pendant plus d'un mois. Ça, c'était l'aventure.
- Tout seul comme ça, avec ta tente sur le dos ? C'est un truc de dingue !
- Tout seul oui, mais sans tente, juste un sac de couchage, il n'y a pas besoin de plus pour dormir sur le sable.
Sur ce, la serveuse se présenta pour prendre la commande. Mais comme ni l'un ni l'autre n'avait consulté la carte, ils se hâtèrent de tourner les pages du menu. Bruce commanda finalement des boulettes de porc braisées sauce curry tandis que Marie opta pour des nems aux crevettes.
- Mais qu'est-ce qui t'as pris d'aller jouer à Robinson Crusoé sur son île ?
- Oh, je venais de quitter mon job de serveur à Brisbane ; j'en avais marre de la ville et de tout le monde, alors je me suis dit pourquoi pas aller sur Fraser island ? Mais contrairement à Robinson Crusoé, je ne guettais pas l'arrivée d'un bateau pour me ramener à terre, je voulais juste qu'on me fiche la paix.
- Et t'as fini par sortir de cette crise existentielle ?
- Oui, marcher toute la journée, ça te vide la tête et j'ai fini par rentrer. J'ai eu la chance de trouver cette place d'employé polyvalent au BEKS. Après tout, Yallolaba est presque aussi isolé que Fraser island, sourit-il amèrement.
- Mais comment as-tu fait pour survivre tout seul un mois sur l'île ? Pour te nourrir ? Et tu n'as pas eu peur des dingos à dormir comme ça n'importe où ? demanda Marie, admirative devant son collègue explorateur.
- Oh, j'avais quelques provisions et il y a deux ou trois petites épiceries. Les dingos, c'est pas un problème, normalement ils n'attaquent pas les humains, ce sont eux qui ont peur.
- Normalement ?
- Oui, il y a parfois des accidents...
- Graves ?
- Ça arrive. Le dernier c'était début mars, juste avant que tu débarques. Mais je ne te raconte pas, tu vas faire des cauchemars...

- Arrête, je ne suis plus une petite fille, je veux savoir ! s'exclama Marie en tapant sur la main de Bruce avec ses baguettes.
- Bon, je t'aurais prévenue... C'était une famille de touristes, les parents et leurs deux garçons, de huit et dix ans je crois. Ils pique-niquaient sur la plage quand ils ont aperçu un dingo au loin. Au lieu de le chasser, ces cons lui ont balancé des bouts de saucisses pour l'attirer. Leurs gosses voulaient le caresser, qu'ils ont raconté à la télé.
- Totalement irresponsables !
- Mais oui, les dingos, c'est pas des caniches, ils le savent bien. Les *rangers* n'arrêtent pas de dire qu'il ne faut pas les approcher.
- Et alors ?
- Alors le dingo est venu les voir et il ne s'est pas contenté de trois bouts de saucisse. Il a attaqué les gamins : un tué, l'autre grièvement blessé.
- C'est horrible !
- C'est bête surtout. Et comme chaque fois, ça a fait des vagues et il y a eu des pétitions pour éradiquer les dingos de Fraser island. Mais il vaudrait mieux éradiquer les abrutis.
- Et qu'ont fait les *rangers* ?
- Je crois qu'ils ont abattu une dizaine de bêtes, celles qui rodaient trop près des touristes.
- Et c'est tout ?
- Oui, jusqu'à la prochaine attaque...
- Brrr... J'espère que ce ne sera pas quand on y sera.
- T'inquiète, j'ai toujours mon couteau avec moi et je trancherai la gorge du dingo qui s'approchera de toi, réagit Bruce d'un ton guerrier.
- Je sais que je peux compter sur toi, mon Crocodile dundee.
Ils rigolaient gaiement lorsque la serveuse apporta leurs assiettes.
- Allez, dit Bruce, ne laissons pas cette histoire nous couper l'appétit, nous avons besoin de forces pour profiter de l'île.
- Tu as raison, bon appétit, répondit Marie qui avait cependant une petite boule à l'estomac.
Bruce avala goulûment ses boulettes en s'enfilant sa pinte de bière. Marie, elle, eut un peu de mal pour venir à bout de ses nems, les portions étaient généreuses. Quand la serveuse repassa pour leur

proposer un dessert, elle se contenta de deux boules de glace fraise-mangue tandis que Bruce choisit un entremet bien énergétique, une banane flambée au Bundy rhum, crème chocolatée. Après avoir copieusement dîné, les deux voyageurs regagnèrent leurs chambres au motel et se couchèrent sans tarder. Départ prévu le lendemain matin à 7:15 am.

À l'heure dite, Marie, les cheveux mouillés et son sac sur le dos, ouvrit la porte de sa chambre. Elle rejoignit Bruce qui l'attendait sur le parking à côté du Land Rover.
- Ah, Marie ! s'écria-t-il joyeusement. Je commençais à me demander s'il ne fallait pas aller frapper à ta porte pour te réveiller.
- Mais non, je suis presque à l'heure. Désolée si j'ai un peu traîné sous la douche, mais je ne suis pas sûre qu'on en prenne d'aussi bonnes sur l'île.
- Oui, on verra ce qu'on trouvera. C'est bon, on est à l'heure : comme tu n'arrivais pas je suis allé faire le plein d'essence à la station à côté du restaurant.
- Ah, c'était déjà ouvert ?
- Bien sûr, on se lève tôt en Australie. En route.
Ils mirent une vingtaine de minutes pour rejoindre le quai d'embarquement de Hervey Bay. Le ferry local les attendait : son moteur était en chauffe et une mince fumée grise s'échappait de sa cheminée. Enfin, ce n'était pas vraiment un ferry, plutôt une grande barge pour convoyer une cinquantaine de véhicules. Les passagers qui souhaitaient profiter de la traversée sur le pont n'avaient d'autre choix que de se faufiler entre les voitures pour s'accouder sur un des bastingages. Bruce présenta leur billet au *check-in*, et sur injonction du chef de bord, il enfila en marche arrière et au centimètre près le Land Rover entre un pick-up Toyota et un camion bâché. Le ferry était loin d'être complet mais il fallait veiller à son bon équilibrage. Sauf qu'ainsi garés, ils eurent bien du mal à se glisser hors de leur véhicule. Une dizaine

d'autres voitures se parquèrent sur le pont avant que l'équipage ne ferme les portes. Le capitaine donna alors le signal du départ par un grand coup de klaxon. La traversée durait un peu moins d'une heure et nos deux passagers s'accoudèrent debout à tribord pour profiter du paysage.
- Tu as préparé un itinéraire sur l'île ? demanda Marie.
- Hum, j'ai étudié la carte hier soir. On va arriver à Kingfisher Bay, sur la côte ouest. Je pense que le mieux c'est qu'on rejoigne la plage principale à l'est et qu'on remonte vers le nord en s'arrêtant aux points d'intérêt. Et demain on redescendra jusqu'à Central Station, le camp des *rangers* où on est attendus mardi. Ça te va ?
- C'est parfait, je suis le guide.
Après trois quarts d'heure de navigation sur les eaux calmes du bras de mer, un appel sur les haut-parleurs invita les conducteurs à rejoindre leurs véhicules en vue du débarquement imminent. Le navire accosta quelques instants plus tard et ses lourdes portes s'ouvrirent immédiatement, libérant la horde de véhicules tout-terrain pressée de partir à l'assaut de l'île de sable.
- Fraser island, nous voilà ! dit Bruce d'un ton solennel en débarquant.
- T'as déjà conduit sur du sable ? s'inquiéta Marie.
- Euh non, pas trop. Mais il suffit de suivre les traces sur la piste et notre bon vieux Land Rover va bien y arriver... De toute façon il n'y a pas le choix, il n'y a pas un seul mètre de bitume sur l'île.
- Si tu le dis.
Ils s'élancèrent sur la piste qui s'enfonçait dans la forêt tropicale. Le moteur de leur lourd véhicule vrombissait plus ou moins fort selon l'inclinaison du terrain et Bruce essayait tant bien que mal de maintenir une allure constante. Il ne fallait surtout pas caler dans une côte, il aurait été difficile de redémarrer sans s'enliser.
- Ça va ? Ça secoue pas trop ? demanda Bruce à sa passagère après quelques centaines de mètres.
- Non, c'est bon, répondit Marie qui se cognait pourtant sans cesse à l'appuie-tête. On se croirait au Paris-Dakar, la forêt en prime.
- C'est quoi le Paris-Dakar ?
- Oh, un rallye auto dans les dunes d'Afrique que regardait mon père à la

télé quand j'étais gamine... Attention, en face ! s'écria-t-elle soudainement.
Mais Bruce le pilote avait lui-aussi vu la Jeep qui fonçait droit sur eux. La piste était étroite et en légère montée à cet endroit, il était impossible de se croiser. Bruce accéléra pourtant et tandis que le véhicule en face se rapprochait klaxon hurlant, il donna un petit coup de volant à gauche : il avait repéré sur le bas-côté un court espace où la végétation était moins dense. Les rétroviseurs des deux véhicules se frôlèrent mais le Land Rover put poursuivre sa course sans encombre.
- Bravo Bruce, bien anticipé, le félicita Marie. C'est dingue que ces petites pistes ne soient pas en sens unique.
- Et non, il faut faire sa place, c'est la loi de la jungle ici, sourit le conducteur.
- Il commence à faire chaud. On est encore loin de la plage, qu'on puisse se rafraîchir ?
- T'as mal lu ton guide visiblement. Je te rappelle qu'il est strictement interdit de se baigner dans l'océan à cause des courants forts et des requins.
- Je croyais que c'était du pipeau. Vous les Australiens vous êtes hyper-précautionneux, dès qu'il y a le moindre risque, vous interdisez : pas le droit de faire du vélo sans casque, pas le droit de se tremper les pieds dans l'eau parce qu'il y a des requins, c'est quand même pas Les dents de la mer ici !
- Je sais pas mais j'ai pas envie de te ramener à Yallolaba avec une jambe en moins. On peut se baigner dans les nombreux lacs sur l'île et c'est de l'eau douce, c'est plus agréable.
- Oui, mais il n'y a pas les vagues, dit Marie pour avoir le dernier mot.
Quelques minutes plus tard, Bruce reprit :
- Tiens, on va prendre à droite là si tu veux te rafraîchir.
Un panneau indiquait Lake Birrabeen 4,2 km.
- Ouais super ! Merci Bruce.
Le Land Rover mit plus de vingt minutes pour parcourir la distance car la piste étroite était encore plus accidentée que la précédente et Bruce conduisait prudemment. Il finit par se garer sur le petit parking

aménagé. Il n'y avait aucun autre véhicule dans les parages. Marie, qui avait déjà son maillot de bain sur elle, attrapa sa serviette et courut vers la petite plage. Bruce, lui, enfila son caleçon rayé avant de la rejoindre, un masque et un tuba à la main.
- C'est fou comme elle est claire, dit la Française en pensant que même les lacs de ses montagnes d'Auvergne n'avaient pas une eau aussi limpide.
- Oui, c'est le sable qui la filtre.
- Tu vas plonger ? Il y a des poissons ?
- Sûrement, et peut-être des tortues.
- Ouah, elle est aussi chaude qu'à la piscine, dit Marie en s'avançant dans l'eau.
- Et sans chlore, ajouta Bruce occupé à régler l'élastique de son masque.
Marie se mit à nager vers le large dès qu'elle eut de l'eau à hauteur de la taille. Elle se retourna quelques brassées plus loin pour interpeller son compagnon :
- Bruce, viens par ici, il y a plein de petits poissons !
Mais le jeune homme, la tête dans l'eau, était parti dans une autre direction. Marie nageait à son rythme en le suivant plus ou moins des yeux. Soudain, elle vit ses pieds se dresser et pointer vers le ciel avant de disparaître : il venait de plonger. Le tuba réapparut quelques secondes plus tard et expulsa un jet d'eau comme le ferait une baleine. Déjà ? pensa Marie, il n'a pas beaucoup de souffle notre Bruce... Mais il replongea aussitôt, et cette fois, ne le voyant toujours pas remonter après une bonne minute, elle commença à s'inquiéter et à nager dans sa direction quand soudain : pschitt ! Un grand jet d'eau au-dessus de la tête du plongeur. Il ne prit pas le temps de reprendre son souffle et cria :
- J'en ai une ! J'en ai une !
- Une quoi ?!
- Une tortue ! clama-t-il en levant les bras hors de l'eau.
Il tenait entre ses mains une tortue d'une trentaine de centimètres qui ne semblait pas ravie de se retrouver à voler ainsi dans les airs : la pauvre agitait les pattes comme si elle courait après un lièvre.
- Arrête ! T'es malade, toi aussi tu traumatises les tortues !

- Mais non regarde, elle va très bien, elle nage vers toi, répondit Bruce qui l'avait reposée à la surface et la guidait du bout des doigts. Une petite consultation docteur ?
- Désolée, je n'ai pas mon matériel mais elle est très mignonne et a l'air en pleine forme, alors laisse-la tranquille.
- D'accord docteur, mais c'était quand même une bonne pêche, fallait l'attraper celle-la.
Bruce relâcha la tortue qui tourna autour de Marie, comme pour la remercier d'être intervenue pour sa libération, avant de plonger droit vers le fond du lac. Les deux baigneurs profitèrent de l'eau cristalline pendant encore un long moment avant de regagner la plage.
- Avec tout ça, c'est l'heure du lunch, dit Bruce qui ressentait un méchant creux à l'estomac.
Il partit vers le Land Rover et revint rapidement avec sa glacière à la main.
- Elle est encore fraîche ? demanda Marie, dubitative.
- On va voir, mais ça m'étonnerait... C'est ça, elle doit être à au moins 20°C, ajouta-t-il après avoir soulevé le couvercle.
- Alors, que propose le chef ?
- Et bien, je dirais barquettes de coleslaw et sandwichs cheddar agrémentés d'une bonne XXXX. Ça te va ?
- Oui, mais pas de bière chaude pour moi.
- T'es difficile, elles sont pas chaudes, juste tièdes. Et il faut bien s'hydrater.
- C'est vrai, je vais chercher une bouteille d'eau.
Bruce ouvrit les barquettes et prépara les sandwichs avec du pain de mie. Marie le remercia quand elle revint avec son eau mais ne put s'empêcher de lui faire remarquer :
- Ouh la, il transpire le cheddar. T'es sûr qu'il est encore mangeable ?
- Bien sûr, il est même plus tendre, c'est meilleur. Je me souviens quand je suis venu faire ma randonnée, j'étais parti avec un bloc d'un kilo, il a tenu trois semaines. T'inquiète pas.
- Ah bon. C'est juste qu'en France on a des vrais et bons fromages.
- Oui, le camembert...

- Non, le bleu d'Auvergne, il n'y a pas mieux, dit Marie avec un brin de nostalgie.
Après ce déjeuner frugal, l'un et l'autre s'allongèrent à l'ombre d'un eucalyptus pour y faire une bonne sieste. Mais quelques minutes plus tard, le ronronnement d'un moteur sur le parking les tira de leur assoupissement. Bruce leva la tête et reconnut aussitôt la Jeep aux couleurs camouflage de l'armée qu'il avait remarquée sur le ferry. Un groupe de cinq *backpackers* allemands débarqua sur la plage avec une enceinte sans fil qui diffusait des braillements incompréhensibles, sans doute le dernier hit d'un chanteur germanophone en vue. Même s'ils s'installèrent à l'autre bout de la plage, celle-ci perdit d'un coup son côté paradisiaque et nos deux aventuriers ne tardèrent pas à reprendre la piste.
Le conducteur stoppa son véhicule une vingtaine de kilomètres plus loin, sur le rivage du lac Boomanjin. Ses eaux abritaient des milliers de petites tortues marines, mais leurs reflets marronnasses dû à la décomposition de végétaux en profondeur n'incitaient pas les touristes à se baigner. La halte fut donc de courte durée et un quart d'heure plus tard, le Land Rover se retrouva enfin face à l'océan.
- Ouah ! s'exclama Marie, je n'ai jamais vu une plage aussi large.
- Oui, c'est marée basse, c'est l'idéal pour rouler : l'autoroute de l'île.
Et joignant le geste à la parole, Bruce tourna à gauche vers le nord et accéléra sur la portion de sable lisse libérée par le retrait de l'eau.
- Aïe ! s'écria Marie quelques instants plus tard. C'était quoi ça ?
Alors qu'elle regardait la dune sur sa gauche, elle venait en effet de décoller de son siège et de se cogner contre le toit du 4X4 malgré sa ceinture de sécurité.
- Désolé, c'était juste un petit ruisseau qui s'écoule vers l'océan. Je ne pensais pas qu'il serait si profond. Je ralentirai la prochaine fois.
- Oui, je préfère.
Le Land Rover filait bon train sur la plage et ils arrivèrent bientôt à Eli creek. Bruce demanda à Marie si elle souhaitait s'y arrêter.
- C'est un petit cours d'eau hyper claire. On peut le remonter un peu à pied à travers la forêt jusqu'à un petit pont d'où on peut plonger et

ensuite se laisser porter par le courant jusqu'à l'océan.
La Française acquiesça, ravie de cette opportunité de se mouiller. La chaleur de l'après-midi était vraiment pesante.
Ils abandonnèrent donc leur 4X4 sur la plage et partirent pieds-nus et en maillots de bain sur le petit sentier qui s'enfonçait dans la *rainforest*. Arrivés au petit pont (quelques planches sans parapet) qui enjambait l'étroit cours d'eau, Bruce voulut faire le malin et tenta un plongeon qui se termina par un plat magistral. Cela dit, c'était un moindre mal pour lui car la profondeur ne dépassait pas les quatre-vingt centimètres.
- Aïe, ça va Bruce ? Pas trop mal au bide ?
- Non non, ça va mais fais attention, il n'y a pas beaucoup d'eau.
Et Marie, prudente, sauta les jambes repliées et les fesses les premières, ce qui éclaboussa largement les alentours. Ils n'eurent plus qu'à faire la planche pour regagner la plage.
Alors qu'ils étaient penchés dans le coffre du Land Rover, à la recherche de serviettes pour se sécher, ils entendirent le ronronnement d'un petit avion de tourisme. Ils relevèrent la tête et constatèrent qu'il descendait droit sur eux. Il passa en rase-motte en secouant ses ailes juste au-dessus du Land Rover avant de reprendre un peu d'altitude et de faire demi-tour sur l'océan. Marie, qui avait cru un instant qu'ils allaient être bombardés comme à Pearl Harbor, cria :
- Non mais il est complètement cinglé celui-là !
- Ça doit être l'avion de l'hôtel, il essaie d'impressionner ses passagers. Faut leur donner des frissons aux touristes...
Mais le coucou fit un nouveau virage à 180° et recommença exactement la même manœuvre.
- Ça alors, il insiste ! s'écria Marie, furieuse.
- En voiture, dépêche-toi ! J'ai compris, il veut se poser et je me suis garé sur sa piste d'atterrissage.
Ils sautèrent dans leur véhicule et Bruce démarra en trombe pour libérer la plage. L'avion se posa quelques instants plus tard derrière eux.
- Il est stupide, il aurait pu se poser un peu plus loin, ragea Marie.
- Pas sûr, si l'avion trimballe des touristes impotents, il faut pas trop les faire marcher. Il s'est posé juste devant Eli creek.

- Impotents ou paresseux, oui...
Et ils rigolèrent de cet incident.
Quelques kilomètres plus loin, Marie fit remarquer :
- Encore un pêcheur ! C'est au moins le troisième qu'on voit. Et regarde, il a trois cannes accrochées au pare-choc de son 4X4. Qu'est-ce qu'ils peuvent bien pêcher depuis le rivage ?
- Des poissons j'imagine.
- Très drôle !
- Désolé, mais la pêche, ça m'a jamais intéressé. Rester le cul dans un fauteuil de camping pendant des heures en attendant qu'un poisson morde à l'hameçon, c'est pas mon truc.
- Je te comprends.
Quelques minutes plus tard, ce fut Bruce qui attira l'attention de sa passagère :
- Là-bas devant, au bord de la dune, on dirait qu'il y en a un qui court.
- Un quoi ?
- Un dingo !
- Sérieux ? Où ça ?
- Là, à gauche, dit Bruce en tendant le bras et l'index. Attends, je le rattrape.
Il força l'allure du Land Rover et se retrouva en quelques instants à la hauteur de l'animal. Celui-ci, nullement décontenancé, poursuivait sa course impériale.
- Vas-y, reste à sa hauteur que je le prenne en photo. Oh la la, qu'est-ce qu'il est maigre, on voit les os de sa cage thoracique à travers la peau. Et ses crocs, un vrai loup... T'as pas des cailloux à lui lancer ?
- Pourquoi tu veux lui lancer des cailloux ?
- Les *rangers* disent qu'il faut les effrayer pour les faire fuir.
- Et bien je vais lui faire peur moi.
Bruce donna un petit coup de volant à gauche pour se rapprocher du dingo. L'animal, qui avait perçu le mouvement du véhicule, tourna la tête et se mit à aboyer sauvagement.
- Arrête ! Il va sauter par la fenêtre ! dit Marie apeurée en remontant la vitre.

- OK, alors on le laisse derrière nous.
Et Bruce accéléra pour reprendre son rythme de croisière.
- Qu'est-ce qu'il peut bien faire à courir comme ça sur la plage ? demanda Marie.
- Il cherche sûrement de la nourriture.
- Du poisson ?
- Ou des enfants.
- Oooh, c'est pas drôle ça, Bruce...
Encore quelques kilomètres plus loin, ils arrivèrent à l'épave du Maheno, l'une des attractions touristiques les plus prisées de l'île à en juger par l'affluence : quatre véhicules étaient stationnées aux alentours. Le Maheno était un paquebot néo-zélandais de cent-vingt mètres qui s'était échoué en 1935 lors d'un cyclone. L'immense silhouette de cette épave rouillée était impressionnante, mais laissait Marie perplexe :
- Pourquoi ils n'ont pas enlevé cette carcasse pour la mettre chez un ferrailleur ? On dit bien que Fraser island est un paradis naturel...
- On descend jeter un coup d'œil quand même, dit Bruce en ouvrant sa portière.
- Si tu veux.
La rancœur de la jeune femme ne s'était pas apaisée à l'approche de l'épave :
- Regarde-moi ces deux crétins qui font un selfie devant la tôle rouillée alors qu'il y a l'océan juste à côté.
- D'accord pour un selfie devant l'océan, dit Bruce qui avait sorti son téléphone et s'apprêtait à demander à Marie de poser devant l'épave.
Click ! Et re-click ! Deux, c'est mieux qu'une.
- On va explorer l'intérieur ? proposa Bruce.
- Vas-y si tu veux, moi je reste sur le sable. Je suis en tongs, je n'ai pas envie de m'ouvrir le pied sur de la ferraille rouillée.
- *No worries*, je vais faire un tour tout seul. À tout de suite.
Et Bruce s'aventura sur l'épave avec l'âme d'un gamin, comme un pirate qui viendrait de couler un galion royal. Il revint cependant peu après assez déçu.
- Alors, tu as trouvé un trésor ? demanda Marie d'un air narquois.

- Euh, non. Il n'y a plus grand chose en fait.
- Ça va, je n'ai rien perdu. On repart. C'est quoi le prochain point d'intérêt ?
- D'après la carte, The Pinnacles, des concrétions de sable coloré. Mais à cette heure-ci ça va tout être à l'ombre. Ce serait mieux d'y aller demain matin. Il y a un espace où on peut camper pas loin, je propose qu'on s'y arrête.
Quelques kilomètres plus loin, le fameux *campground* était indiqué sur la gauche. Après un petit raidillon de sable meuble que le Land Rover franchit aisément, ils se retrouvèrent en haut de la dune sur un grand espace plat défriché avec pour seules commodités une cabine de toilettes sèches et une benne à déchets. Un couple de touristes allemands ou hollandais avait déjà planté sa tente à côté d'un petit 4X4 Suzuki. Bruce les salua d'un signe de la main et partit se garer le plus loin possible d'eux.
- Là, je pense qu'on sera bien. Face à l'océan, on aura un beau lever de soleil.
- Super. On monte le camp ?
- Oui, je vais commencer par aller chercher un peu de bois dans la forêt tant qu'il fait jour. Pendant ce temps tu peux t'occuper de la tente, c'est une igloo, c'est facile.
- À vos ordres, chef.
Lorsque Bruce revint avec une grosse brassée de bois mort, Marie avait fini de monter la tente.
- Tout ça ! dit-elle en voyant Bruce lâcher son fardeau sur le sol. On ne va pas avoir froid.
- Il faut bien faire cuire les saucisses et les patates.
- Oui, je commence à avoir un petit creux.
- Et bien emballe les pommes de terre dans du papier alu pendant que j'allume le feu.
Marie prépara ce repas sommaire à l'arrière du 4X4 et rapporta à Bruce les patates emballées, le pack de deux grosses saucisses sous vide ainsi que deux XXXX, tièdes. Les premières flammes commençaient à crépiter.

- Tu n'as pas de grille pour le barbecue, fit remarquer Marie au cuistot. Comment on va faire ?
- Non, je n'ai pas pris de grille car sur Fraser island il n'y a que du sable, et pas une seule pierre pour soutenir une grille de barbecue. Tu n'as pas vu mes piques à brochettes ?
- Les longues avec un manche en bois, on dirait des épées. Je vais les chercher.
Elle rejoignit Bruce quelques instants plus tard alors qu'il était à genoux et soufflait pour activer son feu. Elle laissa tomber une pique à côté de lui et, le piquant légèrement à l'épaule avec la seconde, dit d'un ton viril :
- En garde Crocodile dundee, ou j'embroche ta saucisse !
Le jeune homme sursauta et se releva d'un coup en attrapant son épée de fortune.
- Ne joue pas à ce petit jeu avec moi miss France, j'ai fait de l'escrime quand j'étais gamin.
Et ils se livrèrent à un semblant de duel qui attira l'attention du couple de touristes présent sur le site, lequel se demandait s'il fallait intervenir ou laisser ces deux tarés s'entre-tuer.
- Ça va, ça va D'Artagnan, je jette les armes, dit finalement Marie en lâchant sa pique.
- Soit, courageuse combattante, je te laisse la vie sauve. Buvons à notre bonne fortune.
Et ils attrapèrent chacun une bouteille et trinquèrent en rigolant, au grand soulagement de leurs voisins de camping. Ils embrochèrent délicatement leurs saucisses fumées pré-cuites, mirent les patates dans le foyer et s'assirent autour en tailleur pour tendre leurs saucisses au dessus des flammes.
- Ça ressemble un peu à la cuisine de Cro-Magnon tout ça, dit Marie.
- C'est le retour à la nature... Alors, t'es contente de ta première journée sur l'île ?
- Oui, pour l'environnement et les paysages, c'est génial. Par contre je suis déçue, on n'a pas vu beaucoup dc bêtes : seulement des tortues et des petits oiseaux. On n'a même pas aperçu un koala...

- C'est parce qu'ils sont malins. La forêt est grande et ils ne restent pas en bordure de piste à respirer les gaz d'échappement des 4X4. On a aussi vu un dingo...
- Oh celui-la, j'aurais préféré ne pas le croiser !
- Et des Allemands. Ceux-la aussi on aurait préféré ne pas les croiser.
Ils partirent dans un fou rire.
- Sérieux, reprit Marie, quel sans-gêne de se pointer comme ça avec leur musique pourrie.
- Ah, c'est la nouvelle génération de touristes ma pauvre dame...
Ils continuèrent à discuter joyeusement en éclusant leurs bières, et malgré leurs têtes qui tournaient, ils réussirent à cuire saucisses et patates sans se brûler les doigts. Ils trouvèrent même ce dîner savoureux. Après tout, de la bonne XXXX s'accommode avec n'importe quel plat.
Après une courte veillée, le feu de camp commença à décliner. Nos deux acolytes firent alors un brin de toilette-brossage de dents grâce aux bidons d'eau chargés dans le Land Rover puis partirent se coucher sous la tente.
Bruce venait de tirer la fermeture-éclair de l'entrée lorsqu'un hurlement lointain se fit entendre.
- Qu'est-ce que c'est ? demanda Marie, inquiète.
- Sans doute un dingo affamé qui...
Bruce n'eut pas le temps de terminer sa phrase qu'un autre cri, plus proche, retentit.
- Et ça c'est un autre dingo qui lui répond.
- Oh la la, si ça se trouve on a attiré tous les dingos de l'île avec nos saucisses grillées, dit Marie en tremblant.
- Mais non, j'ai enfermé toute la nourriture dans la voiture, ils ne peuvent rien sentir, t'inquiète pas.
- Mais ils peuvent nous sentir, nous. Oh Bruce, protège-moi, dit la Française en venant se blottir contre son compagnon.
Celui-ci n'en attendait pas tant. Il la prit dans ses bras et l'embrassa. Et pour oublier les hurlements de dingo, ils firent l'amour comme deux survivants d'un naufrage réfugiés sur une île déserte.

Fraser island - le lac McKenzie

Marie était allongée sur la plage, le dos contre le sable fin. Un homme torse-nu se tenait droit debout devant elle, un poste de radio des années 80 sur l'épaule. Et il riait, riait... À moins que ce ne fut le poste de radio. Lorsqu'elle ouvrit les yeux, l'homme avait disparu. Et pourtant le rire continuait.

- Encore ce maudit kookaburra qui me poursuit jusqu'ici, maugréa-t-elle en se frottant les yeux. Mais après tout, il a peut-être bien fait de me réveiller.

En effet, les lueurs de l'aube commençaient à percer la toile de la tente agitée par une petite brise marine. Le lever de soleil sur l'océan s'annonçait spectaculaire. Elle appela doucement :

- Bruce... Bruce...

Mais le jeune homme était profondément endormi et respirait bruyamment. Oh, il s'est épuisé cette nuit, laissons-le se reposer, pensa-t-elle. Elle enfila son maillot de bain et un T-shirt, ouvrit sans bruit la porte de la tente et sortit. Le spectacle était encore plus majestueux qu'à Byron Bay et la Française était subjuguée par ce ciel rouge, orangé, incandescent. Elle s'installa sur la plage pour faire quelques exercices de gymnastique, puis lorsque le soleil fit son apparition, elle réalisa qu'elle ne devait plus être très loin des fameuses concrétions de sable coloré et qu'il n'y aurait pas de meilleur moment pour les contempler. Elle jeta un coup d'œil vers le campement : pas de trace de Bruce, il devait encore dormir comme un ange. Elle se mit donc à courir seule vers le nord pour un jogging improvisé sur la plage. Et bien lui en prit car The Pinnacles

n'étaient qu'à quelques centaines de mètres de là et les couleurs chatoyantes de ces falaises de sable étaient sublimées par le soleil levant. Marie resta un moment à contempler ce monument naturel puis se résigna à faire demi-tour. Arrivée en face du *campground*, elle n'aperçut encore aucun signe de Bruce. De l'autre côté, l'océan lui tendait les bras avec son eau chaude et ses rouleaux alléchants. Et les requins ? Des fadaises d'une administration australienne pointilleuse. Elle resterait sur le bord, il n'y aurait pas de danger. C'est ainsi qu'elle céda à la tentation. Elle retira son T-shirt et courut dans l'eau. Elle n'essaya même pas de nager, mais marchait vers le large jusqu'à être renversée par les vagues et se laissait porter par les rouleaux. Elle s'amusait comme une gamine lorsqu'elle vit un homme debout sur la plage qui lui faisait signe de revenir avec ses bras.
- Tu es folle ! Les requins ! Reviens ! criait Bruce.
Mais elle n'entendait rien et elle-même cria à l'attention du jeune homme :
- Viens Bruce ! Elle est trop bonne et ça ne craint rien, il n'y a que cinquante centimètres d'eau !
Voyant qu'elle avait l'air de se régaler, il finit par se dire qu'un bon bain l'aiderait à se réveiller, et il se lança à son tour dans ces eaux tumultueuses.
Ils passèrent un bon moment à cette séance de balnéothérapie naturelle avant de retourner au campement avaler un petit-déjeuner. Un semblant de petit-déjeuner plutôt, puisqu'il consista en un paquet de biscuits chocolatés Tim&Tam qui avaient fondu dans le coffre la veille. Malgré leur aspect peu ragoutant, ils étaient néanmoins restés savoureux.
- Et bien, finalement c'était un bon bain, et on n'a pas fini croqués par un squale, dit Marie pour tancer son ami.
- Oui c'est vrai, ça fait du bien.
- Et maintenant, on lève le camp ?
- Pas tout de suite. Je n'ai pas pu faire mon jogging hier, je vais en profiter ce matin.
- Mais je l'ai déjà fait mon jogging moi, pendant que tu dormais à poings fermés, je suis crevée.

- OK, alors je te propose : moi je vais courir et toi tu ranges le campement et tu me rejoins avec le Land Rover. D'accord ?
- Super ! À moi le 4X4 !
- Fais attention à ne pas t'ensabler quand même.
- Je vais essayer...
Ils firent ainsi. Marie mit une demi-heure à démonter la tente et à tout ranger dans le coffre avant de s'installer au volant. Elle démarra puis essaya d'enclencher la marche arrière mais n'obtint en réponse que des craquements de la boîte dc vitesses. Tant pis, se dit-elle, il y a de la place devant, et elle enclencha la première. Le lourd véhicule commença à bouger lentement, mais de place devant, il n'y en avait pas tant que ça et il se trouva embarqué dans la dune en gîtant dangereusement sur le côté.
- Aïe ! Aïe ! Aïe ! Redresse ! murmura l'apprentie pilote en serrant les dents.
Et son instinct la fit foncer tout droit vers le bas de la dune, arrachant au passage quelques plants de genêt; mais au moins le 4X4, aidé par la pente, ne resta pas enlisé et parvint à regagner la plage.
- Super, Marie Vatanen ! se dit la jeune femme en respirant profondément. Mais heureusement que tous les touristes ne conduisent pas comme toi, la nature serait massacrée.
Elle était en effet offusquée par les grandes traces qu'elle avait laissées sur la dune. Mais le vent et le temps se chargeraient de tout remettre en état... Elle poursuivit prudemment sa route sur la plage, dépassa The Pinnacles et commençait à penser que Bruce courait très vite lorsqu'elle aperçut un 4X4 de pêcheur au bord de l'eau. Quatre ou cinq personnes étaient rassemblées autour et... oui, c'était bien lui, Bruce. Elle s'arrêta à proximité et descendit voir à pied ce qu'il en était. Les quatre hommes tournèrent la tête vers la nouvelle arrivante et Bruce dit :
- Ah Marie, ça va ? Viens voir ce qu'ils ont pêché.
- Oh purée ! s'exclama la jeune femme.
Un requin gisait sur le sol avec un gros hameçon planté dans la mâchoire. Ce n'était pas un grand requin blanc, mais il mesurait tout de même un bon mètre cinquante et ses dents étaient encore plus

redoutables que les crocs du dingo croisé la veille.
- Alors, tu vois que les requins ne sont pas une légende sur Fraser island, dit Bruce en passant un bras autour des épaules de la Française.
- Mais c'est pas possible, il devait être super loin du rivage...
- Non, le type qui l'a attrapé m'a dit qu'il n'a que soixante mètres de ligne.
- Alors, il aurait pu...
- Oui, on aurait pu le croiser en nous baignant.
- Oh la la, geignit Marie en frissonnant.
Bruce salua les pêcheurs et les félicita pour leur prise, puis s'éloigna en direction du Land Rover. Marie, qui le suivait, l'interpella :
- Alors, tu ne cours plus ?
- Non, il m'a coupé les jambes ce requin.
- Bah, c'est sûrement un individu isolé, il y avait peu de risque qu'on se baigne au même endroit que lui, dit Marie qui avait retrouvé ses esprits.
- N'empêche...
Ils remontèrent en voiture et cette fois Bruce se laissa conduire quelques kilomètres plus loin, jusqu'à Indian Head, un promontoire rocheux ancré sur l'océan. D'après le guide, la vue panoramique depuis son sommet était éblouissante et son ascension facile. Nos deux compères s'y attelèrent donc, et Marie ajouta juste un peu de difficultés en chaussant ses tongs plutôt que ses baskets. Arrivés au point culminant, Marie regarda au loin et s'écria :
- C'est incroyable cette plage de sable à perte de vue !
- Oui, et bien regarde l'eau au pied du rocher, ça va te faire rigoler...
Elle baissa la tête et aperçut une dizaine de tâches noires allongées qui flottaient entre deux eaux.
- Non, ne me dis pas que c'est...
- Si, des requins !
- Ça alors, ils viennent chasser ici.
- Ou ils attendent qu'une touriste en tongs glisse et tombe à l'eau, dit le jeune homme en faisant mine de la pousser par les épaules.
- Mais arrête, t'es dingue !
Et ils rirent, persuadés d'avoir échappé de peu à ces prédateurs

sanguinaires.
De retour à leur véhicule, ils reprirent la plage en direction du sud en vue de camper le soir à Central station. Ils s'arrêtèrent en route aux bords de lacs ou pour faire les courtes promenades signalées. Ils atteignirent finalement le lac McKenzie en milieu d'après-midi et restèrent un long moment à se baigner dans ses eaux bleues limpides et à paresser sur sa plage de sable blanc. Le lac n'était pas loin de Central station et ils attendirent que les rayons du soleil commencent à décliner pour se lancer dans leur dernière étape. Moins d'une demi-heure plus tard ils étaient en face du panneau en bois indiquant « Central station » et en dessous *Campground* à droite et *Rangers office* à gauche. Bruce n'hésita pas une seconde et prit à droite.
- On ne va pas se présenter aux *rangers* ? demanda Marie.
- Pourquoi on irait ? On est attendus demain. Tu as hâte d'aller voir les koalas enragés ?
- J'avoue que les koalas me manquent un peu...
- Oui, et bien moi je suis en week-end touristique jusqu'à demain matin 8:00 am. Alors ils attendront bien jusque là.
Le terrain de camping était bien mieux aménagé que celui de la veille : il y avait des sanitaires avec eau courante et même un espace repas avec des barbecues électriques. Six tentes étaient déjà dressées mais leurs occupants étaient beaucoup plus discrets que les *backpackers* allemands. Bruce arrêta le Land Rover en lisière de la forêt. Il commençait à décharger le coffre quand un petit wallaby, curieux, s'approcha du véhicule. Mais n'y flairant rien à se mettre sous la dent, il repartit en sautillant à travers le camp.
- Et bien, il n'est pas farouche celui-la, commenta Marie.
- Il doit être habitué à côtoyer les touristes et à se nourrir de leurs restes.
Ils venaient de terminer le montage de leur tente lorsqu'une *ranger* passa pour vérifier les autorisations de camping.
- Ah, mais vous êtes les soigneurs du BEKS, dit-elle en voyant les autocollants sur le Land Rover. Vous auriez dû passer au bureau, on vous aurait trouvé une chambre dans nos baraquements.
- C'est gentil, merci, mais on est tellement bien dans la nature sur cette

île, répondit Bruce.
- Je comprends. En tout cas je suis contente que vous soyez là, on ne les supporte plus ces deux monstres. Ils ont encore passé l'après-midi à taper contre les tôles de leur cage qui est contre le bureau et les chambres, ils nous rendent fous !
- Et vous n'avez rien pour les calmer ? demanda Marie.
- Non, on n'a plus rien. Le vétérinaire doit passer demain.
- Je dois avoir ce qu'il faut dans mon sac. Si vous voulez je peux m'en occuper ce soir.
- Oh oui, merci. Parce que là, ras le bol !
Marie alla chercher sa trousse de secours dans le coffre du 4X4.
- Tu veux que je t'accompagne ? demanda Bruce dans son dos.
- Non, c'est bon. Je ne vais pas te faire bosser pendant ton week-end, touriste, lui répondit-elle avec un clin d'œil.
- Sois prudente quand même. T'as échappé aux dingos et aux requins, vas pas te faire dévorer par des koalas tarés.
- Oui papa Bruce...
Et Marie suivit la *ranger* jusqu'à la cage des deux individus.
Lorsqu'elle revint auprès de Bruce une demi-heure plus tard, celui-ci, une XXXX à la main, cherchait dans le reste de provisions de quoi confectionner un petit dîner.
- Alors, ces terreurs ? demanda-t-il.
- Tu parles, ils étaient adorables, tous les deux endormis l'un contre l'autre comme... comme des koalas normaux. Natacha m'a dit qu'elle ne comprenait pas, dix minutes plus tôt ils étaient encore surexcités.
- Natacha, c'est la *ranger* ? Moi ça ne m'étonne pas qu'ils se soient calmés.
- Ah bon, pourquoi ?
- Parce qu'ils t'ont sentie arriver avec ton super-pouvoir de magnétiseuse.
- N'importe quoi ! Tu délires Bruce, je n'ai aucun pouvoir. Je ne suis pas la super-véto qui vole au secours des koalas en détresse. Même si j'avoue, parfois j'aimerais bien...
- Hum... Et t'as pu les ausculter ?

- Non. Natacha m'a dit de ne surtout pas les réveiller, pour une fois qu'ils étaient calmes, on verra demain. Elle m'a juste dit qu'il n'y en a qu'un qui a des traces de morsure, de toutes petites dents apparemment.
- Et ils n'en savent pas plus ?
- Non. Sauf que quelques jours avant de découvrir ces koalas, ils avaient été appelés par le gérant de l'hôtel de Kingfisher bay qui avait repéré qu'un couple de touristes chinois avaient un chien planqué dans leur chambre, un pékinois.
- Et qu'est-ce qu'ils ont fait ?
- Ils ont suivi la procédure prévue : ils leur ont collé un PV de 1.500 dollars et les ont expulsés de l'île.
- C'est tout ? Et c'est ce chien qui aurait transmis la rage aux koalas ?
- Je ne sais pas. Moi j'ai appris que la rage ne se transmet qu'entre carnivores... On verra demain ce qu'en pense le vétérinaire des parcs nationaux.
- Oui, *wait and see*, c'est l'heure de dîner.
Ils se rassasièrent d'un assortiment de crudités et de sandwichs au cheddar, puis profitèrent des sanitaires pour se débarbouiller de deux jours de crasse touristique dans le sable. Ils se couchèrent peu après : il faudrait bosser le lendemain matin.

Pas de kookaburra ce matin-là sur le *campground* de Central station et ce fut Bruce qui secoua Marie :
- Hé oh, il faut se lever, on a rendez-vous avec les *rangers*.
- Hum, quelle heure il est ? ânonna la dormeuse.
- 8:30 am. On n'est pas en avance.
- Quoi ?! On est carrément en retard oui. Allez, hop ! Je vais prendre ma douche pendant que tu démontes la tente.
Bruce n'eut pas le temps de protester que la jeune femme était déjà partie vers les sanitaires. Il s'exécuta donc en grignotant des cookies en guise de petit-déjeuner. Elle revint alors qu'il finissait de charger le matériel dans le coffre.
- Et ben, il ne reste qu'un cookie, merci...
- Ah oui, mais il reste des Tim&Tam fondus si tu veux...
- On a rendez-vous à 9:00 am, c'est ça ?
- Oui, je crois.
- Alors ne tardons pas.
Ils partirent à pied vers le bureau des *rangers*. Bruce frappa à la porte et ce fut Natacha qui ouvrit.
- *Hi Natacha, how are you ?* la salua Marie. Le vétérinaire est arrivé ?
- *Hi Mary*, euh non, il a prévenu qu'il serait en retard. Il prendra le ferry de 10:00 am à Hervey bay au lieu de celui de 8:00 am. John ira le chercher au débarcadère et ils seront là vers 11:30 am, c'est ça John ?
- Oui c'est ça, répondit un grand escogriffe en short et chemisette beige, l'uniforme des *rangers*, qui arrivait avec une tasse de café à la main. *I'm*

John Perry, nice to meet you, dit-il en s'adressant aux deux arrivants.
- *Nice to meet you, too.*
- Euh oui, le Dr.Myball a été appelé pour un vêlage difficile cette nuit chez un éleveur à une heure de chez lui et il a voulu se reposer un peu avant d'embarquer pour l'île.
- Un vêlage ? Mais ce n'est pas le vétérinaire des parcs nationaux ?
- Non, c'est le vétérinaire de Maryborough. On n'a plus de vétérinaire nous, l'Administration n'arrête pas de réduire les budgets et on n'a plus les moyens.
- Et il sait s'occuper des koalas ? demanda Bruce.
- Sûrement moins bien que vous au BEKS, mais il a de l'expérience, il ne doit plus être loin de la retraite.
- Oui, il a de la bouteille si je puis dire, ajouta John.
Et les deux *rangers* partirent dans un fou rire.
- Qu'est-ce qu'il y a de si drôle ? demanda Marie.
- Et bien le Dr.Myball est un peu... spécial. Il transporte toujours une bouteille de Bundy rhum dans son sac avec ses ustensiles. Ça doit l'aider pour ses diagnostics, dit Natacha.
- Oui, j'espère qu'il n'arrivera pas trop imbibé, ajouta John. En attendant, vous prendrez bien un café ?
- Volontiers, merci.
Les deux employés du BEKS discutèrent longuement avec les *rangers* de leur travail sur l'île (Bruce demanda même des informations sur le recrutement), de l'invasion des touristes et des attaques de dingos avant d'évoquer enfin la population de koalas. Elle parvenait à se maintenir, selon eux, mais restait tout de même fragile et une épidémie arrivée du continent aurait des effets catastrophiques. Alors que John prit congé pour aller chercher le Dr.Myball, Natacha proposa aux deux soigneurs d'ausculter les koalas malades.
- Bonne idée, allons les voir, répondit Bruce alors que Marie, elle, aurait préféré attendre le vétérinaire expérimenté.
Les deux koalas étaient réveillés et plutôt calmes, très loin des crises d'hystérie décrites par Natacha. Mais la situation commença à dégénérer lorsque Bruce s'approcha avec l'intention d'ouvrir la cage pour en

attraper un. Ils s'agitèrent, tapant sur les tôles et accrochant leurs griffes au grillage. L'un grognait et l'autre bavait.
- Attendez, dit Natacha, je vais chercher notre épuisette si vous ouvrez la cage.
Elle disparut et revint quelques instants plus tard avec un large filet accroché au bout d'un long manche.
- C'est avec ça qu'on les a capturés, précisa-t-elle.
Bruce, qui avait déjà convoyé des centaines de koalas depuis qu'il travaillait pour le BEKS, n'était nullement impressionné par la nervosité des deux individus. Et pourtant, il aurait dû se méfier. À peine eut-il plongé son bras dans la cage qu'il le retira aussitôt en criant :
- Aaaah ! Saligaud. Il m'a griffé. Ça va barder, tu vas voir ça !
Et il retenta sa chance en attrapant le coupable, par l'oreille cette fois. Il essaya de faire glisser l'animal hors de la cage mais celui-ci s'accrochait fermement au grillage. Bruce perdit ses nerfs et asséna une bonne claque sur la joue de l'individu récalcitrant, ce qui fit réagir Marie :
- Hey Bruce ! On ne frappe pas les koalas.
- Et bien viens m'aider, toi qui sais te faire obéir !
- Je prépare ce qu'il faut et j'arrive, répondit-elle en remplissant une seringue de Grododomyl. Puis s'adressant au koala :
- Alors, on fait son méchant, on ne veut pas obéir à tonton Bruce, c'est pas bien ça...
Surpris d'être ainsi interpellé, l'animal décrocha ses griffes du grillage et Bruce put le tirer par l'oreille. Mais le gaillard n'avait pas dit son dernier mot et sitôt sorti de la cage, il pesa de tout son poids et de toutes ses forces pour échapper à son ravisseur, et tant pis pour la touffe de poils qu'il abandonna dans la main de Bruce. Il était au sol, et libre ! Libre l'espace d'un instant seulement car Natacha était aux aguets et elle claqua son épuisette sur l'infortuné marsupial qui commençait déjà à s'emmêler les pattes dans les mailles du filet.
- Plaque-le au sol Bruce, je le pique ! cria Marie en approchant sa seringue.
Vu le contexte, elle n'essaya pas de viser l'épaule et se contenta d'une bonne piqûre dans les fesses. Le koala s'agita encore quelques instants

puis s'écroula d'un coup. L'autre koala qui n'avait rien manqué du spectacle s'était lui aussi calmé subitement et gémissait, comme pour demander grâce aux bourreaux qui venaient d'exécuter son compagnon.
- On l'emporte à l'intérieur pour la consultation ? demanda Natacha.
- Oui, c'est mieux. Bruce, tu t'en occupes, répondit Marie.
Bruce était content d'avoir maté l'individu récalcitrant, même s'il n'y était pas pour grand chose et il l'attrapa comme un sac de patates. Il le déposa sur la table où ils venaient de prendre le café, faute de mieux. Maric, qui était rentrée avec sa sacoche de travail, dit :
- Fais-moi voir ton bras, Bruce.
- Non, c'est pas la peine, occupe-toi du koala, dit le jeune homme vexé d'avoir été malmené.
- Bruce, je tiens plus à toi qu'à ce koala, je veux voir ta griffure, il faut peut-être désinfecter.
- Ah c'est gentil ça, docteur, répondit Bruce en retroussant sa manche. C'est là, sous l'avant-bras.
- Et bien, il ne t'a pas raté. Griffé jusqu'au sang. Je vais passer tout ça à l'alcool.
Marie attrapa un flacon et un morceau de coton dans sa sacoche puis prévint Bruce :
- Serre les dents, ça va piquer...
Elle appliqua le coton imbibé d'alcool sur la blessure et le bras de Bruce se dressa en un mouvement réflexe.
- *Bloody sh...*, laissa-t-il entendre à travers sa mâchoire contractée.
- Et oui, ça fait mal, mais si ça t'empêche d'attraper la rage ça vaut le coup, non ?
- Merci docteur, souffla le blessé.
Marie s'occupa ensuite du koala. Elle l'ausculta selon la procédure du BEKS et même si c'était la première fois qu'elle traitait un individu endormi de la sorte, elle ne décela rien d'inquiétant. Rythme cardiaque peut-être un peu trop élevé, mais il respirait normalement. Elle examina sa morsure : étroite mais profonde.
- J'ai essayé de la désinfecter et de mettre un pansement, mais cet excité l'a arraché, dit Natacha qui l'observait.

- Ça va, ça semble cicatriser normalement, commenta l'apprentie vétérinaire.
- Il va dormir comme ça combien de temps ? demanda Bruce.
- Je ne sais pas, j'y suis peut-être allée un peu fort sur la dose, il est parti pour un bon roupillon.
- OK, je vais quand même rapprocher nos cages au cas où il se réveille subitement. J'ai pas envie de recommencer ce cirque.
- Bonne idée.
Bruce sortit et Marie discuta avec Natacha tout en gardant un œil sur le koala endormi.
Le Land Rover du BEKS et le pick-up des *rangers* se garèrent simultanément devant le bureau et trois hommes en descendirent. Le vétérinaire avait une allure excentrique. La soixantaine bedonnante, il portait un costume gris et tenait à la main un lourd cartable de cuir. Sa calvitie n'avait épargné que deux touffes de cheveux gris au-dessus des oreilles et il portait des petites lunettes rondes sur le bout du nez, sans que l'on put dire si elles lui servaient à voir ou à essayer de cacher la rougeur de cet appendice. Il se présenta cordialement à Bruce :
- *Doctor Robert Myball, nice to meet you.*
- Bruce, du BEKS.
- Entrons, proposa John en se dirigeant vers le bureau.
- *Hello ladies*, salua à nouveau le Dr.Myball à l'attention des deux femmes attablées.
- *Hello doctor*, répondirent-elles.
Marie dut se retenir pour ne pas rire tant la tête ronde du docteur et les deux ridicules touffes au-dessus de ses oreilles lui firent penser à une tête de koala humanisée.
- Ah cher confrère, reprit le Dr.Myball en s'adressant à Bruce, je vois que vous avez déjà examiné notre patient. Je propose que nous discutions de son cas autour d'un petit verre de rhum, il fait tellement chaud ici, ajouta-t-il en s'essuyant le crâne avec un mouchoir. Natacha, mon ange, pouvez-vous nous trouver des verres ?
- Excusez-moi docteur, mais vous faîtes erreur, réagit Bruce. Je ne suis pas vétérinaire, c'est elle la vétérinaire.

- Cette jeune femme ? Je pensais que c'était votre assistante, se justifia le Dr. Myball.
Puis se tournant de l'un à l'autre :
- Pardonnez ma bévue chère confrère, mais...
- Vous êtes tout excusé, docteur.
- Bien. Je vois que notre patient est étrangement calme aujourd'hui. Natacha, vous lui avez bien fait respirer l'huile de sorbitol, n'est-ce pas ?
- Oui docteur, répondit la *ranger* qui revenait avec quatre verres dans les mains. On a essayé les trois gouttes sur une feuille d'eucalyptus, mais ça n'a eu aucun effet. Et à force de réessayer, on a vidé le flacon.
- L'individu est pourtant parfaitement calme.
- Oui mais c'est grâce à Mary qui lui a fait une piqûre dans les fesses.
- Du Grododomyl, précisa l'intéressée.
- Grododomyl, je ne connais pas ça, s'étonna le Dr.Myball. Vous avez la fiole ?
Marie lui tendit le flacon. Il l'empoigna et scruta l'étiquette.
- À base d'hexatrucidine... Ma foi, il y a de quoi anesthésier un taureau en pleine corrida dans ce flacon.
- Venons-en aux faits si vous voulez bien, docteur, reprit Marie. Est-ce que vous pensez que ces deux koalas sont atteints par la rage, ou par une autre maladie ?
- Et bien, ce sont des cas atypiques, répondit le Dr.Myball en débouchant la bouteille de Bundy rhum qu'il avait tirée de son cartable.
Puis, remplissant les verres, il poursuivit :
- Ces koalas présentent effectivement tous les symptômes de la rage, mais...
- Pas pour moi docteur, le coupa Marie, non qu'elle fût en désaccord avec son diagnostic, mais plutôt avec son habitude de les faire avec un verre de Bundy rhum.
- Très bien, il n'y a que quatre verres, répliqua le praticien.
- Moi non plus, je ne bois pas d'alcool, ajouta Natacha.
- Ah, ladies, vous ne savez pas ce que vous perdez, ce millésime est excellent, répliqua le docteur qui venait de remplir les quatre verres.
Il en tendit un à Bruce et à John et s'empara du troisième qu'il porta à sa

bouche.
- Leur cas est néanmoins déroutant, ajouta-t-il après avoir avalé une gorgée, car je n'avais jamais eu connaissance de cas de koalas infectés par la rage. Mais peut-être y en a-t-il eu dans votre centre ?
- Je ne sais pas docteur, je n'ai pas assez d'expérience, s'excusa Marie.
- Il faudra consulter les archives, ajouta Bruce.
Les effluves du Bundy rhum étaient-elles exquises au point de réveiller un mort ? Ou les koalas avaient-ils un odorat particulièrement affiné ? Quoi qu'il en fût, notre patient activa ses narines et sortit de sa torpeur. Il tendit la patte en direction du verre resté à proximité et le toucha du bout des griffes. Pas assez pour l'attraper, mais suffisamment pour le renverser. Et ce roublard commença aussitôt à lécher le liquide parvenu jusqu'à lui.
- Bruce ! Il se réveille, apporte ta cage ! s'écria Marie.
Le jeune homme sortit en maugréant :
- Quel animal, je vous jure...
Mais Grododomyl et Bundy rhum ne forment pas un cocktail électrisant et le koala retomba vite dans sa léthargie. Et il ne se rendit même pas compte que quelques instants plus tard, bien que toujours sur la table, il était désormais solidement enfermé. Natacha avait passé un coup d'éponge et ramassé le verre, si bien qu'il n'y eût bientôt plus de traces de l'incident. Nullement affecté, le Dr.Myball reprit :
- Qui plus est, la présence du virus de la rage sur cette île isolée est hautement improbable, n'est-ce pas messieurs-dames les *rangers* ?
- Nous prenons toutes les précautions pour rester isolés, mais on n'est à l'abri de rien. Il y a eu ce chien chinois...
- Mais il ne pouvait pas être enragé avant d'arriver en Australie. Les animaux domestiques doivent avoir un passeport vaccinal en règle pour être autorisés à débarquer dans notre pays. Et les douaniers sont vigilants...
- Oh, ce ne serait pas le premier à voyager avec un faux passeport, ajouta John. Et j'ai appelé l'hôpital d'Hervey Bay ce matin pour prendre des nouvelles de la touriste qui avait été attaquée.
- Et alors ?

- Alors ils lui ont injecté un sérum antirabique et sa fièvre est tombée. Elle a pu sortir dimanche, mais elle reste sous surveillance.
- Vous insinuez qu'elle était bien atteinte de la rage.
- Je n'en sais rien, je ne suis pas médecin, se défaussa John.
Marie prit la parole :
- Je ne sais pas s'il existe des tests pour détecter la rage chez les koalas, on verra au BEKS, mais je pense qu'il faudrait retrouver ce chien chinois pour vérifier si oui ou non il était porteur du virus.
- Ce ne sera pas une mince affaire, répondit John. Les touristes ont dû rentrer dans leur pays. Et la Chine... En attendant, c'est l'heure du lunch et on a des steaks à griller au barbecue.
Ainsi se conclut cette réunion de crise sanitaire.

Après avoir déjeuné sur la terrasse, la fine équipe partagea un café en discutant de choses et d'autres mais surtout pas de koalas malades. Ceux-ci se rappelèrent pourtant soudain à leurs oreilles sous la forme de coups sourds frappés contre les tôles de la cage.
- Ah la la, le voilà qui recommence une crise de folie, soupira Natacha.
- On va voir ça, dit Marie. De toute façon, il faut qu'on le transfère dans notre cage. Notre ferry est à 4:00 pm à Kingfisher bay, il est temps de s'en occuper. Allez Bruce, au boulot !
Le jeune homme n'était pas ravi d'interrompre sa discussion avec John et le Dr.Myball sur le prochain match entre les lions de Brisbane et les swans de Sydney, mais il partit chercher sa cage dans le Land Rover. Marie et Natacha, elles, étaient passées dans le bureau récupérer le patient endormi. Quand Bruce arriva à proximité du koala enragé, celui-ci témoigna d'une véritable animosité à son égard. Il grognait, agitait ses pattes griffues et regardait d'un mauvais œil l'homme qui avait capturé son compagnon.
- Tu veux que je le pique, Bruce ? demanda Marie qui portait la cage du koala inerte avec Natacha.
- Non, c'est pas la peine, on va se débrouiller.
Et de fait, comme s'il avait entendu la menace, le koala s'était calmé d'un coup. Il avait peut-être également aperçu son compère et craignait

de se retrouver dans son piteux état. Bruce plaça astucieusement sa cage ouverte devant la porte de celle des *rangers*. Il n'avait plus qu'à l'ouvrir et ce maudit koala n'aurait d'autre issue que de s'engouffrer dans la cage du BEKS. Mais ça c'était la théorie, et dans la pratique, un koala récalcitrant pouvait vraiment finir par vous taper sur les nerfs. Celui-ci si agité avait finalement décidé de ne plus bouger. Bruce essaya bien de pousser ses fesses avec un bâton à travers le grillage, puis de donner des coups de pied dans la cage pour le faire réagir, mais en vain.
- Tu as besoin d'aide ? demanda Marie qui arrivait après avoir déposé l'autre cage dans le Land Rover.
- Et bien, je crois qu'il faut une fois encore que tu viennes lui parler.
- Ah oui, mes super-pouvoirs, rigola la soigneuse.
Et cela peut sembler incroyable, mais dans la minute suivante, le koala était enfermé dans la bonne cage, prêt à embarquer dans le Land Rover. Bruce et Marie saluèrent et remercièrent les *rangers*, puis levèrent le camp, non sans avoir trouvé une petite place sur la banquette arrière pour le Dr.Myball qui, imprégné autant de fatigue que de Bundy rhum, commençait à roupiller.
Bruce savourait ses derniers kilomètres de conduite sur la piste de sable lorsqu'en arrivant à Kingfisher bay, sa passagère lui dit :
- On est en avance, tu peux t'arrêter devant l'hôtel avant d'aller à l'embarcadère ?
- Devant l'hôtel ? Pourquoi ?
- John a bien dit que les Chinois y avaient résidé.
- Ah, ça y est, tu veux jouer les détectives et retrouver ce foutu caniche enragé. Qu'est-ce que t'espères trouver ? Une touffe de poils ?
- Non, mais peut-être au moins le nom de ses maîtres...
- D'accord Sherlock Holmes, je te dépose mais débrouille-toi. Et t'as un quart d'heure, pas plus. On ne va pas rater le ferry pour ça.
Bruce se gara devant la réception de l'hôtel et Marie descendit. Le chauffeur tourna la tête derrière lui : le Dr.Myball dormait, les koalas étaient calmes et lui-même commençait à cligner des yeux.
Marie, radieuse, éveilla tout ce beau monde dix minutes plus tard :
- Et voilà, c'est dans la poche ! J'ai la copie du passeport du mari. Le

réceptionniste s'en souvenait très bien de ces deux Chinois avec leur sale clebs.

-Et ça t'avance à quoi ? demanda Bruce sceptique.

- Et bien on va les retrouver et les faire parler, répondit Marie en imitant la voix grave d'un agent de la gestapo. Le type s'appelle Xi Hoang...

- Je te rappelle que les Chinois sont plus d'un milliard, et c'est sûrement pas le seul à s'appeler Hoang.

- J'ai aussi une adresse... à Wuhan, précisa-t-elle en regardant sa photocopie pour montrer sa détermination à Bruce.

- Et bien on verra ça. En attendant, il est l'heure de quitter l'île. Vous êtes réveillé docteur ?

La traversée se déroula sans encombre, les koalas étaient restés calmes. Peut-être grâce à l'idée de Bruce de recouvrir leurs cages avec le double-toit de la tente pour les isoler du monde réel.

- Il faut vous déposer quelque part docteur ? demanda Bruce au moment de débarquer.

- Non, juste sur le parking, ma voiture m'attend.

- Vous arriverez à conduire ? demanda Marie.

- Bien sûr, pourquoi je n'y arriverais pas mademoiselle ?

- C'est juste que... enfin, vous sembliez fatigué, répondit avec diplomatie Marie qui avait aperçu le docteur s'enfiler discrètement un coup de Bundy rhum sur le ferry.

- Oh ça va, je n'habite pas très loin.

Sur ce, ils l'abandonnèrent après l'avoir remercié pour sa collaboration. Ils regagnèrent ensuite leur hôtel où la réceptionniste leur avait réservé les mêmes chambres que lors de leur premier passage.

- On fait chambre à part ce soir, c'est triste, tenta Bruce en sortant les bagages du coffre.

- Et oui mon pauvre, tu es en quarantaine. N'oublie pas que le koala t'a peut-être refilé la rage, il faut prendre des précautions. On se retrouve dans une heure pour dîner au resto chinois. Ça marche ?

- Ça marche.

Ils dînèrent rapidement chez *Mrs Wang* et avant d'aller se coucher, Marie voulut jeter un coup d'œil à leurs deux koalas.

- Ah, on dirait que les effets du Grododomyl se terminent, notre patient reprend du poil de la bête. T'es sûr qu'ils ont assez à manger là, Natacha n'a pas donné beaucoup de feuilles d'eucalyptus.
-Mais si il y en a assez. Et sinon ils jeûneront, ça les calmera.
- Oh la la, j'espère qu'ils ne vont pas faire du raffut cette nuit.
- Mais non, je ferme les portes et les fenêtres, personne ne les entendra.
- Bon, alors bonne nuit mes petits. Et bonne nuit toi aussi mon grand Bruce.
- Bonne nuit Marie.

En l'absence de kookaburra, Marie roupilla comme un koala ce mercredi matin. Et lorsqu'elle ouvrit enfin les yeux et regarda l'heure sur son téléphone, elle s'écria :

- Oh la la, 8:37 am, Bruce va encore râler. Vite, à la douche !

Une vingtaine de minutes plus tard, la jeune femme sortait de sa chambre avec son sac sur le dos. Elle descendit sur le parking, s'approcha du Land Rover, mais il n'y avait aucune trace de Bruce. Elle pensa qu'il était peut-être allé courir, mais non, il ne courait que le dimanche, et quel intérêt de faire son jogging le long de cette route ? Il devait encore dormir. Les koalas, eux, étaient visiblement bien réveillés à voir l'agitation qui secouait la toile de tente posée sur les cages. Elle essaya d'ouvrir le coffre, il était verrouillé. Comme les portières. Elle eut alors cette vision fulgurante de Bruce fiévreux, pris de convulsions sur son lit, frappé par une crise de démence (elle en avait de l'imagination...). Elle remonta l'escalier en hâte pour aller frapper à sa porte. Aucune réponse... Elle recommença en appelant : « Bruce ! Bruce ! » En vain.

- Un problème mademoiselle ? l'interpella une voix depuis le parking. C'était le jardinier qui, devant tout ce raffut, avait cessé d'arroser les fleurs.

- Non, non, enfin si, mon ami a disparu.

- Allez voir à la réception, il a peut-être laissé...

Et la porte s'ouvrit subitement sur Bruce debout en caleçon et tee-shirt, la mine déconfite comme s'il avait descendu des bouteilles de Bundy

rhum toute la nuit.
- Ça va pas ? s'inquiéta Marie.
- Si si, mais je sais pas, je suis fatigué. C'est quelle heure ?
- C'est tard. T'as de la fièvre ? demanda-t-elle en posant sa main sur son front.
- Non, non, c'est bon.
- Si, peut-être. Qu'est-ce qu'on fait ? On essaie de trouver un médecin à Hervey Bay ?
- Un médecin ? Pourquoi ? Je prends une bonne douche pour me réveiller et on est partis.
- T'es sûr ?
- Mais oui.
Marie laissa Bruce à ses ablutions et redescendit sur le parking après après avoir attrapé les clés de leur véhicule qui traînaient sur une petite table. Elle ne pouvait s'empêcher de penser que fatigue et fièvre n'étaient vraiment pas bon signe chez un individu potentiellement contaminé. Elle ouvrit le coffre et releva la toile de tente. Les deux koalas se figèrent un instant, surpris d'être d'un coup exposés à la lumière, puis recommencèrent à s'agiter. Leurs cages avaient l'allure de porcheries avec des déjections sur des feuilles d'eucalyptus piétinées et lacérées. Marie n'avait nullement l'intention de nettoyer ce gourbi, on attendrait d'être arrivé au BEKS. Elle vérifia juste que les biberons accrochés aux cages contenaient encore assez d'eau pour la journée. Elle glissa ensuite son sac dans le coffre, et Bruce arriva peu après.
- Ça va mieux ? Tu pourras conduire ?
- Oui, oui, tout va bien. Je fais le plein à la station à côté et on reprend la route plein sud.
Marie s'ennuyait ferme sur le trajet du retour. Elle n'arrivait plus à se perdre dans les paysages qu'elle avait déjà croisés à l'aller, et malgré ses tentatives pour lancer la conversation, Bruce restait désespérément mutique. Elle n'avait que les deux koalas à l'arrière pour mobiliser son attention. Elle s'imaginait maîtresse d'école face à deux élèves turbulents qu'elle menaçait d'envoyer dans le bureau du directeur. Bon d'accord, avec les koalas la sanction était une piqûre de Grododomyl, mais l'idée y

était. Et chaque fois qu'elle se tournait vers eux et élevait la voix, les koalas se calmaient, avant de reprendre leurs chamailleries quand ils la croyaient apaisée. Du côté de Bruce, tout n'allait pas si bien que ça et il s'arrêta sur une aire de repos peu avant Noosa. Il ouvrit enfin la bouche :
- Ça te dérange de conduire, Marie, j'aimerais me reposer un peu ?
- Ça va pas ?
- Pas trop, je suis fatigué et j'ai un peu la tête qui tourne...
- D'accord, repose-toi, je prends le volant.
Les deux voyageurs échangèrent leurs places et Marie s'aperçut vite que le lourd 4X4 était beaucoup moins amusant à conduire sur la route que sur la plage. Elle avalait néanmoins les kilomètres sans rechigner. Bruce s'était assoupi, et la conductrice, lasse de ses ronflements comme de ceux du moteur, essaya de mettre un peu de musique en bidouillant le vieil autoradio du Land Rover. Il n'y avait pas de cassette à portée de main, aussi tenta-t-elle sa chance avec la radio, mais elle avait beau tourner la molette de réglage des fréquences, elle n'obtenait que des grésillements. Ah si... Oh non, un débat entre deux politiciens australiens, un coup à l'endormir. Elle persévéra et tomba enfin sur une station de country australienne qui diffusait de la musique rythmée alliant chant, guitare et didgeridoo. De quoi la ragaillardir un peu, car la route était encore longue jusqu'à Yallolaba.
Ils arrivèrent finalement au BEKS en fin d'après-midi ; Bruce avait dormi une grande partie du trajet. Ce fut le Dr.Jack qui vint à leur rencontre pour réceptionner les deux koalas.
- Où est-ce qu'on les installe ? demanda Marie.
- Ben termine la construction d'une cage de quarantaine du côté du cimetière. Il ne faut surtout pas qu'ils contaminent les autres pensionnaires. Comment vont-ils ? Pas trop pénibles dans la voiture ?
- Oh non, ça va, on finit par s'y habituer.
- Bien, il est tard, vous devez être fatigués. On va les installer dans leur logement et on les examinera demain.
Bruce conduisit les nouveaux arrivants, Marie et le Dr.Jack le suivirent à pied. Le Land Rover s'arrêta juste devant une espèce de petite cabane en bois dont Ben, un marteau à la main, enfonçait les derniers clous. Bruce

le salua :
- Super, c'est une bonne idée de l'avoir construite en bois, ça résonnera moins que la tôle quand ces sauvages taperont dessus. T'es sûr que ton grillage est solide là-devant ?
- Oui, je te le garantis. Même un wombat furieux s'y casserait les pattes.
- Bien, mais... t'as pas oublié de faire une porte ?
- Tu me prends pour qui ? Comme la cage n'est pas bien haute, j'ai pensé que le plus simple pour y accéder c'est par-dessus.
Il fit glisser deux verrous et souleva le toit qui pivota grâce à des charnières.
- Et voilà, juste à se pencher pour les attraper.
- Génial Ben, et tu leur as déjà mis de l'eau et des branches d'eucalyptus, c'est super.
- Je connais mon métier. Bon, on les transfère ?
- Allez. Viens en prendre un.
Les deux hommes ouvrirent le coffre du Land Rover et Ben fit remarquer :
- Ouh la, ils ont mangé du lion ces deux-là.
- Oui, ces salauds m'ont même griffé. Je pense que le mieux c'est de renverser leurs cages dans ta cabane et de vite refermer le toit.
- Ils ne risquent pas de se blesser ?
- Mais non, un koala retombe toujours sur ses pattes. Enfin, je pense...
Mais ce que n'avait pas pensé Bruce, c'était qu'un koala décidé à n'en faire qu'à sa tête pouvait être très très agaçant. Et alors qu'il tenait la cage renversée, porte ouverte au-dessus de la cabane, son petit occupant avait fermement accroché ses griffes aux grilles et n'avait aucune intention de lâcher prise. Bruce essaya bien de le secouer, mais en vain. Puis, voyant arriver Marie et le Dr.Jack, il cria :
- Marie, viens les engueuler, ils ne veulent pas obéir !
- Les engueuler ? Qu'est-ce qu'il raconte ? demanda le Dr.Jack.
- Oh rien, Bruce est persuadé que les koalas m'obéissent.
- Tiens donc...
Et le Dr.Jack fut à son tour stupéfaite : Marie s'était approchée de l'individu récalcitrant et l'avait regardé droit dans les yeux. Il n'en fallut

pas plus pour qu'il lâchât prise. Et comme soumis à une volonté suprême, l'autre koala sortit de la cage que tenait Ben et sauta rejoindre son compagnon. Le toit s'abattit au-dessus de leurs têtes et Marie ajouta :

- Et je ne veux pas vous entendre cette nuit, compris ?

- Les voilà bien installés, commenta le Dr.Jack. Et Bruce, comme je le disais à Marie, Donna arrive demain matin, donc rendez-vous à 10:00 am pour un debriefing dans son bureau, d'accord ?

- J'y serai.

Sur ce, les quatre collègues se séparèrent. Marie récupéra son sac à dos et regagna son baraquement. Les autres filles étaient déjà à s'agiter dans la cuisine et la saluèrent chaleureusement. Lors du dîner, elle leur conta avec verve son escapade sur Fraser island et comment avec Bruce ils avaient échappé de justesse aux dents des requins, aux crocs d'un dingo, au bombardement d'un avion et enfin à deux koalas enragés. Après son récit épique, elle demanda à ses collègues ce qu'il s'était passé au centre pendant son absence.

- Oh, rien de spécial, la routine, affirma Judith d'une voix laconique.

- Mais si, intervint Gloria. Il faut lui dire : on va avoir une naissance, il y en a une qui est enceinte.

- Ah oui, qui ça ? demanda Marie en dévisageant une à une les autres filles.

- Une dénommée Alice, dans l'enclos Kosciuszko.

- Alice ? Ah mais c'est une koala. Je pensais...

- Que l'une d'entre nous était enceinte ! la coupa Kathy en riant, entraînant avec elle toute la tablée.

- T'as bien dit dans l'enclos Kosciuszko ?

- Oui, Alice, numéro 1998 je crois, enclos Kosciuszko.

- Alors le père, c'est Jésus ! C'est le seul mâle dans cet enclos.

- Oui sans doute, mais qu'est-ce qui te réjouit autant ?

- Oh rien, c'est juste que c'est bien pour le centre d'avoir des naissances. Et comment vous vous en êtes aperçues ?

- C'est le Dr.Jack qui a eu un doute en l'examinant alors on a fait une échographie. Il y avait un tout petit point. Deux semaines a t-elle dit.

- Et la naissance est pour quand ?
- À peu près un mois. On va suivre ça...

Le kookaburra réveilla Marie bien avant l'heure de se rendre à la réunion chez la directrice et la soigneuse décida de commencer sa journée par un tour des enclos pour saluer leurs pensionnaires. Elle n'alla pas jusqu'aux deux sauvages installés la veille (ils attendraient bien la fin de la réunion les concernant), ne passa pas devant les grands brûlés, mais se rendit instinctivement auprès de l'individu qui lui tenait le plus à cœur : Jésus bien sûr. Les koalas étant d'une nature peu énergique, il n'était pas toujours aisé de distinguer un animal actif d'un de ses congénères endormis. Et quand Marie aperçut Jésus roulé en boule au sommet d'une branche, elle pensa qu'il était parti dans un gros roupillon. Mais non, il était en pleine activité, occupé à mâchouiller des feuilles d'eucalyptus pour se nourrir. Et bien sûr il restait aux aguets de la venue d'un prédateur. Aussi reconnut-il sa soigneuse préférée dès que Marie s'approcha. Il descendit en hâte de sa branche pour se précipiter contre la porte.
- Inutile de t'exciter mon grand, je n'ai pas la clé, lui dit Marie en essayant de caresser ses oreilles à travers la grille. Alors, il paraît que tu vas être papa ? Je suis fière de toi, et la maman, c'est laquelle ?
- Hi,hi, gémit Jésus en tendant la patte vers une congénère endormie.
Il faudra que tu veilles bien sur elle, tu sais.
- Hi, hi, approuva Jésus en hochant la tête.
- Bon, et bien je te laisse mon pépère, j'ai du travail mais je reviendrai vite te voir, conclut Marie qui ne s'étonnait même plus de discuter aussi naturellement avec un koala.
Elle repassa chez elle chercher son cahier avant de se rendre dans le bureau de la directrice. Le Dr.Jack et le Pr.Patrick étaient déjà arrivés. Marie les salua ainsi que Donna qui était penchée sur un dossier.
- Bien, dit la directrice, il ne manque plus que Bruce. Il ne devrait pas tarder, il est ponctuel d'habitude.
L'horloge tournait, mais toujours pas de Bruce dans les parages. Et finalement ce fut Marie qui brisa la glace :

- Bruce m'inquiète, il était très fatigué hier et j'ai dû conduire pour rentrer alors qu'il a somnolé sur le siège passager pendant tout le trajet. Un des deux enragés l'avait méchamment griffé au bras. J'ai désinfecté la plaie mais j'ai peur qu'il lui ai refilé un sale truc...
- Il avait de la fièvre ? interrogea le Dr.Jack.
- Peut-être. On pourrait essayer de l'appeler avec le réseau interne, si ça marche, dit Marie en désignant le vieux téléphone à cadran posé sur le bureau de Donna.
- Bonne idée. Tu as son numéro ?
- 5 32 je crois.
Donna composa le numéro...
- Ça ne répond pas... Ah si. Allô Bruce, c'est Donna. Tu as oublié notre réunion ?... Tu ne t'es pas réveillé, et bien c'est fait maintenant... Tu as de la fièvre ?... Je vois... Oui, Marie est là... D'accord, on commence sans toi. À tout de suite Bruce.
Donna raccrocha.
- Il a mal dormi, il a eu des frissons toute la nuit mais il ne sait pas s'il a de la fièvre, il n'a pas de thermomètre. C'est bien les hommes ça... Il nous dit de commencer car Marie sera plus utile que lui. Alors Marie, vas-y, nous t'écoutons.
L'apprentie vétérinaire leur raconta leur rencontre avec ces deux koalas au comportement pour le moins agressif et comment elle avait été obligée d'en piquer un au Grododomyl. Elle leur donna les avis des *rangers* et du Dr.Myball sur la question, sans préciser que ce dernier semblait plus expert en Bundy rhum qu'en marsupiaux. Elle n'oublia pas d'ajouter que la femme hospitalisée avait pu rentrer chez elle après l'injection d'un sérum antirabique et qu'elle avait réussi à obtenir l'adresse en Chine des propriétaires du chien suspecté. Mais les koalas pouvaient-ils vraiment être contaminés par la rage ?
Ce fut le Pr.Patrick qui répondit :
- Personnellement, je n'ai jamais eu affaire à un animal porteur de la rage, et on considère que cette maladie a disparu du territoire australien depuis des décennies grâce à des grandes campagnes de vaccination. Mais j'ai cherché dans les archives de Scott Adamson la semaine

dernière et il est fait état dans les années 1920 de koalas présentant les symptômes caractéristiques de la rage qui avaient été soignés avec succès par l'injection d'un sérum fabriqué par un certain Louis Pasteur à Paris.
- Donc les koalas peuvent bien être enragés, commenta le Dr.Jack.
- La rage serait réapparue en Australie ? demanda la directrice.
- Je pense qu'il faudrait retrouver ce clébard chinois pour vérifier s'il est oui ou non porteur de la maladie. Si vous voulez je m'en occupe, dit Marie qui se sentait des velléités de détective.
- Non Marie, ce n'est pas ton boulot, la doucha Donna. On a une secrétaire chinoise à l'université, je vais la mettre sur le coup. Ah, voilà Bruce. Alors comment te sens-tu ?
Le jeune homme venait de faire une entrée discrète dans le bureau.
- Et bien, fatigué. Mais c'est bon signe, au moins c'est pas les symptômes de la rage, non ?
- Alors là, détrompe-toi, tu es peut-être seulement en période d'incubation. En tout cas, on ne prend pas de risque. Marie et toi, vous prenez rendez-vous avec le médecin de Yallolaba pour qu'il vous vaccine au plus vite. Le BEKS prendra en charge tous les frais, mais faîtes-le, on ne rigole pas avec sa santé.
Sur ce, la réunion fut levée.
Marie et le Dr.Jack se dirigèrent vers la clinique pour y reprendre les consultations, tandis que Bruce, qui avait dit à la Française qu'il s'occupait de prendre rendez-vous chez le médecin, disparut dans la plantation pour y travailler. Ou peut-être pour y dormir comme un koala au pied d'un eucalyptus.
- Allez Marie, dit le Dr.Jack, on va s'occuper de nos deux terribles. J'ai réservé la salle n°1 pour qu'on ne soit pas dérangées et qu'ils ne croisent pas les autres patients.
Le Dr.Jack ouvrit un placard et en sortit une paire de longs gants en cuir qui lui montaient jusqu'au coude et murmura :
- Vous allez voir ça mes gaillards, avec moi, fini la rigolade...
Marie proposa d'emporter une seringue et un flacon de Grododomyl en cas de besoin. Le docteur hésita un moment, puis approuva. Les deux

femmes se rendirent à l'enclos de quarantaine, chacune avec une petite cage de transport à la main.
Les deux koalas étaient bien réveillés et s'employaient avec vigueur à essayer de faire plier la grille qui les tenait enfermés. Mais Ben avait bien travaillé et sa construction était solide.
- Ils sont vraiment enragés ces deux-là, fit remarquer le Dr.Jack en approchant.
Et de fait, les koalas témoignèrent d'une hostilité exacerbée à son égard lorsqu'elle voulut soulever le toit pour les attraper. Ils se mirent à grogner comme des cabots prêts à mordre. Mais la vétérinaire, très professionnelle, parvint à en saisir un en glissant ses deux mains sous les pattes avant de l'animal et le souleva en l'air.
- Referme le toit, vite, dit-elle à Marie en portant sa prise au-dessus de sa petite cage, porte ouverte orientée vers le haut.
Le pauvre koala, surpris de se retrouver ainsi dans les airs, pédalait de ses pattes arrière comme un cycliste sprintant à l'arrivée d'une étape du Tour de France. Et quand Jack se pencha pour le déposer, cet excité ne voulut plus la lâcher. Il avait accroché ses griffes aux gants en cuir du docteur.
- Tu vas me lâcher, abruti !
Mais le koala tenait fermement sa prise et Marie se sentit obligée d'intervenir :
- Tu vas obéir oui ?! Sinon je te pique, tu l'auras cherché, dit-elle en lui montrant sa seringue.
Le haussement de ton de la Française conjugué à la vision de la longue aiguille eurent vite convaincu l'animal de lâcher prise et il s'affala dans le fond de la cage.
Le transfert du second koala fut beaucoup plus facile. Il avait suivi la scène de son malheureux compère et s'était montré plus docile, redoutant l'invective de Marie ou pire, sa piqûre de Grododomyl. Les deux soignantes portèrent les cages jusqu'à la clinique où les individus rebelles restèrent plutôt calmes. Ils étaient malins et avaient compris qu'ils avaient affaire à plus fort qu'eux.
- On va commencer par les enregistrer, dit le Dr.Jack à Marie. Tu peux

aller chercher le registre ? Il doit être sur le bureau de l'accueil.
- Pas de problème.
Elle revint quelques instants plus tard avec l'épais cahier à la couverture en carton rigide.
- Alors, où en es-t-on ? Voilà, numéros 2059 et 2060. Comment on va les appeler ces deux cocos ?
- Pourquoi pas Tim et Tam, dit Marie qui avait vu un paquet de biscuits entamé traîner sur le bureau de l'accueil.
- Ah, t'aimes bien ces biscuits toi ?
- Oui, je les adore.
- Moi je les trouve un peu écœurants. En plus, ils font grossir.
- Ils sont énergétiques, et on a besoin d'énergie pour s'occuper de ces deux lascars.
- D'accord, va pour Tim et Tam... Allez, viens par ici Tim que je mette ta boucle d'oreille, dit le Dr.Jack en attrapant le koala qui avait été mordu.
Mais celui-ci ne voulait pas qu'on touche à ses oreilles et se montra soudain agressif.
- Si tu ne veux pas du badge, je vais être obligée de sortir les outils pour te tatouer ton numéro sur la patte, c'est encore plus désagréable, je te préviens, dit le Dr.Jack d'une voix forte.
Mais Tim n'eut que faire de l'avertissement et continuait à montrer ses griffes dès que le docteur approchait. Marie, encore une fois, crut bon d'intervenir :
- Allez mon petit Tim, sois gentil. Tu seras très beau avec cette boucle d'oreille. Je vais te la mettre, moi.
Marie saisit la pince des mains du Dr.Jack, et sous ses yeux sidérés, elle accrocha le badge à l'oreille de Tim qui l'accepta sans protester. Cette fille a vraiment un pouvoir extraordinaire, pensa le Dr.Jack décontenancée.
Tim étant maintenant dompté, les deux soignantes eurent tout le loisir de l'examiner.
- Rythme cardiaque très élevé, nota le Dr.Jack. Respiration un peu essoufflée. Les oreilles ? Hum, c'est bien cracra tout ça, mais ça va, il n'y a pas d'infection. C'est bon Marie, tu peux le piquer pour la prise de

sang. Trois échantillons pour le labo, et une goutte pour le test chlamydia.
L'apprentie vétérinaire s'exécuta, et après avoir rempli les trois éprouvettes, elle déposa une goutte sur le réactif du test. Un quart d'heure plus tard, celui-ci n'avait pas changé de couleur, le test était négatif.
- C'est déjà ça, dit le Dr.Jack avec satisfaction.
Tim se laissa porter sereinement dans sa cage et les deux femmes purent faire subir à Tam les mêmes examens. Il avait suivi attentivement la consultation de son compère, qui n'était finalement pas si terrible, et il s'était montré coopératif. Les deux patients furent reconduits dans leur îlot de quarantaine avant l'heure du déjeuner et le Dr.Jack décapsula une bombe désinfectante qu'elle déposa sur la table avant de quitter la pièce en prenant soin de bien fermer la porte derrière elle. La salle n°1 serait de nouveau disponible pour les consultations habituelles de l'après-midi.
Le Dr.Jack conseilla toutefois à Marie de ne pas trop s'approcher des autres pensionnaires tant qu'elle ne serait pas vaccinée. Et pour l'occuper elle lui confia la mission de sélectionner dans les dossiers médicaux une quinzaine d'individus qui allaient participer à l'essai thérapeutique du nouveau traitement contre la chlamydia.
Marie ne vit pas Bruce durant la pause-déjeuner, mais elle croisa Mark et lui demanda s'il savait où était leur ami. Celui-ci lui répondit qu'il devait être en train de pique-niquer dans la plantation avec Ben, il les avait vus partir dans cette direction un peu plus tôt dans la matinée. Elle aurait pu se réjouir en pensant que Bruce devait être en forme pour être parti dans la plantation où le travail devait être harassant, mais elle ne put s'empêcher de s'inquiéter pour lui et se demandait s'il avait bien pris rendez-vous avec le médecin de Yallolaba. Ces interrogations lui taraudèrent l'esprit tout l'après-midi pendant qu'assise derrière le bureau de l'accueil elle fouillait dans les archives médicales enregistrées dans l'ordinateur.
Finalement, Bruce se présenta à la clinique aux environs de 4:00 pm et lorsqu'il poussa la porte Marie l'arrêta immédiatement :
- Stop ! N'avance pas.

Elle attrapa un pistolet à portée de main sur l'étagère et le braqua vers lui. Pistolet thermomètre infrarouge bien sûr, qui après avoir visé son front quelques secondes indiqua 38,2°C.

- Hum, ça va c'est pas trop mal, comment te sens-tu ? demanda la soignante.

- Ça va, ça va. J'ai pris rendez-vous chez le toubib de Yallolaba, pas avant lundi soir pour nos vaccins. Il faut les faire venir de Sydney, la pharmacie générale des hôpitaux de la ville est la seule à en conserver un stock de sécurité. J'ai dû lui raconter toute l'histoire des koalas potentiellement enragés pour qu'il accepte de nous vacciner. Pire que si je lui avait demandé un vaccin contre la peste ou le choléra...

- Ça ne m'étonne pas qu'il ait été surpris, la rage a officiellement disparu ici. En attendant, ne reste pas trop dans la clinique, vérifie régulièrement ta température et essaie de garder une distance de sécurité avec les gens, on ne sait jamais.

- D'accord, j'ai compris, tu ne veux plus me voir, fit mine de grogner Bruce. Et bien si c'est comme ça, je vais m'enfermer chez moi en quarantaine. Bonne soirée.

- Bonne soirée. Appelle-moi quand même si t'as besoin de quelque chose.

Marie passa toute sa fin d'après-midi et sa journée de vendredi à sa tâche administrative et fastidieuse. Ce n'était pas aussi simple que ça en avait l'air car il fallait constituer un échantillon le plus représentatif possible de la population en terme d'âge, de sexe, d'origine et d'intensité des symptômes. Les données à répertorier étaient nombreuses mais elle finit par obtenir une liste qui lui semblait cohérente. Lasse de tout ce temps passé devant un écran, elle se promit qu'elle y rejetterait un dernier coup d'oeil ce week-end avant de la proposer au Dr.Jack et décida que sa journée de travail était terminée. Elle rentra dans sa chambre pour y chercher son sac à dos en vue d'aller faire des courses à Yallolaba. Mais avant d'enfourcher un vélo, elle ne put s'empêcher d'aller échanger quelques mots avec Jésus. Comme à chaque fois le koala se pressa contre le grillage pour essayer d'obtenir quelques caresses derrière les oreilles. Mais sa soigneuse favorite lui expliqua que ce n'était pas

raisonnable et qu'il fallait attendre quelques jours avant qu'elle puisse le reprendre dans ses bras. Ces quelques minutes de discussion la sauvèrent-elle du déluge ? Car comme cela arrivait souvent durant la *wet season* en fin d'après-midi, le ciel s'était obscurci subitement et alors qu'elle s'apprêtait à sortir du hangar à vélo, une pluie tropicale s'abattit au-dessus du BEKS. Le bruit des gouttes s'écrasant sur le toit en tôle du hangar était assourdissant. En quelques instants les allées du centre se transformèrent en torrents impétueux et la température chuta d'une dizaine de degrés, ce qui n'était pas un mal tant l'après-midi avait été étouffant. Marie avait déjà été confrontée à quelques épisodes similaires depuis son arrivée, mais jamais d'une telle intensité. Elle renonça à ses courses et n'essaya même pas de rejoindre sa chambre, elle y serait arrivée trempée comme si elle avait pris une douche toute habillée. Mais comme elle n'était pas du genre à regarder la pluie tomber, et bien qu'un tel spectacle fût exceptionnel pour une européenne, elle entreprit de regonfler les pneus de tous les vélos du garage pour s'occuper.
Après des centaines de coups de pompe et une quinzaine de pneus gonflés à bloc, la pluie cessa aussi brusquement qu'elle avait commencé. La mécanicienne délaissa alors son ouvrage et profita de l'accalmie pour rentrer chez elle. Tant pis pour les courses, pas question de s'aventurer dans la forêt avec un temps pareil.

Le week-end fut marqué par une nouvelle poussée de fièvre pour Bruce. Il avait appelé Marie dès le samedi matin pour lui dire qu'il ne se sentait pas très bien et elle s'était aussitôt précipitée chez lui avec un thermomètre emprunté à la clinique. Le coup de pistolet la refroidit. Quand elle vit qu'il affichait 40,4°C, elle paniqua et essaya de téléphoner au médecin de Yallolaba. Malheureusement le docteur devait partir à la pêche le week-end et personne ne décrocha. Elle était sur le point d'appeler les urgences de Toowoomba mais Bruce la raisonna :
- T'inquiète pas, ça va passer, ça attendra bien lundi. Il me faudrait juste un peu de paracétamol peut-être, je n'en ai plus.
Marie hésita un instant avant de répondre :
- T'as raison. Recouche-toi, je m'en occupe.
Une demi-heure plus tard elle était de retour avec deux gros sacs de provisions de chez Barnaby et quatre boîtes de Panadol récupérées à la pharmacie.
- Ouah, t'as fait super vite, dit Bruce en la remerciant.
- J'ai emprunté la Yaris du centre, elle était sur le parking avec les clés dessus. J'espère que personne ne l'avait réservée, mais c'était pour une urgence.
- Mais ces sacs de courses là...
- C'est pour toi. Enfin pour nous. Je m'installe ici, je ne vais quand même pas te laisser souffrant tout seul dans ton coin.
- Merci, c'est gentil mais c'est pas risqué ? Si j'ai attrapé le virus, je vais te le refiler...

- Oh, on se fait vacciner dans deux jours. Et ça me plaît de prendre des risques pour toi mon Bruce.
Il se pencha vers elle et l'embrassa. Quelques secondes seulement car elle se détourna et murmura :
- Il faut rester raisonnable quand même... Avale deux cachets de Panadol, je te prépare une infusion.

Bruce passait l'essentiel de son temps à somnoler allongé sur son lit. Pour s'occuper Marie alla récupérer quelques affaires chez elle, dont son ordinateur. Lorsqu'elle se connecta à Internet, elle réalisa qu'elle s'était laissée happer par le microcosme des koalas au point de se désintéresser totalement du reste du monde. Et son ancien monde se rappela à elle lorsqu'elle ouvrit sa boîte mail. Hormis les innombrables messages publicitaires et les nouveaux articles de blogs auxquels elle s'était abonnée et n'avait jamais réussi à se désabonner, elle trouva plusieurs mails de ses parents qui s'inquiétaient de ne plus avoir de nouvelles de leur fille, ainsi qu'un de son amie Julie qui lui demandait si le soleil brillait toujours en Australie. Parce qu'à Lyon l'hiver jouait les prolongations, quelques flocons étaient même encore tombés en début de semaine. Elle ne voyait plus guère ses camarades de l'école, chacun était absorbé par son stage avec des journées de travail à rallonge. Marie se dit qu'elle avait décidément fait le bon choix en partant à l'autre bout du monde. Elle commença par répondre à ses parents pour les rassurer. Elle leur expliqua qu'elle avait été envoyée en mission sur une île sauvage, où les réseaux téléphoniques ne passaient pas, pour récupérer deux koalas. Sans préciser bien sûr qu'ils étaient probablement enragés. Elle ne s'épancha pas non plus sur les paysages merveilleux de Fraser island, elle était sensée travailler, pas faire du tourisme. Dans sa réponse à Julie en revanche elle força un peu la réalité, allant jusqu'à raconter comment alors qu'elle se baignait dans l'océan, son ami Bruce qui la regardait depuis la plage avait repéré un requin et s'était jeté à l'eau pour la sauver in extremis de la mâchoire du squale.
Bruce et Marie passèrent le week-end isolés dans une sorte de quarantaine. Le jeune homme ne souhaitait pas que tout le centre soit

informé de son accès de faiblesse et Marie pensait qu'il valait mieux ne pas trop fréquenter ses collègues pour éviter tout risque de contagion qui aurait pu se propager jusqu'aux koalas. Elle sortit néanmoins le lundi matin pour soumettre la liste des individus sélectionnés au Dr.Jack qui promit de l'étudier avec attention. Puis elle passa chez Maggie la secrétaire réserver la voiture pour la fin de l'après-midi et la prévenir que Bruce prenait une journée de repos. Son état était stationnaire et il aurait été bien en peine de fournir le moindre effort physique.
Vers 5:00 pm Marie poussa la porte de la chambre de Bruce et lui dit de commencer à se préparer, ils étaient attendus chez le médecin une demi-heure plus tard. Le jeune homme essaya de protester, lui demandant si elle ne pouvait pas aller récupérer la seringue chez le docteur et le vacciner elle-même. Mais Marie refusa, arguant que vu son état il valait mieux qu'il consulte un médecin. Et elle eut l'impression d'accompagner un vieillard dans une maison de retraite lorsqu'elle l'aida à s'installer dans la voiture. Elle s'empara ensuite du volant et fila tout droit au cabinet médical de Yallolaba.
La salle d'attente était vide et le Dr.Bushman vint rapidement s'occuper d'eux. C'était un homme de petite taille, à la chevelure et la moustache grisonnantes que Marie imagina affublé d'un chapeau colonial sur la tête et d'un fusil à la main, partant à la chasse au lion. Pas du genre à trembler devant la rage, se dit-elle pour se réconforter. Le docteur commença par ausculter Bruce, et bien qu'il se voulut rassurant il ne put masquer son inquiétude lorsqu'il lui demanda s'il était bien sûr de n'être sujet à aucune allergie, ce qui aurait pu compromettre la vaccination. Finalement, le Dr.Bushman piqua Bruce à l'épaule gauche et dit :
- Voilà, avec ça ça devrait aller mieux d'ici deux ou trois jours. À moins que...
- À moins que quoi ? réagit immédiatement Marie.
- Et bien parfois, c'est rare mais ça arrive, le remède aggrave le mal. Alors si son état se dégrade mademoiselle, n'hésitez pas et conduisez-le à l'hôpital de Toowoomba, moi je ne peux rien faire de plus.
- Vous m'inquiétez docteur.
- Mais non, il est costaud votre collègue, il se rétablira vite, j'en suis sûr.

Le Dr.Bushman vaccina également Marie et elle lui régla tous les frais sans oublier de lui demander une facture pour le BEKS. En retournant à la voiture elle ne put s'empêcher de glisser à Bruce :
- Oh la la, il me fait flipper ce con à dire que ton cas pourrait s'aggraver.
- Mais non... Arrête de t'inquiéter pour moi comme ça, toi aussi tu me stresses.
- Bon, croisons les doigts.

Bruce et Marie restèrent encore en retrait des activités du centre les deux jours suivants, le temps que le vaccin produise ses premiers effets. Comme l'avait prévu le Dr.Bushman, l'état de Bruce s'améliora rapidement et il fut assez en forme pour participer le jeudi matin à la nouvelle réunion organisée par Donna sur les koalas enragés. La directrice commença par prendre des nouvelles des deux soigneurs et fut ravie de constater qu'ils s'étaient bien faits vacciner et que l'état de Bruce s'améliorait. En revanche, le Dr.Jack l'informa que du côté des koalas malades, la situation n'était pas terrible. Ils étaient toujours aussi excités et l'un, Tim, s'était même mis à grogner et baver à longueur de journée. Le laboratoire venait pourtant de renvoyer les résultats des analyses qui étaient globalement plutôt bons. Il n'y avait évidemment pas de résultat de test rabique car il n'en existait pas pour les koalas. Donna lui dit que d'après elle les deux koalas étaient sûrement porteurs de la maladie. Mrs Lee, la secrétaire chinoise de l'université, avait pu retrouver sans problème la propriétaire du chien incriminé sur Fraser island. Quand elle lui avait téléphoné, la pauvre femme s'était mise à pleurer, les autorités venaient d'euthanasier son cher Chu-Chu atteint par la rage. Non, elle n'avait pas fait de faux passeport sanitaire pour emmener son chien en Australie. C'était juste que la veille du départ, ils avaient visité avec son mari une grotte qui abritait des chauve-souris, lesquelles avaient sans doute contaminé leur pauvre Chu-Chu. Aussi Donna avait-elle rapporté de Brisbane deux doses de vaccin antirabique destiné à des chiens et demanda à ses collègues s'ils pensaient comme elle qu'on pouvait les injecter aux deux koalas malades sans prendre trop de risques. Le Pr.Patrick estima que de toutes façons ils n'avaient pas

d'autre solution. Le Dr.Jack dit qu'avec d'aussi bonnes analyses sanguines, on pouvait tenter le coup. Marie, qui ne se préoccupait plus du sort de ces deux koalas mais s'inquiétait uniquement pour son Bruce, ajouta qu'il fallait à tout prix éviter une propagation aux autres pensionnaires. Quitte à les zigouiller tous les deux, mais cela elle ne le dit pas.
La réunion terminée, le Dr.Jack ordonna :
- Allez Marie, on n'a plus qu'à vacciner ces deux enragés. Bruce, tu nous accompagnes pour nous aider à les maîtriser.
- Avec plaisir, répondit le jeune homme qui pensait qu'il avait un petit compte à régler avec celui qui l'avait griffé et peut-être refilé le virus.
- On va les piquer au pied de leur cage, comme ça on ne risquera pas de contaminer la clinique, ajouta le Dr.Jack en saisissant les seringues de vaccin.
Les trois soigneurs se rendirent prestement sur les lieux. Bruce, qui était vêtu d'une chemise à manches longues, se munit au passage d'une paire de gants de jardinage. Il valait mieux être prudent avec ces deux monstres. Et en effet ils étaient surexcités lorsqu'ils virent arriver l'équipe médicale. Cette fois-ci, le magnétisme de Marie n'eut aucun effet pour les apaiser. Et Bruce, après avoir longuement observé la cage, adopta l'attitude d'un chef militaire partant au combat :
- Vous êtes prêtes ?
- C'est bon, la seringue est remplie, répondit le Dr.Jack.
- Vas-y Marie, soulève le toit.
La soigneuse s'exécuta et Bruce plongea la main dans la cage. D'un geste calculé et précis il attrapa l'oreille de Tim, la serra fermement entre ses doigts et souleva l'animal qui poussa un grognement agressif avant de se retrouver plaqué au sol sur le ventre, immobilisé par une lourde main sur sa nuque.
- T'as dû lui faire super mal en le soulevant comme ça, réagit Marie.
- Mais non, ils ont des grandes oreilles, il faut bien qu'elles servent à quelque chose, répondit Bruce en souriant. Jack, tu peux le piquer, je le tiens bien.
Tim reçut son injection et fut de retour dans la cage cinq secondes plus

tard. Pour ne pas choquer Marie, Bruce n'attrapa pas Tam par l'oreille mais par le cou qu'il serra entre ses deux mains. Sa vaccination fut également vite réglée.
- Une bonne chose de faite, espérons que le vaccin sera efficace, dit le Dr.Jack.
- Et qu'ils le supporteront, ajouta Marie.
- Je les ai bien matés ce coup-ci, conclut Bruce, fier d'avoir montré sa poigne.

La nuit suivante, Marie fut tirée de son sommeil par un long cri plaintif, comme le râle d'un être à l'agonie. Elle se retourna sur le canapé de Bruce (par précaution elle préférait attendre une dizaine de jours avant de partager son lit, le temps que son immunité vaccinale atteigne son apogée). La fenêtre était ouverte, mais aucun bruit ne provenait de l'extérieur. Elle se leva et, inquiète, poussa la porte de la chambre de Bruce. Son ami ronflait aussi tranquillement qu'un koala. Elle fut soulagée, ce n'était qu'un cauchemar, comme le grognement de Tim se faisant tirer l'oreille. Elle parvint à se rendormir sereinement.
Lorsqu'elle arriva à la clinique le lendemain, le Dr.Jack remplissait un dossier sur le bureau de l'accueil.
- Ah, Marie, mauvaise nouvelle ce matin. Un de nos enragés n'a pas supporté sa piqûre.
- C'est Tim, il est... parti, c'est ça ?
- Oui, n°2059, Tim. Mais comment le sais-tu ?
- Oh, c'est que... Enfin, il semblait plus gravement atteint. Espérons que Tam s'en sortira, dit Marie avec un petit sanglot dans la voix.
- Oui, espérons. En attendant, ce matin on va s'occuper de choses plus joyeuses. On va faire une échographie de contrôle pour la femelle en gestation de l'enclos Kosciuszko, la n°1998, Alice. Gloria est déjà en train de préparer l'appareil en salle 2. Allez la chercher, je finis de remplir le dossier de ce pauvre Tim et je vous rejoins.
Marie se rendit dans la salle n°2 et salua sa collègue :
- Bonjour Gloria, ça va ?
- Salut Marie. Est-ce que t'es au courant qu'un des koalas que vous avez

ramenés de Fraser island est...
- Oui, je viens de voir Jack.
- Ça va, c'est pas trop dur ?
- Ça va, c'est triste mais c'est peut-être mieux pour lui, il devait souffrir de se retrouver dans cet état d'excitation permanente. Il faut qu'on aille chercher Alice, tu viens m'aider ?
- Allons-y.
À l'approche de l'enclos Kosciuszko Marie laissa Gloria s'avancer la première et lui dit :
- Je vais te laisser entrer seule dans la cage si ça ne te dérange pas.
- Pas de problème. Tu as peur de les contaminer ?
- Non, mais si Jésus me voit, il ne va plus vouloir me lâcher...
- Tu te fais des histoires... répondit Gloria, incrédule.
Elle déverrouilla la porte et pénétra néanmoins seule dans l'enclos, laissant Marie une dizaine de mètres en retrait.
- Alors, numéro 1998, dit-elle à voix basse en cherchant le bon individu dans les branches. Ah la voilà. Allez ma belle, viens dans mes bras.
Elle attrapa délicatement Alice qui se laissa glisser sans résister puis se retourna vers la porte. Plus que trois pas à faire et l'opération serait réussie. Mais c'était sans compter sur le koala qui semblait assoupi sur la branche voisine. Il n'avait en fait rien manqué de la scène et n'était visiblement pas disposé à laisser son amie se faire kidnapper ainsi. Sans faire ni une ni deux, il sauta sur l'épaule de Gloria et essaya de s'accrocher en passant ses pattes autour de son cou. La soigneuse, surprise, s'écria :
- Non mais il est débile celui-la ! Lâche-moi crétin !
Alertée par ses cris, Marie s'approcha et reconnut immédiatement le fautif. Elle l'engueula copieusement en Français :
- Non mais ça va pas Jésus ! Tu vas arrêter ton cirque et laisser Gloria tranquille. Elle vient chercher Alice pour s'occuper d'elle et la ramènera dès qu'elle aura terminé. T'es vraiment insupportable, je ne suis pas contente du tout !
Heurté par une telle réprimande, Jésus lâcha prise et remonta sur sa branche en baissant la tête sans oser regarder la Française. Gloria sortit

de l'enclos et dit :
- Je ne sais pas ce que tu lui as raconté, mais il a l'air d'avoir compris. C'est incroyable.
- Oh, ce n'est pas un mauvais bougre, il voulait protéger sa femelle, c'est tout. Il ne t'a pas fait mal j'espère ?
- Non, ça va. Mais sur le coup il m'a fait peur.
Et les deux soigneuses rigolèrent de l'incident.
Alice était docile et elle se laissa examiner sans broncher. Sous la supervision du Dr.Jack, Marie lui étala une crème grasse sur le ventre puis passa dessus la sonde de l'échographe. Gloria était aux commandes de l'écran de contrôle :
- On ne voit rien là.
- Vas plus à gauche, conseilla le Dr.Jack à Marie.
- Ah, ça y est, il est là, se réjouit Gloria.
- Zoome au maximum pour voir.
- Là je suis à fond. Il est tout petit mais il a quand même bien grossi depuis la semaine dernière.
- Oui, ça a l'air de bien se passer, confirma le Dr.Jack.
- C'est trop tôt pour identifier son sexe ? demanda Marie.
- Bien sûr. Tu sais bien que la femelle koala accouche d'un petit inachevé, sourd, aveugle et sans un poil sur le corps. Il a juste assez de force pour aller se nicher dans le marsupium, la poche ventrale de sa mère, pour continuer à se développer.
- Oui, je le savais, mais il reste combien de temps dans la poche ?
- Environ six mois.
- Ah mince ! Je croyais que c'était trois mois.
- Et quel est le problème ?
- Et bien je serai partie quand il sortira. Je ne le verrai pas accroché sur le dos de sa mère, c'est dommage...
- On en a deux petits qui s'accrochent à leurs mères dans l'enclos des maternités, tu as dû les voir.
- Bien sûr que je les ai vus, ils sont tellement mignons.
Tout en conversant, le Dr.Jack avait versé le contenu d'un petit sachet dans un biberon d'eau. Elle secoua l'ensemble et dit :

- Voilà une petite dose de Nutri-P7 spécial femelles en gestation pour notre courageuse Alice. Qui veut lui donner ?
- Moi ! s'écria Gloria en tendant la main. C'est peut-être le dernier biberon que je donne.
- Pourquoi le dernier ? interrogea Marie.
- Parce que je rentre en Argentine dans dix jours. Fin de mission, et surtout fin de visa.
- Oh zut, déjà !
- Oui, et Lena, elle, part dimanche dans huit jours. Du coup il y a une grande fête organisée vendredi prochain. T'étais pas au courant ?
- Euh, non.
- On ne parle que de ça au bloc B. Mais c'est vrai que depuis tu t'es installée avec Bruce, tu ne fréquentes plus trop les filles du bloc B.
-Aïe aïe aïe, j'imagine que les ragots doivent circuler à la vitesse d'un koala au galop. Je ne me suis pas installée avec Bruce, mais juste chez lui parce qu'il avait besoin d'assistance quand il était malade.
- Oh, tu fais comme tu veux. En tout cas, il y en a plus d'une qui aimerait être à ta place...
Le Dr.Jack mit fin à ces commérages :
- Alors, elle a bon appétit notre Alice ?
- Oui oui, elle a presque déjà terminé le biberon. Je ne sais pas ce que vous mettez dans ces sachets, mais ils les avalent tous goulûment.
- Secret de fabrication du BEKS, répondit le Dr.Jack, énigmatique. Bon, je vous laisse, je dois aller m'occuper des grands brûlés.
- D'accord Jack, mais qu'est-ce qu'on fait d'Alice ? On la ramène à Kosciuszko ou on l'installe dans l'enclos des maternités ? demanda Gloria.
- Surtout pas ! réagit Marie. Le père serait bien trop inquiet de ne pas la voir revenir.
- Ma pauvre Marie, intervint le Dr.Jack, les koalas ne sont pas comme les hommes. Ils font leur petite affaire, et après ils laissent la femelle se dépatouiller avec les conséquences. Leur progéniture, ils n'en ont rien à faire.
- Certains hommes font pareil, fit remarquer Gloria.

- Oui, de beaux salauds. Mais chez les koalas c'est normal. Cela dit, je pense que c'est trop tôt pour la mettre en maternité. Si ça se passe bien à Kosciuszko, ramenez-la là-bas.
Marie était soulagée, elle n'aurait pas à affronter les plaintes de Jésus.

Le week-end suivant fut très calme au BEKS. Lena, Gloria et le clan des surfeuses étaient parties profiter une dernière fois des vagues de Byron Bay. Marie avait décliné leur invitation à les accompagner, elle avait besoin de souffler un peu et sa première expérience de surf ne l'avait pas tellement enthousiasmée. Bruce reprenait des forces de jour en jour et il était même reparti courir dans la plantation le dimanche matin. Marie avait réussi à le suivre tout au long de son escapade car il n'avait pas encore retrouvé son allure ni son endurance habituelles. L'état de Tam semblait s'améliorer. Marie l'avait trouvé endormi lorsqu'elle était passée devant lui en faisant son tour des enclos. Elle avait pensé à Tim qui reposait au fond du cimetière. Son âme s'était-elle apaisée en s'envolant vers le paradis des koalas ? Ou était-elle restée enragée devant les portes de l'enfer ? Les koalas avaient-ils une âme d'ailleurs ? Un bon sujet à développer dans son rapport de stage, pensa-t-elle avant de se raviser. Ses profs de l'école vétérinaire la prendraient pour une folle si elle leur disait qu'elle avait pu établir une relation avec un koala nommé Jésus.

La semaine se déroula sans encombre. Le Dr.Jack et le Pr.Patrick avaient validé la liste préparée par Marie des individus qui allaient participer à l'essai thérapeutique, à une exception près. Ils avaient retiré Winston, un vieux mâle qu'ils avaient jugé trop atteint pour supporter le traitement, et l'avaient remplacé par Anaïs, une jeune femelle, même si Marie avait déjà inclus plusieurs patientes avec un profil similaire. La Française les accusa de priver ainsi les individus âgés de tout espoir de guérison. Mais le Pr.Patrick lui répondit que la recherche pharmaceutique était très coûteuse et que pour obtenir des financements, il fallait avoir des résultats encourageants lors des essais cliniques. Alors mieux valait sélectionner les individus les plus à même de réagir positivement.

Vendredi l'effervescence était montée tout au long de la journée. Les hommes à tout-faire du centre avaient été réquisitionnés l'après-midi pour installer des tables et des chaises dans le pré devant la maison. Puis ils s'étaient occupés du ravitaillement à Yallolaba. Le patron de la *Bottle shop* était ravi, ils étaient repartis avec une énorme cargaison de XXXX et même un carton de VB pour Lena. Le rayon viande à griller de Barnaby avait été dévalisé et son atelier de pâtisserie avait bien préparé les deux énormes *cheese-cakes* commandés.

Quand Marie rentra chez Bruce à la fin de son après- midi à la clinique, elle lui demanda quelle tenue il fallait adopter pour la soirée.

- Il vaut mieux éviter l'uniforme, on en a marre de voir tout le monde avec toute la semaine. Des habits simples, ça va. Moi je vais y aller en jean et j'ai mon costume qui m'attend dans ma chambre pour la seconde partie de la soirée.

- Un costume ? Quelle classe.

- Ouais, attends de voir, dit Bruce avec un petit sourire aux lèvres.

- Bon, je vais mettre ma robe rouge alors. Je rentre me préparer dans ma chambre. On se retrouve là-bas, c'est à 7:00 pm, c'est ça ?

- 7:00 pm pétantes, discours de la directrice, comme d'habitude.

- OK, à tout à l'heure.

L'ambiance était encore assez calme lorsque Marie arriva devant la maison. Quatre jeunes de Yallolaba s'étaient appropriés le perron qu'ils étaient en train d'aménager en scène de concert. Ils installaient leurs instruments et réglaient la sono. Derrière eux était déployée une grande toile avec le nom de leur groupe, les *Purple Crocs*. Sur un fond de rayures verticales vertes et blanches, un crocodile violet se tenait debout sur ses pattes arrières et jouait de la guitare en chantant la gueule

grande ouverte.
- Ah Marie, elle te va à ravir cette robe rouge.
La Française se retourna. Lena et Judith se tenaient chacune avec une *stubby* à la main.
- Tu prends une bière avec nous ? Ils sont trop gentils, Mark m'a dit qu'ils ont acheté de la VB exprès pour moi.
- Oui, merci. Ça va ? T'es pas trop triste de partir ? demanda Marie en guidant ses amies vers le bar.
- M'en parle pas, j'arrive pas à réaliser que dans deux jours je serai dans l'avion. Adieu les koalas, adieu le soleil, adieu l'océan et adieu vous bien sûr. Retrouver la grisaille de Minsk...Quel cauchemar !
- Et une XXXX pour Marie, une, dit Mark en décapsulant une bouteille. Et pour les chips, c'est par là, ajouta-t-il en tendant la main vers un saladier.
- Merci Mark.
- T'as vu, Jack et Pat sont venus en famille, fit remarquer Judith. Leurs enfants sont ravis de pouvoir observer les koalas dans les cages. La fille de Pat m'a dit : « les koalas ici ils sont en bonne santé parce que mon papa il s'occupe bien d'eux ». Trop mignonne.
- Oui, nous aussi on s'occupe bien d'eux.
Comme l'avait prévu Bruce, à 7:00 pm pile Donna sortit de la maison. Elle échangea quelques mots avec l'un des *Purple Crocs* et se présenta derrière le micro comme si elle allait entonner un air d'opéra.
- Merci, merci à tous d'être là ce soir. Et surtout un grand merci à Lena et Gloria *(applaudissements)*. Merci d'avoir donné de votre temps et de votre travail aux koalas en péril. Je sais comme le temps est précieux à votre âge et nous ne vous remercierons jamais assez de votre engagement auprès de nos pensionnaires. C'est la fête ce soir, mais nous sommes tristes, tristes de vous voir partir. Vous auriez aimé rester parmi nous, je sais, et les koalas aussi auraient aimé que vous restiez à vous occuper d'eux. Hélas vous savez que le BEKS n'a pas les moyens d'embaucher ses bénévoles, et d'ailleurs les services de l'immigration ne nous l'autoriseraient pas. Mais le BEKS est une grande famille et vous continuerez à en faire partie. Et comme dans toute famille il y a des

départs et des arrivées, je signale à ceux qui restent que nous allons prochainement accueillir en résidence pour six semaines un jeune Japonais, chercheur en biochimie nucléaire à l'université de Tokyo *(protestations dans l'auditoire : « on ne veut pas de chercheur, on veut des soigneurs pour remplacer Gloria et Lena ! »).*
Devant ce tollé, le Pr.Patrick crut bon d'intervenir. Il se hissa sur le perron et dit devant le micro :
- S'il vous plaît, la sélection de nurses pour remplacer Gloria et Lena est en cours. Concernant ce chercheur, il fait partie d'un vaste programme lancé par le ministère de la santé nippon suite à l'accident de Fukushima afin d'identifier quelles espèces animales seraient susceptibles de résister le mieux aux radiations. Il est chargé d'étudier le comportement des marsupiaux en Australie. Après avoir analysé des wallabys au Kangaroos Care Centre de Melbourne il viendra chez nous étudier les koalas. *(Grognements dans le public).*
- Comment ?... Non, je vous rassure, il n'est pas question qu'il fasse des tests d'irradiation sur nos pensionnaires. Et je vous demande de l'accueillir cordialement car, notre comptable pourra le confirmer, il apporte avec lui un gros chèque dont le BEKS a bien besoin pour pouvoir poursuivre sa mission. Merci de votre attention.
La directrice reprit la parole :
- Bon, et bien je crois que tout est dit. Je vous demande d'applaudir les *Purple Crocs* : John, Paul, Alexander and Martin, nos quatre garçons dans le vent venus de Yallolaba pour mettre le feu à notre soirée. *(Tonnerre d'applaudissements).*
Des odeurs de saucisses grillées ne tardèrent pas à s'élever au-dessus des barbecues, et le brouhaha ambiant fut bientôt couvert par la musique des *Purple Crocs*. Leur répertoire était éclectique, ils reprenaient de grands succès des années 60 à 90 et John, leur chanteur, ne ménageait pas sa voix. Les filles du bloc B avaient reconstitué leur tablée pour dîner et Marie s'était jointe à elles pour jacasser et accessoirement ingurgiter saucisses, salades, bières et même un peu d'*Aussie wine*, pas mauvais du tout d'ailleurs. Puis après presque deux heures de concert, les *Purple Crocs* entonnèrent la traditionnelle chanson écossaise *Auld Lang Syne*

(Ce n'est qu'un au revoir) tandis que des fusées d'artifice explosaient dans le ciel au-dessus des applaudissements du public. Lorsqu'un semblant de calme fut revenu, les artistes invitèrent Lena et Gloria à les rejoindre sur la scène. Au grand désarroi des deux jeunes femmes qui, bien qu'éméchées, n'avaient pas l'intention de pousser la chansonnette en public. Mais sitôt qu'elles arrivèrent sur le perron, un kangourou géant surgit de la maison, accompagné par deux koalas de la même taille. Ils les enlacèrent de leurs longs bras recouverts de fourrure pour les gratifier d'un gros *hug*. Le Kangourou saisit un grand paquet long et plat qu'il remit à Lena et un plus petit qu'il offrit à Gloria. Il obtint en retour de généreuses accolades. Marie ne tarda pas à réaliser que sous ces déguisements grotesques se trouvaient sûrement Bruce et ses deux acolytes Mark et Ben. Lena se hâta de déballer son cadeau et fut stupéfaite de découvrir une planche de surf flambant neuve. Gloria, elle, se retrouvait avec un authentique didgeridoo décoré à la main dans une communauté aborigène du Northern Territory. Les deux bénévoles remercièrent au micro ceux qui avaient participé aux cadeaux et la Biélorusse, pour ne pas fustiger ceux qui avaient eu l'idée de lui offrir une planche de surf, n'insista pas sur le fait que son pays était enclavé sans un seul kilomètre de littoral, mais rappela que l'Europe n'était pas si vaste que l'Australie et qu'elle pourrait retrouver Marie pour aller surfer avec elle sur la côte atlantique.
- Pourquoi pas ? Pourquoi pas ? avait murmuré la Française qui n'avait pas encore envisagé son retour en Europe.
Bruce lui apprendrait plus tard que c'était cet escogriffe de Mark qui avait eu l'idée de la planche. Il avait obtenu l'accord du comptable et l'avait commandée à un de ses copains qui tenait une boutique à Surfers Paradise. Mais quand il était retourné voir Hayward pour lui dire que ce serait aussi sympa de payer à Lena le supplément bagages pour que ça ne devienne pas un cadeau empoisonné, le comptable avait tiqué : il y en avait pour plus cher que la planche. Alors pour arriver en plus dans un pays qui n'avait pas d'accès à la mer, c'était vraiment ballot.
Si le BEKS avait été un centre de vacances, il y aurait eu une piscine et Lena y aurait été précipitée avec sa planche de surf. Mais le BEKS était

une vénérable institution, dotée seulement d'une fontaine. Ce qui n'empêcha pas le kangourou de saisir les jambes de la jeune femme tandis que les koalas l'attrapaient chacun par un bras pour l'emmener prendre un bain forcé dans la fontaine de Scott Adamson. Lena se débattit avec plus ou moins de conviction, suffisamment en tout cas pour arracher la cagoule d'un koala, ce qui laissa apparaître le visage de Bruce, tout penaud de se retrouver ainsi exposé. Il baissa donc les épaules et rentra la tête dans son déguisement. Et ce fut un koala décapité qui balança Lena dans la fontaine avant de courir dans le pré récupérer sa caboche. La scène amusa tous les convives, y compris la principale intéressée qui se dit qu'après tout, c'était sa dernière soirée en Australie. Gloria, elle, essayait de tirer quelques notes de son didgeridoo. Mais la rusticité de l'instrument, une longue branche creuse d'eucalyptus, nécessitait une technique pointue pour en obtenir un son mélodieux. Beaucoup autour d'elle voulurent s'y essayer. Jenny, l'Australienne, leur donna ce conseil qu'elle avait maintes fois entendu en s'emparant de l'instrument :
- Il ne suffit pas de souffler dedans, il faut faire vibrer ses lèvres comme avec une trompette...
Mais elle n'était visiblement pas une meilleure trompettiste que ses acolytes car elle n'obtint du didgeridoo que quelques grésillements inaudibles. Ce fut finalement Ben qui s'en sortit le mieux. Profitant des litres de bière qu'il avait ingurgité tout au long de la soirée, il poussa un rôt magistral que l'instrument transforma en une longue complainte presque mélodieuse. Heureusement les *Purple Crocs*, après avoir repris des forces au buffet, remontèrent sur scène pour faire danser tout ce beau monde jusque tard dans la nuit.

Le réveil fut difficile pour certains le lendemain, mais Marie se leva relativement tôt malgré l'absence du kookaburra rieur qui n'avait visiblement pas encore remarqué qu'elle avait emménagé chez Bruce. Elle laissa son compagnon à ses ronflements et sortit profiter de la fraîcheur du matin. Elle aimait se promener ainsi au calme autour des enclos des petits pensionnaires, à essayer de débusquer les plus matinaux ou repérer ceux qui avaient dû mal dormir, peut-être tenus éveillés par la douleur. Heureusement la plupart semblaient profondément endormis. Le bruit de la soirée les avait-il empêché de s'endormir sereinement ? Alors qu'elle passait derrière la clinique, elle tomba sur Lena qui elle aussi se promenait au milieu des koalas.

- Salut Lena. T'es déjà levée ?
- Oh m'en parle pas. J'ai pas dormi de la nuit. Avec toute cette excitation hier soir, et de penser que c'était ma dernière nuit ici... Alors je viens dire au revoir à nos koalas, ils vont tellement me manquer...
- Ma pauvre, c'est sûr.
- On va se prendre un dernier breakfast au bloc B ou est-ce que Bruce t'attend ?
- Allons-y pour le breakfast. Tu pars cet après-midi ?
- Oui. Jenny et Judith vont m'emmener à Brisbane avec la Yaris, on va dormir dans un *backpackers* et demain décollage à 6:30 am pour Singapour, puis Moscou et enfin Minsk. Fin de l'aventure...
- Tu sais ce que tu vas faire une fois rentrée ?
- Non. Enfin si, chercher du boulot. Mais ça ne sera pas auprès des

koalas.
- Je m'en doute.
Elles retrouvèrent Jenny et Gloria déjà attablées dans la cuisine du bloc B. Lena se fit une tartine de Vegemite qu'elle avala en grimaçant avant de dire :
- Je crois bien que c'est le seul truc australien que je ne regretterai pas.

Gloria quant à elle était repartie le mercredi suivant par l'autocar à destination de Brisbane qui passait une fois par jour à Yallolaba, à 10:34 am précises. Il arrivait à la gare routière de Brisbane City à 5:12 pm, précision selon les embouteillages dans le centre-ville. La jeune Argentine dut ensuite attraper un bus pour l'aéroport et sauter dans une navette pour Sydney d'où son avion pour Buenos Aires décollait dans la soirée.

Le départ presque simultané des deux soigneuses avait quelque peu terni l'ambiance dans la clinique. Mais le travail ne manquait pas et les nurses restantes accomplissaient assidûment leurs tâches auprès des koalas. Marie, qui s'était finalement bien installée chez Bruce une fois son accès de fièvre terminé, passait chaque soir une heure dans sa chambre du bloc B après sa journée de travail pour commencer à rédiger son rapport de stage pour l'école vétérinaire. Oh, elle avait largement le temps, mais elle détestait travailler dans l'urgence. Un soir elle se rendit dans la bibliothèque à la recherche d'informations pour étayer son rapport et tomba sur un type, le nez plongé dans une multitude de publications qu'il avait sorties des rayons. Il sursauta lorsqu'elle entra dans la pièce avant de la saluer et de se présenter, comme s'il s'excusait d'être là :
- Yasushi Shimazen, Tokyo university, *nice to meet you.*
- Marie, de France. *Nice to meet you, too.* Je ne savais pas que tu étais arrivé, il y a longtemps que tu es là ?
- Le jour avant hier.
- Et tu n'es pas encore passé à la clinique ?
- Je pas vouloir *disturber*, répondit-il dans un anglais hésitant.

- Tu ne nous déranges pas. Ça va, tu as tout ce qu'il te faut ? Tu dors où ?
- Oui, Maggie très gentille. Moi chambre dans la maison.
L'ancienne demeure de Scott Adamson disposait en effet de quelques chambres pour les invités VIP, en plus de celle de la directrice.
- Bien, dit Marie. Il faudra que tu viennes nous voir à la clinique quand même...
- Oui, oui, le jour après aujourd'hui. Documents très intéressants ici.
- Oui, la bibliothèque est bien fournie, mais on n'apprend pas tout dans les livres, dit Marie en se mettant à parcourir les rayons.
Quand elle rentra chez Bruce pour dîner, elle lui demanda s'il savait que le fameux chercheur japonais était déjà arrivé. Sa réponse négative l'offusqua :
- Non mais ils auraient pu venir nous le présenter quand même !
- Qui ça « ils » ?
- Pat, Jack, Maggie, je ne sais pas qui. Il bosse tout seul dans la bibliothèque le pauvre. Si ça se trouve il n'a même pas encore vu un seul koala. Je lui ai dit de venir nous voir à la clinique.
- Tu tiens vraiment à te faire irradier par an *asian researcher* ?
- Oh, arrête tes conneries d'*Ozy* raciste ou je mets les voiles !
- C'était une blague...
- Une blague débile.
- J'en conviens. Autant pour moi, lady.

Le lendemain après-midi, Yasushi fit une entrée discrète dans la clinique et erra de longues minutes entre l'accueil et les couloirs avant que quelqu'un remarque sa présence. Ce fut finalement Judith qui prévint Marie :
- Je crois que le Japonais que tu nous a annoncé est arrivé.
La jeune vétérinaire abandonna aussitôt son stéthoscope pour aller à sa rencontre. Sa bienveillance allait permettre de briser la glace entre ses collègues et le nouvel arrivant.
- *Hi Yasushi ! How are you today ?* Viens dans une salle de consultation pour voir comment on s'occupe des malades.

Et elle entraîna le chercheur qui était ahuri tant par la présence de toutes ces jeunes femmes en blouses blanches que par celle de ces drôles d'animaux poilus avec leurs grandes oreilles. Elle lui présenta ses collègues une à une, puis Arthur, le koala en auscultation, l'invitant à lui faire une caresse amicale dans le dos. Yasushi tendit une main hésitante avant de s'exalter en riant :
- Oh, très très doux !
Puis il se posta dans un coin de la salle et observa les soigneuses vaquer à leurs tâches pendant un long moment. Quand le Dr.Jack entra dans la pièce, elle ne fut pas surprise de le trouver là. Visiblement elle avait déjà fait sa connaissance.
- Ah, Yasushi, tu viens faire un peu de travaux pratiques ? lui dit-elle.
- Oui, Marie expliquer moi. Koalas vraiment gentils...
- Oui nos pensionnaires sont adorables. D'ailleurs Marie je viens de voir Tim, l'ex-enragé. Il est redevenu beaucoup plus docile, c'est bon signe. Son état s'améliore mais on va le garder en quarantaine encore quelques temps.
- D'accord Jack.
Le même soir Marie eut l'intuition de passer voir Jésus, cela faisait plusieurs jours qu'elle ne s'était pas préoccupée de lui. Et justement elle ne le trouva pas accroché à sa branche habituelle mais assis sur le sol de l'enclos, la tête basse. Or elle savait bien qu'un koala qui restait à terre était un koala en souffrance. Inquiète, elle essaya de l'interpeller :
- Jésus ! Jésus ! Qu'est-ce qu'il y a ? Viens me voir mon grand...
L'oreille gauche de l'animal frémit, puis il releva lentement la tête et la tourna vers le grillage. Ses yeux mi-clos exprimaient une grande tristesse et il donna l'impression d'user de ses dernières forces pour se rapprocher de Marie.
- Qu'est-ce qui ne va pas mon chéri ?
- Hi, hi ! gémit Jésus en indiquant le haut de la branche avec sa patte avant de la rabaisser vers le sol.
- Tu es tombé de la branche, c'est ça ?
- Hi, hi, répéta Jésus en refaisant le même geste.
Et Marie comprit. Alice avait disparu.

- Ils ont emmené ton amie ? Ne t'inquiète pas, ils l'ont sûrement mise à la maternité pour mieux s'occuper d'elle. Je vais me renseigner.
Mais Jésus ne semblait pas rassuré et s'était mis à pousser de longs gémissements.
- Écoute mon grand, lui dit-elle en essayant de lui caresser l'oreille, on est jeudi. Attends ce week-end quand il n'y aura personne à la clinique, je vais voir ce qu'on peut faire, d'accord ? Et mange, il faut que tu reprennes des forces.

Marie ne put chasser de son esprit la mine triste de Jésus le lendemain et afficha un air morose durant toute sa journée à la clinique. Au point que ses collègues, habituées à son enjouement, pensèrent toutes qu'elle s'était sûrement engueulée avec Bruce. Mais aucune n'osa l'interroger sur la question. Et Bruce lui-même qui la trouva bien mutique le soir lui demanda ce qui n'allait pas. Elle répondit qu'elle était fatiguée de sa semaine et qu'elle allait se coucher tôt. Ce qu'elle fit juste après le dîner, abandonnant son compagnon devant son émission sportive préférée.

À 5:42 am le kookaburra poussa son premier cri comme pour lancer le top départ de l'opération. Marie commença par vérifier que Bruce dormait bien comme un koala... Pas de souci de ce côté-là. Puis elle sortit du lit, enfila son uniforme et se glissa à l'extérieur sous les premières lueurs de l'aube. Elle marcha discrètement jusqu'à la clinique. La porte de l'accueil n'était pas verrouillée, elle entra et décrocha un trousseau de clés sur le mur avant de ressortir aussitôt. Direction l'enclos Kosciuszko. Jésus était aux aguets, comme s'il était au courant des plans de la jeune soigneuse. Dès qu'il la sentit arriver, il se précipita vers la porte. Marie ouvrit, attrapa Jésus qui se hissa sur ses épaules, et referma.
- Allez hop, on y va mon grand mais tu restes bien sage.
Les deux fugitifs se faufilèrent entre les enclos en prenant soin de ne pas être repérés. Devant la cage des maternités, Jésus sauta à terre, fonça contre le grillage et essaya d'appeler Alice. Laquelle somnolait mais reconnut néanmoins les vocalises de son mâle. Elle descendit de sa

branche, courut vers Jésus et se heurta au grillage quand elle voulut l'enlacer. Pendant ce temps, Marie pestait contre la serrure rouillée qui ne voulait pas tourner, ça devrait pourtant être la même clé que les autres enclos. Ah, enfin, un « clic ! » et la serrure céda. Marie ouvrit la porte et appela Jésus. Le koala se précipita à l'intérieur.

- Je reviens dans deux heures, dit Marie en reverrouillant la porte. Vous ne faites pas de raffut, et Jésus pas de bêtises sinon ça va barder. Je risque de me faire virer moi avec ce que je fais pour vous.

- Hi hi ! répondit Jésus en tendant une patte vers sa soigneuse comme pour la remercier.

De retour chez Bruce, Marie se recoucha discrètement à côté de lui. Mais elle ne parvint pas à se rendormir et se retournait sans cesse d'un côté à l'autre, si bien qu'elle finit par le réveiller.

- Hum, qu'est-ce que t'as à être si agitée ? murmura Bruce en tournant la tête vers elle. Et pourquoi t'es déjà habillée ?

- Oh la la, je crois que je viens de faire une connerie...

- Quelle connerie ?

- J'ai emmené Jésus rejoindre sa femelle en maternité.

- Quoi ? Et pourquoi t'as fait ça ?

- Parce qu'il était hyper triste, ils avaient enlevé Alice sans lui dire où ils l'emmenaient. Elle porte son enfant quand même.

- Mais t'es complètement dingue ma pauvre ! La maternité c'est le terrain réservé de Jack. Même moi je n'ai pas le droit d'y entrer. Je dois laisser les branches d'eucalyptus devant la porte et elle se charge de leur donner elle-même. Si elle apprend que tu y as introduit un mâle, elle va être furax ! Il faut absolument le récupérer au plus vite.

- Oh la la. Tu peux venir avec moi, j'ai peur qu'il ne veuille pas obéir ?

- OK, je prends ma douche et j'arrive, *gérald*... enfin *darling*.

Et Bruce se glissa dans la salle de bain en pensant que décidément, les filles étaient toutes cinglées.

Quand ils arrivèrent devant l'enclos des maternités, tout était calme aux alentours, au grand soulagement de Marie. Bruce lui demanda qui était le gaillard à attraper et elle répondit :

- Le n°2047 là, avec la tache sur l'oreille.

Et elle appela doucement :
- Jésus, Jésus, c'est l'heure.
Le koala tourna la tête vers elle un instant puis la détourna pour signifier son désaccord.
- Et voilà, maugréa Marie. Je lui avais donné deux heures et il reste encore une demi-heure. Il ne veut pas venir.
- Arrête, c'est n'importe quoi ! dit Bruce en haussant le ton. Tu vas me dire que tu lui a laissé une montre aussi ? Allez, ouvre la porte, je vais le chercher.
Marie déverrouilla avec peine la serrure et Bruce s'engouffra dans l'enclos. Avant que Jésus ait le temps de réagir il se retrouva à voler au-dessus d'Alice, ses pattes fermement serrées dans les mains du jeune homme.
- Et voilà, extraction réussie, dit Bruce en sortant de l'enclos.
Jésus était si décontenancé qu'il ne protesta pas. Il se contenta de lancer un regard inquiet à sa soigneuse qui lui caressa l'oreille pour le rassurer et lui affirma qu'elle passerait le voir tous les jours pour lui donner des nouvelles d'Alice. Au moment de rentrer dans l'enclos Kosciuzko, il essaya tout de même de sauter sur l'épaule de Marie, et Bruce, qui commençait à penser que ce koala comprenait vraiment ce qu'on lui disait, l'interpella :
- Écoute mon gars, c'est le week-end, alors tu vas laisser ta soigneuse s'occuper un peu de moi, d'accord ?

Quelques jours plus tard, Marie fut interpellée par le Dr.Jack lorsqu'elle entra dans la clinique :
- Ah Marie, on a eu une naissance, viens voir, ce n'est pas si fréquent.
Dans la salle n°1, Jenny et Judith étaient penchées sur la table d'auscultation recouverte d'une serviette blanche sur laquelle reposait un minuscule bébé koala.
- Ouah, il est tout petit, dit Marie. On dirait un souriceau.
- Oui, il ne ressemble pas à grand-chose, confirma Jenny. Difficile d'imaginer qu'il va devenir un koala tout poilu.
- C'est un mâle ou une femelle ?
- Un mâle d'après Jack, mais je me demande bien comment elle peut l'affirmer, il est tellement petit.
- Ça y est les filles, vous avez terminé vos observations ? intervint le Dr.Jack. Sa mère s'impatiente, elle aimerait bien qu'on lui rende son bébé.
Marie tourna la tête et vit qu'Alice, enfermée dans une cage de transport, commençait à s'agiter. Jenny et Judith se mirent à deux pour amener la serviette et le nouveau-né devant la cage. Le Dr.Jack ouvrit la porte et Alice tendit une patte, attrapa délicatement son petit et le fit glisser dans sa poche maternelle.
- Là, le voilà rentré bien au chaud, dit le Dr.Jack avec satisfaction.
- Il est en bonne santé ? demanda Marie.
- Je n'ai pas repéré d'anomalie, mais c'est difficile à dire tant ils naissent à un stade presque embryonnaire. Les prochains jours seront cruciaux,

on va surveiller ça, mais il n'y a pas de raison que ça ne se passe pas bien. En attendant, au boulot ! Les autres pensionnaires vous attendent. Je ramène celle-ci à la maternité.

Marie ne put s'empêcher d'aller annoncer la bonne nouvelle à Jésus dès la pause déjeuner. À la joie qu'elle perçut dans les yeux du koala, elle fut persuadée qu'il avait bien compris le message. Et quand il essaya d'agripper sa jambe à travers le grillage, elle fut navrée de devoir lui dire :
- Non mon grand, on ne peut pas aller le voir maintenant, il faut que ton fils grossisse un peu et qu'Alice se repose. Sois patient.
En tout cas elle pensait que c'était une erreur de croire que les koalas mâles se fichaient de leur progéniture et elle était bien disposée à le prouver.

La semaine suivante, alors que Marie traversait l'accueil de la clinique pour raccrocher un trousseau de clés au mur, son attention fut attirée par une feuille qui traînait sur le bureau. Elle se pencha et reconnut l'écriture du Dr.Jack.

- Nom de nom, c'est pas possible ! s'écria-t-elle.

Et d'un pas décidé elle se rendit au bureau du Dr.Jack, frappa à la porte et entra. Le docteur était en pleine conversation avec le Pr.Patrick.

- Oui Marie, qu'est-ce qui t'amène ?

- Et bien je viens de voir à l'accueil le planning des réintroductions pour la semaine prochaine, et il y a le n°2047 prévu à Toowoomba.

- Peut-être, et alors ?

- Alors c'est pas possible...

- Pourquoi c'est pas possible ?

- Mais parce que c'est le père du petit qui vient de naître. On ne peut pas les séparer comme ça, avant même qu'ils aient fait connaissance.

- Oh écoute Marie, on en a déjà discuté, les koalas mâles n'en ont rien à faire de leurs rejetons. Et s'il est sur la liste, c'est qu'il est guéri. On ne peut pas garder nos pensionnaires toute leur vie, on les relâche où on les a prélevés, c'est la règle.

- Mais là vous faîtes une erreur. Et vous n'avez pas de cœur, je vous assure que ce koala est très attaché à sa femelle et qu'ils formeront une belle famille...

- Tais-toi, c'est n'importe quoi ! Qu'est-ce que t'en sais ? Tu lis dans la tête des koalas ? Ils ne connaissent pas la notion de famille, un point

c'est tout.
Marie, dépitée, se retourna et quitta le bureau en claquant la porte. Alors qu'elle marchait vers la sortie, elle se ravisa et fit demi-tour pour aller s'excuser. Mais arrivée devant la porte du bureau, elle tendit l'oreille quelques secondes avant de s'enfuir d'un pas pressé.

Cet après-midi-là, personne ne la vit assise en tailleur dans l'enclos Kosciuzko en train de pleurer en serrant Jésus dans ses bras. Il faut dire que la scène ne dura que quelques minutes. Marie était une battante et elle avait déjà une idée pour essayer de sauver la mise. Dès la fin de sa journée de travail, elle se rendit dans la bibliothèque. Elle y retrouva Yasushi qui y étudiait assidûment. Elle s'installa devant l'ordinateur de la salle et le Japonais lui demanda :
- Tu cherches documents ?
- Oui, sur le comportement social des koalas. Tu n'as rien lu sur le sujet ?
- Oh non, moi plutôt sur physiologie. Koalas pas très social je crois.
- Oui, et bien je serai la première à rédiger un article scientifique démontrant le contraire...
Mais face au rêve, la réalité est souvent bien cruelle. Et de tous les documents traitant de la sociabilité des koalas que Marie trouva dans la bibliothèque, aucun ne lui permit d'étayer sa thèse.
Désabusée, elle rentra chez Bruce et là, épuisée, elle fondit en larmes en lui racontant son terrible après-midi :
- … alors je fais demi-tour pour m'excuser mais j'entends Jack qui dit : « qu'est-ce qu'elle peut être têtue et arrogante celle-là » et Pat qui lui répond : « c'est tout de même pas une gamine *frenchie* qui va nous apprendre notre métier ! »... Oh Bruce, il faut absolument qu'on trouve une solution pour que Jésus reste ici.
- Ne t'inquiète pas *darling*, on va trouver, dit le jeune homme en la serrant dans ses bras.
- Et si... si on l'enlevait et qu'on le planquait ici. On pourrait simuler une évasion comme il avait fait l'autre fois. On arrache un bout de grillage et il disparaît, c'est crédible !

- Oui mais c'est impossible de le garder caché ici incognito, sois réaliste! Il faut trouver une raison pour qu'il reste au centre... Qu'il soit blessé par exemple.
- Ah non ! On ne va quand même pas lui faire du mal !
- Bon, et bien je sais pas. Si on dînait, on a besoin de reprendre des forces ?
Marie resta mutique durant tout le repas malgré les plaisanteries lancées par Bruce pour essayer de la décrisper. Finalement, alors qu'il découpait un ananas pour le dessert, il s'écria :
- J'ai trouvé ! Et si on le relâchait dans la plantation ? C'est vrai quoi, je me suis toujours demandé pourquoi on se tapait parfois des centaines de kilomètres pour les réintroduire pile où on les avait trouvés alors qu'ils seraient très bien dans la plantation avec de la nourriture à profusion. Il faut que tu dises à Jack et Pat de le libérer ici, c'est tout, et tu pourras continuer à le voir de temps en temps. T'es pas d'accord ?
- Si, mais il ne vont jamais accepter.
- Pourquoi ?
- Parce qu'ils sont bornés : on les relâche où on les a trouvés, un point c'est tout. Et en plus moi, je suis grillée...
- Alors il faut demander à la directrice, ils lui obéiront. Et elle t'a à la bonne, Donna. Profites-en.
- Je ne sais pas, t'as peut-être raison...
- Bien sûr que j'ai raison. Elle arrive demain matin, tu vas la voir et tu lui expliques la situation...
- Mais Jack et Pat vont être furieux quand ils sauront que ça vient de moi. Il faudrait que ce soit toi qui lui demandes.
- Et bien on ira tous les deux. En attendant goûte-moi cet ananas, il est mûr à souhait.

Le lendemain matin, Bruce et Marie se présentèrent de bonne heure dans le bureau de la directrice. Donna était avenante, comme à son habitude, et leur demanda la raison de leur visite. Bruce lui expliqua son idée de relâcher des pensionnaires dans la plantation du centre plutôt qu'à des centaines de kilomètres de Yallolaba. La directrice

l'écouta avec attention avant de lui dire :
- Si je comprends bien Bruce, depuis que vous vivez ensemble avec Marie, tu n'as plus envie de te farcir des expéditions de trois jours avec nuits dans le *bush* pour ramener les koalas dans leur communauté d'origine.
- C'est un peu ça, je vieillis...
- Ça me fait penser, j'ai reçu un courrier il y a quelques temps. Attendez...
Elle fouilla dans la paperasse qui s'entassait sur son bureau.
- Ah voilà, du ministère de l'Environnement, secrétariat d'État à la Biodiversité. Ils demandent à tous les responsables de refuges de dénombrer les individus qui pourraient être mobilisés pour repeupler les zones dévastées par les incendies. Ça veut dire qu'on va être obligés d'utiliser nos pensionnaires pour constituer de nouvelles communautés dans des lieux où l'espèce a disparu ou est en voie d'extinction. Or au BEKS on n'a jamais créé de nouvelles communautés de koalas. Je pense que ce serait bien d'essayer d'en développer une à proximité du centre pour qu'on puisse observer comment les individus s'organisent, voir s'ils fraternisent ou s'ils se déchirent. On pourra intervenir si ça tourne mal. C'est un beau projet d'étude, je vais en parler à Pat et Jack.
- Et ça peut se réaliser rapidement si on annule les réintroductions déjà planifiées et on associe les koalas concernés à ce projet, dit Marie qui venait de reprendre espoir.
- Oui, on ne manque pas de ressources dans la plantation, confirma Donna. Et Marie, puisque tu es là, il faut que je te dise. Ce serait bien que tu viennes à Brisbane pour rencontrer l'équipe du Pr.Baggel qui a mis au point le nouveau traitement contre la chlamydia qu'on va tester ici. Ils vont t'expliquer le protocole à suivre pour l'essai thérapeutique. J'ai pensé que tu pourrais rentrer avec moi samedi prochain, tu dormiras à la maison, on habite à côté de l'université, et je te ramènerai le jeudi suivant. Ça te va ?
- Oui, et ça tombe bien, il faut que j'aille à Brisbane faire prolonger mon visa, dit Marie qui avait retrouvé du baume au cœur.

À peine sortie sur le perron Marie se jeta dans les bras de Bruce et l'embrassa fougueusement.
- Ah mon Bruce, tu es génial ! Grâce à toi Jésus va rester ici.
- Oui, enfin il va être relâché dans la plantation mais rien ne dit qu'il va rester à proximité du centre. Il sera libre d'aller où il veut.
- Mais non, il va rester par ici, il ne voudra pas s'éloigner.
- De toi ?
- De moi je ne sais pas, mais d'Alice sûrement. Il a envie de s'occuper de son petit, j'en suis persuadée, quoi qu'en pensent Jack et Pat.
- Et bien on verra, conclut Bruce satisfait que son amie ait retrouvé le sourire.
Lorsqu'elle croisa Jack et Pat dans la clinique, Marie s'excusa pour son comportement de la veille. Ils ne lui en tinrent pas rigueur :
- C'est oublié, ne t'inquiète pas. Ça nous arrive à tous d'avoir les nerfs à vif parfois. Tu as de quoi t'occuper aujourd'hui ?
Marie répondit d'une voix enjouée que le travail ne manquait pas et fila dans une salle de consultation. Quand plus tard Donna vint informer Pat et Jack de la missive gouvernementale et de son projet d'établir une communauté expérimentale de koalas dans la plantation, ils n'imaginèrent pas un instant qu'il puisse y avoir la main de Marie là-dessous.

Dimanche matin, Bruce et Marie couraient sur la piste à travers la plantation depuis quelques minutes lorsque le jeune homme tendit le bras à droite et dit :
- On va prendre le sentier, là.
- Si tu veux, je te suis, répondit Marie en soufflant. Avant de râler : mais pourquoi tu nous emmènes ici, on se fait griffer par les branches !
- Ne te plains pas, c'est moi qui ouvre la route et qui ramasse toutes les toiles d'araignées.
Le sentier déboucha rapidement sur une petite clairière autour d'un gros rocher.
-Ouah ! s'écria Marie. On dirait un mini-Uluru.
- Heu, non, pas vraiment.

- Mais si, le rocher a la même forme.
- Mais pas la même couleur, on n'est pas dans le centre rouge ici.
- Oui bon, et pourquoi tu nous a amenés ici ?
-Parce que Donna m'a demandé de trouver un endroit dans la plantation où établir la nouvelle communauté de koalas. Je pense que ça leur ferait une belle place du village.
- Et t'imagines peut-être aussi le mâle dominant monter sur le rocher et prononcer son discours devant les membres du clan rassemblés à ses pieds ? demanda Marie en rigolant.
- Non, j'ai pensé à toi, répondit Bruce sérieusement.
- Comment ça à moi ?
- Visiblement, tu n'as pas trop le sens de l'orientation.
- Si, pourquoi ?
- Parce qu'on doit être à moins de cent mètres des habitations du centre en coupant par la forêt. Ça sera pratique quand tu voudras voir ton Jésus.
- Ah oui, mais non, moi je ne passe pas à travers cette forêt dense, je ne veux pas tomber sur un *goanna* géant ou un autre animal monstrueux !
- Oui, mais Jésus, lui, pourra venir te voir facilement en sautant d'un arbre à l'autre.
- T'as vraiment pensé à ça ? Je t'adore mon Bruce.
Et elle lui colla un baiser sur la joue.
- Allez, on y va, on a pas encore commencé à courir, là, s'exclama l'athlète ragaillardi.

Le jour prévu pour la libération des pionniers qui allaient créer une nouvelle colonie à Yallolaba était le jeudi après-midi suivant. Jenny et Judith procédèrent la veille aux dernières visites médicales des pensionnaires choisis (trois mâles et deux femelles) avant de valider leurs bons de sortie. Pendant ce temps Marie s'occupait de Tam, le rescapé de la rage et elle nota sur sa fiche de suivi : encourageant, ne présente plus de signes d'agressivité, rythme cardiaque normal. À surveiller néanmoins : continue de baver abondamment. Et elle pensa : c'est dégoûtant, heureusement que Bruce ne présente pas le même

symptôme.
Le jour venu, Bruce entassa les cinq cages individuelles contenant les vedettes du moment dans le coffre du Land Rover et se mit en route lentement sur la piste de la plantation. Derrière lui, de nombreux employés du BEKS le suivaient à pied pour assister à l'événement. Maggie avait même invité un reporter du journal local de Toowoomba. Il n'avait pas hésité une seconde, les articles sur les koalas du BEKS étaient toujours très appréciés des lecteurs et il était persuadé que si son rédac' chef acceptait de mettre son papier en une, les ventes du week-end s'envoleraient. Vue de loin, cette petite troupe ressemblait un peu à un cortège funéraire, mais heureusement les participants étaient dans l'ensemble plutôt joyeux. À part le Dr.Jack qui redoutait que les koalas libérés ne parviennent pas à s'entendre et se bagarrent entre eux. Ils allaient en effet devoir désigner un mâle dominant et elle ne voyait pas bien lequel ferait l'affaire : le n°2012 ? Un gros pépère assez vieux qui semblait bien mollasson. Le n°2017 ? Ce jeune très mignon manquait sans doute de maturité pour endosser ce rôle. Restait le n°2047. N'était-ce pas le fameux père de famille de Marie celui-là ? Quand j'y repense, quelle naïve, un koala mâle qui veut s'occuper de son rejeton... Marie, elle, était anxieuse, non par crainte de bagarres, mais parce qu'elle imaginait que Jésus, sentant souffler le vent de la liberté, pourrait s'enfuir en courant à l'ouverture de sa cage et disparaître à jamais dans la forêt. On serait bientôt fixé, Bruce venait de s'arrêter devant le petit sentier. Les volontaires se pressèrent pour s'emparer d'une cage et la porter jusqu'à la clairière. Là, chacune fut déposée au pied d'un grand eucalyptus et la directrice se fendit de quelques mots sur ce moment émouvant où de valeureux koalas allaient permettre de sauver leur espèce en fondant une nouvelle communauté prospère à Yallolaba. Elle précisa qu'ils n'étaient que cinq ce jour-là, mais que si ça se passait bien d'autres viendraient les rejoindre dans les prochaines semaines. Le journaliste noircissait un carnet de toutes ces informations pour rédiger son article. Puis vint le moment d'ouvrir les cages. Les koalas sortirent prudemment, mais une fois dehors, surpris d'être entourés d'une telle foule et suivant leur instinct, ils se précipitèrent sur les arbres les plus

proches qu'ils escaladèrent promptement grâce à leurs griffes crochues. Seul un individu resta au sol. Il tourna la tête à droite, puis à gauche, avant de se mettre à courir à travers l'assemblée pour finalement s'accrocher aux jambes d'une jeune femme. Le journaliste en profita pour prendre une photo qu'il commenterait ainsi dans son article : « ce koala a été si bien traité au BEKS qu'il refuse de quitter sa soigneuse ». Marie était furieuse alors qu'interrogations et consternation se répandaient dans l'assistance. Elle s'accroupit à hauteur de Jésus pour le raisonner (en français) :

- Je t'ai déjà dit au revoir ce matin mon grand. Je t'ai tout expliqué, on ne t'abandonne pas, tu peux venir nous voir quand tu veux, ce n'est pas loin à travers la forêt. Allez file, sinon ils vont te renfermer et te faire tout un tas d'examens pour essayer de comprendre ton comportement. Ce ne sera pas drôle, je t'assure.

Elle lui donna une petite tape sur les fesses, et Jésus obtempéra. Il se hissa en haut d'un eucalyptus, s'installa sur une branche confortable et commença à en mâcher les feuilles. Soulagement dans l'assemblée : ce koala semblait capable de se réadapter à la vie sauvage.

- Ah, c'est bon, tu n'as qu'un petit sac à dos. J'ai oublié de te dire que mon coffre est minuscule. Ça va, tu es en forme ?
- Oui, oui, tout va bien.
Marie venait de rejoindre la directrice qui l'attendait à côté de sa petite MG rouge. Elle avait abandonné Bruce qui dormait encore en ce samedi matin.
- Et bien alors en route, dit Donna en fermant le coffre.
- C'est la première fois que je monte dans une décapotable, dit Marie. Elle a une sacrée allure. Elle est de quelle année ?
- 1971. Mon mari me dit que je suis folle de rouler encore avec, mais c'est, comment dire... affectif. C'était la voiture de mon père et il m'emmenait avec lui quand j'étais une petite fille pour nous promener sur les routes de campagne. À son décès, il avait inscrit dans son testament : la MG, c'est pour Donna. Mon frère était jaloux, mais on a respecté sa volonté. Et chaque fois que je démarre, je pense à lui, je suis sûre qu'il me protège d'où il est.
- Tu n'as pas peur de tomber en panne ?
- Oh non, la mécanique est fiable et j'ai un bon garagiste. J'ai plutôt peur d'avoir un accident. C'est un peu une boîte de sardines, il n'y a pas d'airbag ni d'autres dispositifs de sécurité modernes.
- Et une collision avec un kangourou est vite arrivée.
- Je ne redoute pas trop les kangourous, en général je ne roule pas la nuit. Ce sont les *road-trains* qui me font peur. La MG est basse et je ne dépasse pas la hauteur de leurs roues. Chaque fois que j'en croise un, je

suis soufflée sur le côté, je dois rester vigilante.
- Ah oui j'en ai vu quelques-uns de ces camions géants, il n'y a vraiment que les Australiens pour construire des monstres pareils, conclut Marie.
La MG n'étant pas adaptée pour parcourir la piste directe qui reliait Toowoomba et Yallolaba, Donna s'engagea sur la petite route asphaltée qui serpentait à travers la campagne, peut-être la même qu'elle parcourait jadis en compagnie de son père. Mais le trafic était plus soutenu qu'à l'époque. Et à une vingtaine de kilomètres de leur point de départ, à l'entrée d'un virage à droite, les deux femmes sursautèrent en entendant le coup de klaxon d'un *road-train* qui arrivait en face à toute allure. La route était trop étroite, la conductrice donna un coup de volant réflexe vers la gauche, la MG quitta le bas-côté et s'envola pour retomber brutalement dans le champ en contrebas où elle fit plusieurs tonneaux avant de s'immobiliser. Les seuls témoins du drame étaient deux *cockatoos* qui s'envolèrent aussitôt de leur eucalyptus et se mirent à tourner haut dans le ciel au-dessus de l'épave en poussant des cris rauques et sinistres.

Interlude

Je me réveille en sursaut. J'ai travaillé jusque tard dans la nuit, qui peut bien m'appeler si tôt ? Je tends le bras et j'attrape mon téléphone sur la table de chevet.

- Allô ?

- Allô oui c'est Marie.

- Ah, Marie, comment vas-tu ma chère ?

- Mal, je suis furieuse. Qu'est-ce que c'est que cette fin en queue de poisson ? Il n'a jamais été question que je meure dans un accident de voiture, c'est n'importe quoi !

- Calme-toi, ce n'est pas encore fini d'abord...

- Ah oui ? Et quoi alors ? Je vais ressusciter ? Rester clouée sur un fauteuil roulant ?

- Non non, avec Donna vous allez recevoir des hommages posthumes de toute l'Australie. Deux femmes scientifiques au service des koalas en péril qui disparaissent dans un accident de la route, c'est un drame insoutenable. On parlera même de toi sur TV8 Clermont-Ferrand.

- Mais je m'en fiche ! C'est que vous ne voulez plus écrire mon histoire, c'est ça ? Vous êtes un paresseux et vous choisissez la fin la plus rapide. Mais je ne suis pas d'accord, dans le contrat on avait dit une *happy end* hollywoodienne.

- Mais c'est l'éditeur qui ne veut pas dépasser 250 pages. Il dit qu'au-delà le lecteur se lasse...

- Quel goujat ! Ma vie je la trouve exaltante tous les jours et elle mérite bien plus de 250 pages. Si le lecteur se lasse c'est parce que votre plume n'est pas assez affûtée pour le piquer.

- Non, c'est parce que tu ne te livres pas assez. Écoute, tu es omniprésente dans cette histoire et c'est normal, c'est la tienne. Mais finalement, le lecteur ne sait que bien peu de choses de toi, de tes pensées, de tes ambitions... Et je suis sûr qu'il aimerait avoir de temps en temps quelques détails croustillants. Tu pourrais par exemple laisser entrouverte la porte de votre chambre avec Bruce ou...
- Pas question ! On avait bien dit pas de scènes de sexe torrides pour attirer le chaland. Je veux que mon histoire puisse être lue par les enfants. Et à propos de Bruce justement, vous ne pourriez pas le rendre un peu plus... amoureux. Là, je ne suis pas très sûre de ses sentiments.
- Mais ton affaire avec lui, c'est bien juste une amourette exotique le temps de ton séjour, n'est-ce-pas ?
- Oh non ! Il faudra que ce soit bien plus fort que ça quand je vais lui demander de m'épouser pour que je puisse rester en Australie.
- Quoi ? Tu ne veux plus rentrer en France maintenant ? C'est pas possible, c'est toujours moi qu'on prévient en dernier ! Tu ne veux pas revoir ta famille, tes amis ?
- Si bien sûr, mais je ne pourrai jamais quitter les koalas. Vous ne pourriez pas les faire venir ici ?
- Pour ton mariage avec Bruce ?
- Oh oui, ce serait génial !
- Bon, je vais voir ce que je peux faire. Mais je ne te promets rien. Les services de l'immigration australiens sont très stricts. En attendant si je comprends bien, on repart vingt kilomètres en arrière. Et bon séjour à Brisbane...

La MG n'étant pas adaptée pour parcourir la piste directe qui reliait Toowoomba et Yallolaba, Donna s'engagea sur la petite route asphaltée qui serpentait à travers la campagne, peut-être la même qu'elle parcourait jadis en compagnie de son père. Mais le trafic était plus soutenu qu'à l'époque. Cependant, la circulation était plutôt calme le samedi matin et la vaillante MG mena ses passagères à bon port vers 12:00 am.
- On habite à côté de l'université, à St Lucia, expliqua Donna en arrivant. Et pour aller dans le centre-ville il y a un embarcadère pour prendre le *CityCat* pas loin.
- Ça a l'air d'être un quartier très agréable, dit Marie en regardant les maisons alignées sur leurs carrés de gazon vert.
- Oui, on est au calme. Et pouvoir aller au boulot à pied, c'est extra, ajouta Donna.
La conductrice tourna à gauche et entra dans le garage accolé à une maison de plain-pied.
- Et voilà, nous y sommes.
Les deux femmes retirèrent leurs bagages du coffre et pénétrèrent dans un vaste séjour lumineux qui donnait d'un coté sur la cuisine et de l'autre sur une baie vitrée ouverte sur la terrasse. Donna mena Marie jusqu'à la chambre d'amis et lui indiqua la salle de bain.
- Tu es ici chez toi, lui dit-elle.
- Merci, c'est très gentil.
Puis elles sortirent rejoindre dans le jardin un homme occupé à tailler les

rosiers. Donna fit les présentations :
- Ron, mon époux. Marie, notre vétérinaire française.
- *Nice to meet you Ron.*
- J'adore la France. Paris est si magnifique, le Louvre, le musée d'Orsay...
- Ron est un grand amateur de peinture, le coupa Donna. Tu nous a préparé un petit lunch, *darling* ?
- Oui, léger, j'ai fait des *wraps* si ça vous va.
- Parfait. On va prendre un verre de vin en attendant que tu finisses ton jardinage.
- Je vous rejoins dans cinq minutes.
Les deux femmes regagnèrent la terrasse où Ron avait déjà dressé la table. Donna alla chercher une bouteille dans le réfrigérateur et la présenta à Marie avant de l'ouvrir :
- Du chardonnay de South Australia, ça ira ?
- Oui oui, c'est parfait. Au moins ça changera de la XXXX.
- Ron et moi nous ne buvons pas de bière. On produit du vin en Australie, autant en profiter. Je ne sais pas s'il sera aussi bon que vos vins français, dit Donna en remplissant les verres.
- Oh si, sûrement, mais je ne suis pas une spécialiste... Qu'est-ce qu'on est bien ici, on est loin du centre de Brisbane ?
- À peu près un quart d'heure en *CityCat* je dirais.
- Oh c'est génial d'aller en ville en bateau quand la plupart des gens s'entassent comme des rats dans les métros...
- Oui, tu pourras essayer demain si tu veux. Il faut que je te prévienne, nous sommes invités toute la journée chez mon frère et ma belle-sœur. Tu peux venir avec nous si tu veux, mais si tu préfères visiter la ville, fais comme tu veux.
- Oui, je crois que je vais vous laisser en famille.
Ron rentra du jardin et alla se laver les mains dans la cuisine. Il en revint avec un plat de *wraps* qu'il déposa sur la table avant de saisir son verre de chardonnay. Ils discutèrent de choses et d'autres, comme des bons petits restaurants de *Lyons* dont Ron se souvenait bien. Marie découvrit son origine canadienne et sa profession de commercial pour un labo

pharmaceutique. Il était expatrié quand il avait rencontré Donna et après ça avait été un casse-tête pour qu'il puisse rester en Australie et l'épouser. Marie se dit qu'elle devrait absolument demander aux services de l'immigration comment elle pourrait rester après l'expiration de son visa.
Ils firent une longue sieste dans des transats après le lunch, puis Donna proposa d'aller se promener au jardin botanique du Mt Coot-tha qui surplombait la ville. Il offrait un beau panorama et Marie pourrait avoir une vue d'ensemble sur Brisbane. Ron approuva et ajouta qu'ils pourraient même dîner au restaurant panoramique. Il décrocha son téléphone et réserva une table pour trois convives à 6:30 pm.
Marie somnolait sur la banquette arrière, bercée par la circulation dans les rues de Brisbane. Lorsque Ron gara sa Nissan sur le parking du Mt Coot- tha, elle leva une paupière et s'exclama :
- Ouah, ils sont trop beaux ces arbres bleus, qu'est-ce que c'est ?
- On est en période de floraison des jacarandas. C'est vrai que cette années ils sont bien garnis.
- Ils sont magnifiques avec toutes ces petites fleurs.
- On va se promener ?
- On est venus pour ça.
Ils s'engagèrent sur le chemin piéton qui serpentait à travers le jardin où Marie put découvrir les plantes subtropicales les plus courantes comme les plus rares conservées à l'abri dans des serres. Ils croisèrent quelques touristes en chemin, mais surtout de nombreux reptiles de la *rainforest* comme les *dragons*, ces gros lézards à collerette qu'on croirait surgis de la Préhistoire. Sans oublier les oiseaux bien sûr : *kookaburras, rainbow lorikeets* et *cockatoos*. Tous chantaient joyeusement au passage des visiteurs. Ils déambulèrent pendant presque deux heures avant de reprendre la voiture pour atteindre le sommet du Mt Coot-tha. Il était encore un peu tôt pour dîner, mais ça laissait le temps de contempler le soleil couchant sur la ville. Le temps était clair et la vue panoramique s'étendait jusqu'à l'océan. Les tours de la City reflétaient sur leurs façades de verre les lueurs orangées du crépuscule, le spectacle était grandiose.

- Ça vaut ta colline de Fourrière ? demanda Donna.
- Fourvière ? Oh oui, ce n'est pas si haut.
- La motte Montmartre de Paris, ce n'est pas mal non plus, ajouta Ron.
- Oui, enfin ce n'est pas tout à fait le même style.
Puis ils se rendirent au restaurant qui profitait de sa situation géographique pour afficher des tarifs élevés pour des plats plutôt ordinaires : salades, steak-frites, hamburgers... Heureusement pour Marie, Ron annonça en entrant qu'il réglerait l'addition, et elle put savourer en toute quiétude son entrecôte haricots verts accompagnée d'une bouteille de Syrah choisie par Donna, devant les lumières de la ville en contrebas.

Le dimanche matin, Marie se réveilla assez tôt et pourtant le soleil brillait déjà. Elle se sentait en pleine forme et sauta dans la salle de bain pour bien commencer sa journée. Puis vêtue de sa robe rouge, elle se dirigea dans le séjour. Donna était déjà sur la terrasse et buvait un café. Elle l'invita à se joindre à elle pour avaler un bon breakfast.
- Je t'ai sorti un plan de la ville, si tu veux visiter Brisbane à l'ancienne, sans ton smartphone.
- Merci, c'est gentil. Qu'est-ce qu'il faut voir en priorité ?
- Oh, le centre historique est assez agréable avec ses pubs et ses boutiques, même si ce n'est pas aussi ancien que le *old Lyons* bien sûr. Il y a aussi le *Royal botanical garden* et *South bank* pour se promener agréablement. Tu peux aussi aller flâner au milieu des gratte-ciel de la City, mais un dimanche ça risque d'être désert. Et je te conseille de prendre un pass *Citycat* pour la journée, c'est à peine plus cher qu'un ticket aller-retour et tu pourras faire une petite escapade en aval de la ville pour observer les belles demeures sur les rives du fleuve.
- Un beau programme en perspective. Comment fait-on pour prendre le *Citycat* ?
- C'est aussi simple que le bus. Pour atteindre l'embarcadère, tourne à gauche au bout de la rue et marche environ deux cents mètres le long du fleuve. Il y en a un tous les quarts d'heure et les tickets sont vendus à bord. On est en bout de ligne donc tu ne risques pas de te tromper de

direction. Tu pars à quelle heure ?
- Et bien, je lave mon bol et j'y vais.
- Oh, laisse la vaisselle, je rangerai. Mais je vais te laisser un trousseau de clés et te montrer comment déconnecter l'alarme parce que nous n'allons peut-être pas rentrer avant 4:00 pm ou 5:00 pm.
-Non non, c'est bon, je vais rentrer en début de soirée, contredit Marie qui ne souhaitait pas se préoccuper de ce genre de contingences matérielles.
Elle suivit les instructions de Donna et se retrouva à l'embarcadère en quelques minutes. Il n'y avait pas foule, seul un couple de personnes âgées attendait paisiblement sur un banc. Marie les salua et deux minutes plus tard, le bruit sourd des moteurs d'un catamaran géant recouvrit le fleuve. Il sembla passer devant l'arrêt à pleine vitesse, mais effectua juste après un demi-tour serré qui le mena à hauteur du quai. Le marin du bord ouvrit les chaînes et déploya la passerelle, mais personne ne descendit, il n'y avait pas de cours à l'université le dimanche. Marie monta à bord derrière les retraités et n'eut pas le temps d'acheter son ticket dans la cabine que le navire était déjà reparti. Elle ressortit se poster debout contre le bastingage de la proue pour profiter de l'air frais et s'imaginer voguant vers le grand large. Elle laissa passer quelques arrêts avant de descendre à South bank : un grand espace de verdure à proximité du centre-ville qui abritait une *mini-rainforest* et toute sa faune attenante ainsi que de nombreux restaurants entourés de bougainvilliers flamboyants. Après avoir déambulé près d'une heure dans ce parc très prisé des citadins le week-end, Marie se dit qu'il était temps de franchir le pas et de vraiment revenir en ville. Après trois mois passés dans le *bush* et la forêt de Yallolaba, elle ressentait une certaine appréhension en traversant le pont au-dessus du fleuve. Heureusement, Brisbane n'était pas New-York ni Tokyo, et une fois passés les grands boulevards périphériques elle se retrouva dans le centre historique avec ses rues commerçantes piétonnes ou à circulation restreinte. Les anciens bâtiments coloniaux étaient disséminés au milieu d'immeubles plus récents abritant galeries marchandes, cafés et restaurants. Arrivée sur la place de l'hôtel de ville, elle entra dans le *city hall* d'où il était possible

de monter dans la tour de l'horloge. Malheureusement, la tour était fermée le dimanche et Marie ressortit s'asseoir sur un banc pour se reposer un moment en observant les ibis qui pullulaient sur la place. Ces échassiers noir et blanc hauts d'une cinquantaine de centimètres ne se contentaient pas d'attendre une poignée de miettes lancée par une vieille âme esseulée comme les pigeons de la place des Terreaux. Non, les ibis recherchaient activement matière à se sustenter. Comme celui-ci à gauche qui d'un battement d'aile s'était perché sur le rebord d'une poubelle qu'il fouillait frénétiquement de son long bec. Ses efforts furent vite récompensés car après avoir retiré quelques détritus il en ressortit une frite qu'il avala goulûment en levant le bec vers le ciel. Marie sursauta lorsqu'un de ses compères sauta sur le banc à côté d'elle, sans doute avec l'intention d'explorer son sac. Elle le chassa avant de décider de se remettre en route. Dans les rues commerçantes, elle eut l'œil attiré par les nombreuses boutiques souvenirs destinées aux touristes et pensa que ce serait l'occasion d'acheter quelques bricoles pour ses parents et ses amis français. Si elle ne revenait pas à Brisbane, il ne lui resterait que les boutiques de l'aéroport. Elle entra donc chez Suzy Souvenirs et en sortit une demi-heure plus tard son sac plein à craquer de breloques made in China à deux sous mais qui portaient haut les couleurs *aussies*. Comme des panneaux routiers jaunes en plastique annonçant *kangaroos next 100km*, des mini-koalas en peluche avec ventouses aux pattes pour coller sur le pare-brise ou encore des casquettes ornées d'un kangourou boxeur. Ces petites affaires lui ayant ouvert l'appétit, elle se rendit au *food plaza* du Myers centre pour avaler un hamburger sur le pouce. Après tout, elle avait brûlé pas mal de calories ce matin.

Elle débuta son après-midi par une petite promenade digestive au *Royal botanical garden* où elle chassa de nouveau un ibis occupé à vider une poubelle. Puis elle se rendit à l'embarcadère de *CityCat* le plus proche pour faire sa mini-croisière sur le fleuve jusqu'au bout de la ligne comme le lui avait suggéré Donna. Sur le trajet du retour, comme il était un peu tôt pour rentrer à St Lucia, elle s'arrêta dans la City pour repérer le building abritant les services de l'immigration où elle avait prévu de se rendre le mercredi suivant. Après cette journée bien remplie elle rentra chez Donna et Ron qui l'attendaient pour dîner autour d'un verre de vin blanc. Elle leur raconta avec exaltation ses découvertes du jour en insistant sur ces voyous d'ibis qui étaient bien les seuls Australiens à laisser traîner des ordures dans les rues.

Donna et Marie marchèrent ensemble jusqu'à l'université le lendemain matin. Arrivées sur le campus, la directrice guida la Française jusqu'au service du Pr.Baggel dans le bâtiment *Biology*.
- Moi je suis au *department Environment*, dans le bâtiment en face. Mon bureau est au deuxième étage, si tu as besoin de quoi que ce soit, n'hésite pas.
Elle poussa la porte du service du Pr.Baggel et un jeune homme vint à leur rencontre.
- C'est Edward, notre doctorant anglais, dit-elle à Marie. *Hello Edward, how are you ?*
- *Hello Donna and hello... Mary.* John s'excuse mais il donne des cours toute la journée et il m'a demandé de te présenter le protocole qu'on a mis au point contre la chlamydia. Par contre il sera là demain et il a prévu de t'emmener avec lui chez BioW-Tech sur la Gold coast, l'entreprise qui fabrique nos traitements, pour récupérer les doses pour Yallolaba.
- Bon, et bien je vous laisse, dit Donna en rebroussant chemin.
- Bonne journée Donna.
Edward commença par présenter à Marie le reste de l'équipe : cinq chercheurs et laborantins en blouses blanches devant des tubes à essai, microscopes électroniques et autres appareils du même acabit. Puis il l'enferma dans la salle de réunion où il entreprit de lui expliquer au tableau le principe de fonctionnement de ce nouveau traitement à base de peptides. Diplômé d'Oxford et en troisième année de doctorat, il était

parfaitement à l'aise avec ce genre de présentation et il commença à schématiser des molécules dans tous les sens avant de s'apercevoir que Marie n'était peut-être pas une spécialiste en biochimie.
- Ah, tu ne sais pas ce qu'est un peptide ? C'est juste un protide formé par un nombre restreint d'acides aminés.
- Oui bien sûr ! C'est tout de suite plus clair...
Et Marie eut droit à une bonne heure d'explications théoriques avant d'apprendre que les premiers tests en laboratoire avaient donné d'excellents résultats sur des cellules infectées par la chlamydia, des résultats encourageants sur des souris malades et qu'il ne restait plus qu'à essayer sur de vrais koalas. Le Pr.Baggel et lui-même avaient convenu d'un protocole qui consistait à injecter aux malades une dose de 3ml de sérum ACP bêta-8 (à récupérer chez BioW-Tech demain) tous les sept jours pour une durée d'au moins deux mois. Marie devrait surveiller attentivement l'état général des individus participant à l'essai thérapeutique et noter tous les signes d'amélioration ou les éventuels effets secondaires et leur communiquer ses observations régulièrement. Ils pourraient décider d'adapter le dosage en cas de besoin. Pour faciliter ses diagnostics, il lui remit une centaine de tests salivaires expérimentaux. S'ils n'étaient pas toujours très fiables, ils étaient en revanche très simples d'utilisation : il suffisait de prélever un peu de salive du koala et de la mettre en contact avec le réactif qui prenait une teinte plus ou moins rouge selon l'intensité du virus.
Marie discuta ensuite longuement avec les autres membres de l'équipe, chacun était fier de lui présenter son travail. En rentrant chez Donna et Ron à la fin de la journée, elle pensa que si ces scientifiques œuvraient eux-aussi à la sauvegarde des koalas, elle préférait de loin son poste sur le terrain. Ils n'avaient même pas une photo de koala dans leur laboratoire.
Le Pr.Baggel, la soixantaine bedonnante, accueillit chaleureusement Marie le lendemain matin. Il commença par lui tenir à peu près le même discours qu'Andrew la veille, puis en fin de matinée il lui proposa de l'accompagner chez BioW-Tech pour visiter leurs installations. Après trois quarts d'heure d'autoroute en direction du sud parcourus à vive

allure, sa BMW blanche sortit à Southport et le Pr.Baggel emmena Marie déjeuner sur la terrasse d'un petit restaurant avec vue sur l'océan. Au cours de la conversation, le professeur interrogea la jeune femme sur son avenir :
- Donna m'a dit que tu étais à Yallolaba jusqu'à fin septembre. Qu'est-ce que tu vas faire ensuite ?
- Et bien je suis dans le flou le plus total...
- Je te demande ça parce que je pense qu'on n'aura pas fini l'essai thérapeutique dans trois mois. Même si ça se passe bien, il y aura toujours des paramètres à ajuster pour parvenir à un traitement standardisé. La recherche en biochimie, ça t'intéresserait ?
- Je suis plutôt vétérinaire, réagit Marie avant de se raviser.
Le Pr.Baggel avait peut-être un poste à lui proposer, et au point où elle en était, elle aurait accepté de faire le ménage dans son labo pour pouvoir rester en Australie. Elle ajouta donc :
- Mais la recherche en biochimie doit être passionnante.
- Oui ça l'est. Mais c'est un métier dur et parfois ingrat : il faut souvent des années de travail acharné sans avancée notable avant d'obtenir un résultat exploitable.
Marie se dit qu'effectivement elle préférait soigner les animaux, surtout quand ils étaient aussi adorables que les koalas. Au moins on voyait tout de suite le bien qu'on leur prodiguait.
Le Pr.Baggel régla l'addition et expliqua à Marie en quittant le restaurant que le laboratoire BioW-Tech avec été créé trois ans auparavant par son ami Raymond, un ancien collègue de l'université, afin de produire de nouvelles molécules en petites séries. Il ajouta avec l'air frustré d'un vieux chercheur en fin de carrière que Raymond avait eu beaucoup de flair car sa start-up connaissait un franc succès et que son implantation sur la Gold coast était paradisiaque.
- Le campus de St Lucia n'est pas mal non plus, dit Marie pour le rasséréner.
- C'est vrai. Et Yallolaba ? Ce n'est pas trop dur de vivre loin de tout ?
- Ça va. Au moins on est proche des koalas.
Tout en discutant, ils s'étaient rapprochés de BioW-Tech, et Marie fut

surprise lorsque le Pr.Baggel s'arrêta devant une tour de bureaux et lui indiqua :
- Voilà, c'est ici.
Elle avait en tête les immenses usines pharmaceutiques en banlieue de Lyon, mais réalisa qu'effectivement il ne s'agissait pas du tout du même type de production. Ils se présentèrent à l'accueil de l'immeuble qui hébergeait une dizaine d'entreprises et quelques minutes plus tard un homme sortit de l'ascenseur en tendant les bras :
- Ah, John ! Tu viens chercher ton traitement ?
Et après avoir gratifié le Pr.Baggel d'une vive accolade, il ajouta :
- Et qui est cette charmante jeune femme qui t'accompagne ? Une nouvelle recrue ?
- Non, c'est la vétérinaire de Yallolaba qui va administrer tes molécules aux koalas.
- Marie, de France. *Nice to meet you.*
- *Nice to meet you.* Venez, la production de vos doses est terminée depuis hier soir. Tout s'est bien passé, elles sont au frigo.
Ils montèrent au troisième étage par l'ascenseur. Les locaux de l'entreprise étaient pour le moins exigus. Un petit hall donnait à droite sur un bureau et une salle de réunion tandis qu'une grande paroi vitrée sur la gauche isolait le laboratoire où deux techniciens en blouses blanches et charlottes sur la tête s'affairaient autour d'une grosse machine.
- Ça c'est notre Megamix à trois millions de dollars, dit Raymond avec fierté à l'intention de Marie. C'est un peu comme un robot de cuisine : on introduit les ingrédients à l'entrée, on programme la production, et il nous sort les doses en flacons, prêtes à être injectées.
- De la belle technologie, réagit Marie.
Raymond s'approcha ensuite de l'interphone et dit :
- George, peux-tu nous apporter les doses d'ACP bêta-8, s'il-te-plaît ?
- J'arrive patron.
Raymond et John discutaient chaleureusement dans la salle de réunion lorsque le technicien arriva avec une petite glacière à la main.
- Voilà le traitement, dit-il. 46 flacons de 15ml à conserver à moins de

15°C. Ça devrait suffire pour un premier essai. Mais si vous en avez besoin de davantage ou d'un ajustement, essayez de nous prévenir au moins deux semaines à l'avance, on est bien chargés.
- Non, ne t'inquiète pas John, on vous passera en priorité, intervint Raymond.
- Merci *my friend*, répondit le Pr.Baggel.
Ils discutèrent encore un long moment avant de se séparer. Et le Pr.Baggel dit à Marie :
- Je te confie nos précieuses doses. N'oublie pas de les conserver au frais et une injection de 3ml tous les sept jours.
- Oui professeur, c'est noté.
De retour sur le campus de St Lucia, Marie raccompagna le Pr.Baggel dans son service afin de saluer ses collègues avant de prendre congé. Elle rentra chez Donna et Ron et glissa sa glacière dans le frigo, entre un plat de crudités et une portion de cheddar.

- Numéro 219 pour le guichet B, annonça le haut-parleur de la vaste salle d'attente.
- Ah, c'est pas trop tôt ! râla Marie qui attendait depuis quarante minutes sur une chaise en plastique.
Elle se rendit au guichet B et salua l'agent du service de l'immigration bien protégé derrière une grande vitre. Le petit homme affublé d'une moustache noire et de lunettes rondes en plastique lui demanda sans une note d'empathie :
- Qu'est-ce qui vous amène ?
- Je voudrais prolonger mon visa touristique.
- Passez-moi votre passeport.
Marie lui tendit sa pièce d'identité à travers la petite ouverture.
- Vous avez un billet pour votre retour en France ?
- Oui, je l'ai changé pour le 26 septembre avec Malaysia airlines.
- Faîtes-moi voir ça.
Marie lui passa son téléphone dans lequel était stockée sa réservation.
- Ça a l'air correct, finit-il par dire. Je prolonge votre visa jusqu'au 29 septembre. Mais n'oubliez pas de repartir. Si on vous contrôle en infraction c'est une amende de AUD 1500, expulsion immédiate et interdiction de revenir en Australie avant 10 ans.
- Et... il n'y a pas de moyens pour que je puisse rester plus longtemps ?
- Non. Encore que vous êtes jeune, vous pourriez bénéficier d'un visa *working holidays* valable 12 mois et qui vous permet de travailler dans des exploitations agricoles pour payer votre voyage. Mais vous devez

obligatoirement le demander dans votre pays d'origine.
- Et si je trouve un vrai boulot de vétérinaire, c'est mon métier ?
- Ça me semble difficile, l'Australie ne manque pas de vétérinaires. Et votre employeur devra prouver qu'il n'arrive pas à recruter un Australien aussi compétent que vous.
- Et, et j'ai aussi mon *boyfriend* qui est australien...
- Oh la la, s'il fallait régulariser toutes les touristes qui ont un *boyfriend* australien, on ne s'en sortirait pas !
- Mais si on se marie...
- Vous nous prenez pour qui ? On ne nous le fait pas le coup du mariage blanc. Il faut que vous puissiez justifier d'au moins trois années de vie commune avant d'ouvrir un dossier.
- C'est dingue ! Il n'y a aucune solution alors ?
- Non. Le meilleur conseil que je peux vous donner, c'est de profiter au maximum de vos trois derniers mois de vacances, c'est déjà pas si mal.

Marie passa le reste de la journée à errer dans Brisbane en récriminant contre ce petit moustachu du service de l'immigration qui venait en quelque sorte de lui claquer les portes de l'Australie au nez. De retour le soir chez Donna et Ron par le *Citycat*, elle affichait pâle figure.
- Tu as pu faire prolonger ton visa ? demanda la directrice.
- Oui, trois mois, mais pas plus.
- C'est ce qui était prévu, non ? Le Pr.Baggel m'avait parlé de deux mois pour l'essai thérapeutique. Tu es contente de t'en occuper ? Je pense que c'est bien pour ta formation.
- Oui, oui. Non le problème c'est de me dire que dans trois mois je vais devoir abandonner tout ça, les koalas, l'Australie, vous... Pour rentrer en France et sans doute m'occuper des chiens et des chats de monsieur et madame Toulemonde.
- C'est toujours le même problème avec nos bénévoles. Vous voudriez tous rester mais on n'a pas les moyens de vous embaucher. Alors il faut vous dire que vous avez vécu une belle expérience, et que vous pourrez revenir voir les koalas quand vous voudrez. Ron, tu es prêt ? On va dîner.

Le lendemain matin, Marie n'oublia pas d'emporter les doses d'ACP bêta-8 avec elle à Yallolaba. Bien sûr dans la glacière elle avait ajouté deux blocs de glace sortis du congélateur de Donna : même si à 6:00 am la température était encore clémente, la chaleur dégagée par le petit moteur de la MG allait vite devenir éprouvante. Arrivée au BEKS elle se pressa d'aller déposer les précieux flacons dans le frigo de la clinique avant de passer chez Bruce enfiler son uniforme de soigneuse. Le jeune homme était déjà parti sur le terrain. Il avait laissé sur la table un bol, un bocal de café et un pot de Vegemite avec un mot : « les types de l'immigration t'ont-ils fait passer le test Vegemite ? Je suis dans la plantation toute la journée, à ce soir ». Et Marie répondit : « non, mais j'aurais eu plus de chances même si je déteste ça ».

Elle se rendit ensuite à la clinique où elle croisa le Dr.Jack qui n'avait pas l'air de bonne humeur ce matin.

- Bonjour Jack ! J'ai rapporté les doses pour l'essai thérapeutique, on prévoit de commencer quand ?
- Quel essai ?
- L'essai du nouveau médicament contre la chlamydia, du Pr.Baggel.
- Ah oui, c'est vrai, je l'avais oublié celui-là. Écoute, Donna a voulu que tu sois la référente du BEKS sur ce projet, alors ce serait bien que tu sois autonome. Moi je suis sous l'eau en ce moment. En plus il y a la nouvelle à former là...
- Il y a une nouvelle ?
- Oui, Tao, une Chinoise. Elle a pas l'air d'y connaître grand-chose, et je

suis même pas sûre qu'elle comprenne bien l'anglais. Ça promet...
- Rassure-toi, l'équipe du Pr.Baggel m'a bien expliqué le protocole, je devrais m'en sortir.
- Ah, ces sacrés scientifiques de l'université, ils mettent en place leurs beaux protocoles mais il n'y en a pas un qui a déjà soigné un vrai koala ! Ils injectent leurs molécules peinards sur des souris dans leur labo et quand ils en voient une qui danse le sirtaki ils sont persuadés d'avoir trouvé le Graal : la molécule qui délivrera les koalas de la chlamydia. Mais entre une souris de labo et un koala du *bush*, le ravin semble être infranchissable.
- Ils avaient l'air confiant là, avec les peptides.
- Oh, ils ont toujours l'air confiant, mais ça ne marche jamais. Presque qu'ils disent. Alors ils veulent toujours plus de budget et pillent nos ressources humaines et animales pour leurs essais. Je suis désolée, je vais te laisser te débrouiller, tu connais le métier. Juste n'hésite pas à me demander si tu te retrouves face à un diagnostic difficile. Moi je retourne à mes grands brûlés.
Pour se remettre de ce revers, Marie alla dans la salle n°1 pour se présenter à Tao. La jeune Chinoise observait Judith et Jenny ausculter un gros gaillard blessé à l'œil. Marie échangea quelques mots de courtoisie avec elle puis informa ses collègues qu'elle allait désormais concentrer son travail sur les malades de la chlamydia, elle aurait donc moins de temps pour les visites médicales classiques. Si Jenny râla un peu, Judith fit remarquer que Tao serait rapidement opérationnelle. Puis Marie s'installa au bureau de l'accueil avec un bon agenda pour planifier le déroulement de son essai.
Lorsqu'elle rentra chez Bruce à la fin de la journée, la première chose qu'elle demanda au jeune homme était s'il avait vu Jésus cette semaine.
- Non, aucune nouvelle des relâchés, répondit-il.
- C'est bizarre, j'aurais pensé qu'il reviendrait au centre. Au moins pour voir Alice, dit-elle d'un ton amer. Et toi tu n'es pas allé les voir ? Tu m'as écrit que tu étais dans la plantation aujourd'hui.
- Si, je suis passé brièvement à l'endroit où on les a laissés, mais il n'y avait aucune trace de koalas. Au moins il n'y avait pas de cadavre, c'est

rassurant.
- Oh, c'est pas drôle...
- Non, mais je n'ai pas exploré tous les arbres, ils ont dû s'éloigner un peu, grisés par leur liberté retrouvée. Imagine-toi enfermée trois mois dans un de nos enclos, tu ne serais pas contente de prendre le large une fois libérée ?
- Je sais pas. Moi en tout cas je n'ai plus que trois mois enfermée à Yallolaba et après c'est l'expulsion. Quels connards à l'immigration, j'ai tout essayé et pas moyen de rester après fin septembre. Pas le droit de travailler. Pour refaire du tourisme, il faut d'abord rentrer chez soi avant de pouvoir revenir. Et je lui ai même parlé de mon *australian lover.*
- Sérieux ?
- Et tu sais ce qu'il a dit ? Si on régularisait toutes les touristes qui ont un *boyfriend* australien, on serait submergés ! Non mais quel connard ! Comme si vous étiez tous des tombeurs les Australiens... En plus lui avec sa gueule d'abruti !
- Calme-toi, on a encore trois mois pour régler ça. Et si la France est plus accueillante, et bien... je repartirai avec toi !
- Alors-là fais gaffe, je ne suis pas sûre que la France te plaise.
- Pourquoi ?
- On en reparlera. En attendant on ne sait pas si Jésus s'est fait la belle ou s'il s'est fait dévorer par un wombat en furie ou une autre terreur du *bush*.
- Arrête d'imaginer toujours le pire, ça me fatigue.

Le week-end venu, Marie insista auprès de Bruce pour qu'ils aillent courir dès le samedi matin : elle tenait vraiment à se rendre sur les lieux de la réintroduction des koalas pour y chercher des traces de Jésus. Bruce consentit à modifier ses habitudes pour la satisfaire. Mais arrivée sur place, la jeune femme se sentit oppressée par le silence, on aurait dit que même les plus petits oiseaux retenaient leurs pépiements. Il n'y avait de fait aucune trace des ex-pensionnaires du BEKS. Avaient-ils perçu leur séjour au centre comme un emprisonnement pour en fuir ainsi le plus loin possible ? Finalement ce fut Bruce, à l'œil exercé par

des années passées en forêt, qui s'écria :
- Là ! Il y en a un tout en haut de l'arbre là-bas !
- Où ça ? demanda Marie en tournant la tête.
- Là, regarde, dit-il en tendant le doigt loin devant.
- Ah oui, je le vois. Mais ce n'est pas Jésus.
La déception avait vite douché son bref élan d'enthousiasme.
- T'es sûre que c'est pas lui ? Il a une bague à l'oreille pourtant.
- Oui il a une bague, c'est le vieux qu'on a relâché avec lui.
- Et bien tu peux pas utiliser tes super-pouvoirs pour lui demander des nouvelles de ton Jésus ? demanda Bruce en souriant.
- Imbécile, je n'ai pas de super-pouvoirs. Et du coup je n'ai même plus envie de courir, je vais te laisser faire tes vingt kilomètres, moi je rentre.
- Comme tu veux. Mais arrête de te rendre malade pour ton koala, je suis sûr qu'il va très bien.
Ils repartirent chacun de leur côté, Bruce à grandes foulées et Marie en traînant les pieds. La Française passa le reste du week-end à travailler sur son rapport de stage et à envoyer des e-mails au pays, comme pour déjà préparer son retour.

Le mercredi après-midi suivant, Marie termina enfin sa première tournée d'injection de ACP bêta-8 à ses malades. La documentation qui accompagnait le protocole du Pr.Baggel était dense et chaque consultation préalable à une injection devait suivre une trame rigoureuse et faire l'objet d'un rapport dûment standardisé. Une tâche longue et monotone à laquelle devrait s'atteler Marie chaque semaine. Elle pensa que le Dr.Jack avait peut-être raison : les chercheurs de l'université étaient très administratifs, et si leur formulaire était standard, chacun de ses koalas à elle était unique. Elle était sur le point de piquer Amanda, une gentille femelle de cinq ans lorsqu'elle entendit du grabuge dans le couloir. La voix affolée de Tao s'écriait :
- Jenny, Judith, *quick* ! Koala *escape* !
Des bruits de pas marquèrent la sortie précipitée des deux nurses. Marie fit placidement son injection à Amanda et la rentra dans sa cage de transport avant de sortir voir si elle pouvait aider ses collègues. Elle

trouva Tao et Judith à l'accueil, l'Anglaise était penchée sur le registre des pensionnaires.
- Tout va bien ? demanda-t-elle.
- Oui, oui. Il y en a un qui s'est barré mais Jenny l'a attrapé avec l'épuisette. Je cherche juste dans quel enclos il faut le remettre...
Là-dessus, le Dr.Jack fit son entrée :
- Qu'est-ce que c'est que ce raffut les filles ?
- C'est rien, koala capturé, répondit Tao.
- Par contre il y a un problème Jack, je le trouve pas dans le registre...
- C'est pas possible ! Montre-moi ça, il a quel numéro ?
- 2047.
- Hé mais c'est Jésus ! s'exclama Marie.
- Jésus ?
- Un de ceux qu'on a relâchés dans la plantation il y a deux semaines. Il est venu nous rendre une petite visite. Je parie qu'il était à côté de l'enclos des maternités, c'est ça Tao ?
- Oui, contre le grillage, parlait à autre koala.
- Il est venu prendre des nouvelles de sa petite famille, insista Marie pour tester le Dr.Jack.
Mais celle-ci resta de marbre. Ce fut Jenny qui cria par la fenêtre :
- Bon alors, vous trouvez ?! Il commence à s'énerver !
- C'est bon, je vais m'en occuper, j'en ai terminé avec ma chlamydiée, répondit Marie en se précipitant vers la porte.
Le prisonnier des mailles du filet cessa de se débattre dès qu'il vit la jeune femme arriver et se laissa emporter dans ses bras sans protester. Marie, affublée d'un large sourire, alla s'enfermer en salle n°2 où sous couvert d'une consultation approfondie, elle lui raconta son séjour à Brisbane et ses déboires avec le service de l'immigration. Elle lui demanda bien sûr aussi s'il était content de sa nouvelle vie dans la plantation et lui rappela de ne pas oublier de bien se nettoyer les oreilles, ce n'était pas très propre tout ça. Après deux heures passées en si bonne compagnie, la soigneuse dut se résoudre à libérer la salle de consultation. Elle recommanda à son patient de plutôt passer au centre le week-end, c'était plus tranquille. Il pouvait aussi venir la voir

directement chez Bruce, il se souvenait où habitait Bruce. Non ? Pas de problème, elle l'y emmena en quittant la clinique.
Le jeune homme était déjà rentré du travail, et vautré sur le canapé, il regardait un match à la télé, une bouteille de XXXX à la main.
- Regarde qui je t'amène, dit Marie d'une voix allègre.
- Ça alors, Jésus ! s'exclama Bruce en tournant la tête.
Il n'était pas vraiment ravi de voir le koala chez lui, redoutant qu'il mette le bazar partout. Mais Marie affichait une mine si joviale qu'il n'eut pas l'entrain de protester.
- Alors, tu vois bien qu'il ne t'a pas oubliée et qu'il est revenu te voir...
- Oui, enfin il est revenu voir Alice surtout, et ce loustic serait peut-être reparti incognito si Tao ne l'avait pas repéré, corrigea Marie légèrement jalouse. Tu peux garder un œil sur lui le temps que je prenne une douche, les malades de la chlamydia n'arrêtent pas de se pisser dessus, c'est dégoûtant.
- *No worries*. Allez Jésus, viens voir le match.
Marie le déposa sur le canapé et lui dit :
- J'en ai pour cinq minutes mon grand, sois sage avec Bruce.
Puis elle disparut dans la salle de bain. Le koala n'était visiblement pas passionné par le football et il sauta rapidement du canapé pour explorer le reste du salon. Il reniflait le pied des meubles méthodiquement, comme s'il se souvenait être déjà passé dans le coin. Lorsque Marie sortit de la salle de bain, elle entendit Bruce crier :
- Mais arrête là !
Et elle le vit taper sur la patte du koala qui était assis sur la table basse.
- Hé Bruce, pourquoi tu le frappes ? s'exclama la soigneuse.
- Ce saligaud bouffe toutes mes noix de macadamia !
- Oh oui, c'est bon ça ! Ça t'apprendra à prendre l'apéro tout seul devant ton match...
- Il y a des bières au frigo si tu veux.
- Allez, pour fêter le retour de Jésus. Faute de champagne, de la XXXX !
- Attends, on va lui en donner aussi, je dois avoir un biberon...
Bruce ouvrit un placard dans la cuisine et en sortit un petit biberon du

BEKS. Alors qu'il commençait à le remplir, Marie l'interpella :
- Non mais t'es dingue, tu vas pas donner de la bière à un koala !
- Mais si ! Tous les Australiens savent que les koalas adorent la XXXX.
- Vous êtes complètement tarés dans ce pays ! Une larme alors, sinon il va dormir ici cette nuit.
Les généreux donateurs qui avaient légué leur héritage au BEKS durent se retourner dans leur tombe en voyant deux employés trinquer avec un koala. Marie put constater qu'effectivement ces marsupiaux ne crachaient pas sur la bière, et tous trois passèrent un bon moment à rigoler et s'empiffrer de noix de macadamia. Jusqu'à ce que Jésus émette un rôt sourd avant de régurgiter sur le canapé. Bruce, furieux, le mit dehors sur-le-champ et Marie pour le calmer lui promit qu'elle porterait la housse du canapé à la laverie dès le lendemain. Lorsqu'elle sortit à son tour pour réconforter Jésus, le koala avait déjà disparu dans la forêt.

Les semaines suivantes se succédèrent selon une certaine routine. Marie passait la plupart de son temps à traiter ses malades de la chlamydia avant de s'occuper du quotidien de la clinique. Quand elle n'était pas chez elle ni à la bibliothèque pour rédiger son mémoire. À force d'y croiser Yasushi, elle sympathisa avec lui et l'invita à passer son dernier jour au BEKS à la clinique pour lui servir d'assistant. Le jeune homme avait accepté de bon cœur mais s'était montré bien maladroit dans la manipulation des koalas. Marie ne lui en avait pas tenu rigueur car les interventions sur les malades de la chlamydia avec leurs fesses humides et leur queue sale n'étaient pas des plus agréables. Elle estima néanmoins que le chercheur était plus à l'aise entouré de livres que d'animaux.

Jésus revenait régulièrement au centre rôder autour de l'enclos des maternités. Il n'avait pas compris ou refusait d'appliquer la consigne que lui avait donnée Marie de ne venir que le week-end, et on pouvait le croiser à n'importe quelle heure de la semaine, si bien que tout le personnel s'habitua vite à sa présence. Il y trouvait son compte et ne refusait jamais une caresse derrière les oreilles offerte par l'une ou l'autre des gentilles soigneuses. Un jour pourtant, il resta un long moment à observer l'intérieur de l'enclos avant de tourner la tête et de se mettre à courir comme un sprinter aux Jeux Olympiques. Il manqua de faire trébucher Ben qui portait un gros ballot de branches d'eucalyptus.

- Hé, mais regarde où tu vas toi ! s'exclama-t-il.

Jésus, guidé par son instinct, savait très bien où il allait. Il s'engouffra

dans la clinique par la porte de l'accueil, puis continua sa course dans le couloir jusqu'à venir se cogner la tête contre la porte de la salle n°1. Furieux de la trouver fermée, il se mit à la griffer en grognant bruyamment. La porte s'ouvrit sur la voix grave du Pr.Patrick :
- Mais qu'est-ce qu'il veut celui-là ?
Le koala lui fila entre les jambes pour aller jusqu'à la table d'auscultation sur laquelle étaient penchées le Dr.Jack et quatre soigneuses.
- Hé, mais c'est Jésus qui vient voir sa petite famille, dit Marie qui avait levé la tête. Viens voir là, mon grand.
Elle l'empoigna fermement et le souleva pour qu'il puisse à son tour voir ce qu'elles observaient. Le Dr.Jack avait exceptionnellement extrait le petit de la poche de sa mère pour vérifier qu'il se développait correctement. Il avait bien grossi depuis la dernière fois et de courts poils commençaient à recouvrir son corps, mais il semblait encore bien fragile. Jésus avait posé sa tête sur la table et le contemplait de ses grands yeux ronds. Toute l'équipe perçut dans son regard qu'il était le plus heureux des koalas.
- On peut le laisser le toucher ? finit par demander Marie.
- Je serais tentée de te dire non, il risque de le blesser, répondit le Dr.Jack. Mais avec lui, je ne sais plus que penser...
Marie relâcha son étreinte, et Jésus n'approcha pas ses pattes du petit mais sa tête, pour mieux s'imprégner de son odeur. Il s'en détourna ensuite pour se rapprocher d'Alice qui était couchée de l'autre côté de la table. Les deux koalas échangèrent quelques signes pendant un court moment puis Marie attrapa Jésus tandis que le Dr.Jack remettait délicatement le petit dans la poche maternelle. Marie fut ravie de constater à la fin de la consultation que le docteur avait ajouté sur la fiche d'Alice : « à réintroduire fin novembre dans la plantation avec son petit, à proximité du n°2047 ».

Un matin, alors qu'elle avait déjà administré quatre injections à ses malades de la chlamydia sans constater d'effet significatif sur leur santé, Marie découvrit un de ses patients avachi sur le sol de son enclos

au milieu d'une flaque d'urine. Les yeux rouges remplis de larmes, il poussait des gémissements aigus et plaintifs. Elle transporta le malheureux à la clinique en urgence et sortit sa fiche qu'elle avait remplie trois jours plus tôt après son dernier examen. Il n'était alors déjà pas en grande forme, mais son état s'était sérieusement dégradé. Le test salivaire auquel elle le soumit vira à l'écarlate si bien qu'elle sollicita le Dr.Jack pour avoir son diagnostic. Il fut implacable :
- Inflammation des voies urinaires, probablement ultra douloureuse, irritation des pupilles provoquant une quasi-cécité, ce koala est typiquement dans une phase terminale de chlamydia.
- Est-ce que je dois lui injecter des analgésiques pour soulager ses douleurs ? demanda Marie d'une voix morne.
- Hum, on va voir avec Pat, mais je crois que là il n'y a malheureusement plus grand chose à faire. Lui seul à la piqûre pour le soulager.
- On va être obligé de l'euthanasier ?
Le Dr.Jack ne répondit pas et sortit chercher le Pr.Patrick. Marie essaya de soulager le pauvre koala en le massant avec tendresse. Elle n'en revenait pas que sa situation se soit aggravée aussi brutalement et elle se sentait un peu coupable. Avait-elle bien appliqué le protocole tel qu'il était décrit ? Comment un médicament pouvait-il avoir des effets aussi néfastes ? Fallait-il tout arrêter ? Elle était perdue dans ses cogitations lorsque ses aînés arrivèrent. Le Pr.Patrick fit rapidement le même constat que le Dr.Jack : on ne pouvait plus rien faire pour ce malheureux koala, si ce n'était abréger ses souffrances. Il déposa sur la table la petite caisse métallique qu'il avait prise avec lui et sortit une clé d'une poche de sa blouse pour la déverrouiller.
- Tu veux faire la piqûre ? demanda-t-il à Marie.
- Euh, non, je ne préférerais pas...
- Tu devras bien en faire durant ta carrière, renchérit le Dr.Jack.
- Oui, oui, je sais, mais un chien ou un chat, ça me dérangerait moins. Là, un koala, je ne peux pas.
- Comme tu veux, conclut le Pr.Patrick.
Il saisit une seringue et la remplit d'un liquide contenu dans une petite

ampoule qu'il injecta dans la cuisse du koala. Ils restèrent silencieux trois minutes, puis le Pr.Patrick dit :
- Voilà, c'est fini. Je vais demander à Ben de passer le chercher sans trop traîner.
Le Dr.Jack ajouta :
- Et Marie tu peux annoncer à Baggel que l'individu n°1972 a quitté son essai thérapeutique. Et demande-lui s'il ne faut pas modifier son protocole.
- Oui, Jack, je vais voir ça, dit Marie les larmes aux yeux.
L'après-midi même, elle envoya un e-mail à l'équipe du Pr.Baggel pour l'informer des circonstances dans lesquelles le koala n°1972 était décédé. Elle demanda également s'il fallait continuer l'essai ou en rester là, car elle redoutait de devoir faire face à des cas similaires alors que les bénéfices du traitement n'étaient pour l'instant guère perceptibles.
Elle trouva la réponse d'Andrew le lendemain matin dans sa mailbox :
« Dear Mary,
Désolé pour le n°1972, mais ce cas isolé confirme que les peptides commencent à agir. Alors oui bien sûr on continue, et le Pr.Baggel est d'accord avec moi pour augmenter la dose à 4,2ml d'ACP bêta-8 par injection. Continue à nous tenir informés de l'évolution des malades.
Bien cordialement »
Ils sont complètement fous, pensa Marie. Ils ont un décès durant leur essai et au lieu de baisser la dose, ils l'augmentent ! Elle appliqua néanmoins consciencieusement les nouvelles consignes, et bien lui en prit car deux semaines plus tard elle constata que deux malades semblaient en meilleure forme : ils avaient les yeux plus vifs et le postérieur sec. Elle procéda aux tests salivaires et fut ravie de constater que l'un était rose très pâle et l'autre totalement transparent. Pour la première fois depuis le début de l'essai, le traitement donnait des signaux encourageants.

Le début du mois de septembre arriva rapidement, et avec lui la fin de l'essai thérapeutique, chaque malade ayant reçu neuf injections. Étant donné le résultat un peu décevant avec un décès et seulement deux rémissions, les autres cobayes n'ayant pas connu de changement significatif de leur état, il fut décidé de suspendre l'essai le temps de retravailler sur la molécule en laboratoire. Les deux koalas qui allaient mieux furent placés à l'isolement pour voir si leur guérison se confirmait. Délestée de cette charge de travail, Marie en profita pour terminer la rédaction de son mémoire qu'elle soumit à la relecture de Donna, Pat et Jack avant de l'envoyer à l'école vétérinaire. Alors qu'elle en écrivait les dernières lignes, elle était partagée entre deux émotions contradictoires : la joie de se dire qu'elle avait vécu une expérience extraordinaire, et une grande tristesse à l'idée que tout cela était presque terminé.

Bruce et Jésus s'étaient bien rendus compte de son accès de mélancolie. Le jeune homme était lui aussi amer de voir la date de son départ approcher, et il lui avait de nouveau sérieusement proposé de démissionner du BEKS et de quitter sa vie australienne pour partir en France avec elle. Elle fut très touchée mais lui conseilla raisonnablement de n'en rien faire. Ils resteraient en contact par WhatsApp et s'il voulait venir la retrouver en France, il valait mieux attendre qu'elle ait trouvé du travail et un appartement. Parce que là, elle était dans le flou total, et en plus avec l'hiver européen qui n'allait pas tarder à arriver, ce n'était guère réjouissant. Alors puisqu'il pouvait rester ici, dans un jardin d'Éden entouré de koalas, qu'il en profite bien. Jésus, lui, ne se contentait plus de rendre visite à Alice. Pour soulager la tristesse de sa soigneuse adorée, il n'hésitait plus à s'inviter dans la clinique pour passer de longues heures à ses côtés. Ce qui fit dire à Jenny :

- Il ne va plus vouloir te quitter celui-la, tu vas être obligée de l'emporter dans tes bagages.

Marie avait bien essayé d'expliquer à Jésus qu'ils allaient bientôt devoir se séparer et que ce n'était pas raisonnable qu'il reste collé à elle comme ça, mais le koala avait fait mine de ne pas comprendre.

Une quinzaine de jours avant la date fatidique, Bruce dit à Marie :

- Au fait, j'ai vu la directrice aujourd'hui et elle m'a demandé ce qui te ferait plaisir comme cadeau de départ.

- Je ne veux pas de cadeau.
- Je sais, je lui ai répondu : à mon avis le seul cadeau qui lui ferait plaisir, ce serait de rester ici.
- Qu'est-ce qu'elle a dit ?
- Mon pauvre Bruce, on aimerait tous qu'elle reste ici, toi le premier j'imagine, mais tu sais bien que ce n'est pas possible. J'en ai discuté avec le comptable encore la semaine dernière, la fondation a reçu moins de dons cette année, on n'a pas les moyens de créer un nouveau poste. Et en plus avec la réglementation pour embaucher une étrangère, ça aurait été impossible. Je suis désolée, vraiment.
- Hum, c'est gentil qu'elle ait pensé à ça. Mais en tout cas, pas de cadeau. Mon cadeau, c'est tous les bons souvenirs que je garde en tête. Et pas de fête non plus.
- Pas de fête de départ ? T'es sérieuse ?
- Évidemment, je n'aurai pas le cœur à faire la fête. Tu seras heureux de me voir partir toi ?
- Bien sûr que non ! C'est juste que les autres vont être déçus, un départ sans fête ça se fait pas.
- Pour moi ça se fera.

Le dernier vendredi matin, deux jours avant le départ, Donna reçut Marie dans don bureau pour un long entretien de fin de mission. La directrice ne tarit pas d'éloges sur l'engagement, la motivation, la gentillesse et la perpétuelle bonne humeur de la jeune femme. Elle la félicita également pour son mémoire, très bien rédigé et très complet. Et elle lui transmit également la gratitude du Pr.Baggel qui trouvait qu'elle avait mené l'essai thérapeutique avec un grand professionnalisme. Bref, tout le monde regrettait de la voir partir, mais malheureusement les budgets étaient difficiles à boucler car comme souvent après les grandes catastrophes, les promesses de dons et de subventions faites après les incendies géants avaient du mal à se concrétiser. Mais si elle voulait revenir en tant que bénévole, les portes du BEKS lui seraient toujours ouvertes. Marie la remercia pour la proposition mais lui rappela que sa priorité était de trouver un travail rémunéré car elle s'était endettée pour

venir en Australie et devrait bientôt commencer à rembourser. Elle remercia aussi la directrice pour la fabuleuse expérience qu'elle avait vécue avec les koalas et la communauté des soigneurs et lui souhaita de pouvoir poursuivre encore longtemps la mission du BEKS.
À l'issue de leur conversation, les deux femmes se rendirent sur l'aire de repas pour partager le traditionnel barbecue du vendredi. Marie abandonna Donna pour aller s'asseoir à côté de Bruce. Après avoir avalé quelques saucisses arrosées de XXXX, elle s'aperçut que certains collègues commençaient déjà à quitter leurs tables. Elle dit alors à l'oreille du jeune homme :
- Je crois que c'est le moment de faire l'annonce, là.
Bruce se leva, frappa deux fois dans ses mains et dit d'une voix forte :
- S'il-vous plaît ! Comme vous le savez tous, Marie part dimanche. Et comme vous le savez aussi, elle ne souhaite pas faire de fête. Par contre elle aimerait bien qu'on fasse une grande photo de groupe sur le perron devant la maison pour garder un souvenir de toute l'équipe.
« oh oui, bonne idée » et « d'accord on y va » s'élevèrent au-dessus des tables.
Tout le personnel du BEKS s'installa en quelques minutes devant la demeure de Scott Adamson. Marie trônait au centre avec Donna à sa droite et Bruce à sa gauche. Ce dernier avait installé son appareil photo sur un trépied et avait demandé à Ben d'appuyer sur le retardateur avant de rejoindre le groupe.
- Vous êtes prêts ? On y va. Trois, deux... Non, attendez, il y en a encore un qui arrive là ! Allez, dépêche-toi !
Tout le monde tourna la tête à gauche pour voir qui était l'indélicat retardataire, et ils aperçurent un koala qui courait comme un lapin.
- Jé-sus ! Jé-sus ! Jé-sus ! crièrent-ils tous en chœur.
Le koala se faufila entre les jambes jusqu'à atteindre celles de Marie qui le hissa dans ses bras. L'équipe était au complet et Ben put prendre sa photo qui resterait dans les archives du centre.

Marie passa la journée du samedi à faire des adieux individuels à chacun de ses collègues et à échanger des adresses e-mail et postales.

Elle salua également tous les pensionnaires du centre, et bien sûr, Alice et Jésus qui était auprès d'elle eurent droit à une attention particulière. Elle leur souhaita de fonder une famille heureuse dans la plantation et d'avoir de nombreux descendants. Elle serra une dernière fois Jésus dans ses bras avant de le reposer à terre précipitamment car elle sentait les larmes lui monter aux yeux. Elle fila chez Bruce sans se retourner pour y passer sa dernière soirée en Australie. Une soirée ordinaire, comme elle le lui avait demandé.
Son avion décollait dimanche à 2:30 pm de Brisbane et Bruce avait pensé emprunter la Toyota Yaris du centre, plus confortable que le vieux Land Rover, pour l'emmener à l'aéroport. Mais Marie lui avait dit qu'elle préférait le Land, ça lui rappellerait leur escapade sur Fraser island. À 7:07 am dimanche, Bruce se trouvait donc sur le parking, derrière le 4X4 avec la porte du coffre ouverte. Il venait de charger la lourde valise de Marie et se dit en regardant sa montre que décidément les femmes étaient toujours en retard. Il attendit encore deux minutes avant de se décider à retourner à l'appartement pour lui dire de se dépêcher un peu. Il la trouva en chemin qui traînait des pieds et regardait attentivement aux alentours, émue de quitter ce lieu qu'elle n'était pas sûre de revoir un jour.
- Grouille-toi, on va être en retard ! lui dit Bruce. On est en Land Rover, pas en Ferrari.
- Oui, oui, j'arrive. Je regardais juste...
- Qu'est-ce que tu regardais ?
- Rien, c'est juste que je pensais que Jésus serait peut-être venu me faire un dernier adieu.
- Et bien heureusement qu'il n'est pas venu, pour le coup on n'aurait jamais été à l'heure à l'aéroport.
Ils retournèrent sur le parking, et Bruce voyant qu'elle n'avait plus rien à mettre dans le coffre en claqua la porte et s'installa au volant. Ils se mirent en route en silence, la tension de leur proche séparation était palpable. Après environ une demi-heure de route, un cliquetis se fit entendre dans le coffre. Marie se retourna pour jeter un coup d'œil, mais sa valise semblait bien en place. Elle se tourna vers le conducteur.

- Laisse tomber, ça doit être la porte de la cage qui claque, lui dit Bruce.
Quelques minutes plus tard, Marie s'écria :
- Aïe ! Qu'est-ce qui me tire les cheveux ?
Elle tourna la tête avant de s'exclamer :
- Mais qu'est-ce qu'il fait là, lui ?! Oh Bruce, tu m'as fait une excellente surprise !
- Hein, quoi, quelle surprise ? demanda le jeune homme qui essayait de rester concentré sur sa conduite.
- T'avais planqué Jésus dans le coffre alors que moi je le cherchais autour des baraquements.
- J'y suis pour rien, je t'assure ! C'est toi qui l'as mis dans ta valise ?
- Bien sûr que non, il n'aurait pas pu respirer !
- Je sais, il a dû se cacher quand je suis venu te chercher. J'avais laissé la porte du coffre ouverte. Quel filou...
- Oui et bien là tu ne pourrais pas t'arrêter pour que je le prenne sur mes genoux parce que sinon il va continuer à me tirer les cheveux à travers la grille.
- Pas question, c'est interdit de rouler avec un animal sur les genoux, et si la police nous voit on va se prendre un méga PV.
- Ils sont pénibles les flics dans ce pays, grogna Marie.
Bruce continua sa route, mais voyant qu'elle avait l'air vraiment contrariée, il s'arrêta sur une aire de repos et dit en souriant :
- Allez, tu vas retrouver ton Jésus.
- Tu me laisses vraiment le prendre avec moi ?
- En fait je pensais plutôt t'enfermer dans le coffre avec lui, mais comme c'est aussi interdit de voyager sans ceinture de sécurité, fais comme tu préfères.
- Super ! Merci Bruce, je le prends avec moi.
- Après tout, il vaut mieux que tu lui fasses deux heures de papouilles sur la route plutôt que dans le hall de l'aéroport.
- Je t'adore mon Bruce, tu vas me manquer.
Une minute plus tard, le koala était assis contre la jeune femme sur la banquette avant du Land Rover. Il regardait attentivement la route défiler à travers le pare-brise tandis qu'elle lui massait délicatement les

épaules. Il resta ainsi relativement sage durant une bonne demi-heure avant de commencer à s'agiter : il tendit une patte et dérégla la ventilation. Bruce le gronda gentiment, mais se fâcha sérieusement lorsqu'il activa le levier des essuie-glaces. Marie le prit alors sur ses genoux et le serra contre elle en lui murmurant à l'oreille de se calmer, il y avait encore de la route avant d'arriver à l'aéroport. En si bonne posture, il ne tarda pas à sombrer dans un profond sommeil comme seuls les koalas en connaissent.

Quand Bruce se gara sur le parking à proximité du hall d'embarquement il n'était toujours pas réveillé.

- Qu'est-ce que j'en fais ? demanda Marie. Je le remets dans le coffre ?

- Bien sûr que tu le remets dans le coffre, on ne va quand même pas l'amener dans l'aéroport, ce lascar serait fichu de filer entre les jambes des agents de sécurité pour embarquer avec toi.

- T'es jaloux ? C'est pas toi qui ferait ça, c'est sûr, dit Marie en souriant.

- On en a déjà parlé, je viendrai te voir dans quelques mois. À condition que tu veuilles toujours me recevoir, bien sûr.

- Évidemment que je voudrai toujours, mon Bruce.

Et elle l'embrassa passionnément.

Après avoir récupéré la valise, ils se rendirent dans le hall pour l'enregistrer. Ils échangèrent leurs dernières embrassades puis Marie passa en salle d'embarquement. Elle eut du mal à retenir ses larmes en franchissant le portique de sécurité.

… Avant un dur retour au point de départ.

Une main tapota le bras de Marie.
- Veuillez relever le dossier de votre siège s'il-vous-plaît, nous allons atterrir, dit l'hôtesse d'une voix avenante mais ferme.
La passagère se réveilla en sursaut. En une fraction de seconde, elle venait de quitter Yallolaba. Non, ce n'était pas Jésus qu'elle serrait dans ses bras, mais bien son sac à main. Et le type qui respirait bruyamment à côté d'elle, ce n'était pas Bruce mais un vieil homme qui portait un costume gris. Elle se pencha sur le côté pour jeter un coup d'œil à travers le hublot. Les lampadaires de la zone industrielle survolée étaient tous allumés, comme autant de balises lumineuses destinées à guider l'avion. On doit être en avance, pensa-t-elle d'abord, on devait arriver à Amsterdam en fin de matinée et le soleil n'est pas encore levé. Elle regarda sa montre qu'elle avait réglée sur l'heure de Paris lors de son escale à Kuala Lumpur : onze heures vingt. Mais si, le soleil était bien levé sauf qu'il était masqué par une épaisse couche de nuages gris tandis que les réverbères, eux, semblaient nager dans une mare de brouillard. Bienvenue en Europe !

Quelques heures plus tard, après une ultime escale et un vol relativement court, elle atterrit enfin à Lyon où le temps n'était guère plus réjouissant qu'aux Pays-Bas : il tombait une pluie fine mais soutenue. Sitôt ses bagages récupérés et la douane passée, Marie ouvrit donc sa valise dans le hall de l'aéroport et en tira sa veste imperméable pour affronter le climat local. Elle rejoignit en tramway le centre-ville

où son amie Julie avait accepté de l'héberger. Elle avait prévenu sa concierge de son arrivée et lui avait laissé une clé de son appartement, si bien qu'une heure plus tard Marie était assise au sec sur son canapé, une tasse de thé à la main. Le soleil de l'Australie et même la XXXX commençaient déjà à lui manquer.
Elle était assoupie dans des rêveries de koalas volant en escadrille à ses côtés au-dessus de Yallolaba lorsqu'elle entendit une clé tourner dans la serrure. Elle eut à peine le temps d'ouvrir un œil que Julie s'exclamait :
- Salut Marie ! Tu as fait bon voyage ? Ouah, t'as l'air en pleine forme, t'es bien bronzée, dis donc.
- Oui et toi, comment ça va ? reprit Marie en serrant son amie dans ses bras.
- Ça va, ça va. Mais c'est dur le monde professionnel, c'est pas le même rythme qu'à l'école : pas possible de sécher un amphi pour faire la grasse matinée, une seule semaine de vacances cet été... Mais le stage s'est bien passé et je continue en CDI à partir du 1er octobre, vendredi.
- Bravo ! Mais le rythme va être encore plus dur, non ?
- Non, ça ne devrait pas changer grand chose, sauf que je serai payée cinq fois plus. Et toi alors, les koalas ? Ça avait l'air d'être super là-bas d'après tes mails.
- Ah oui, génial, je n'ai pas eu l'impression de travailler. Pourtant je me suis occupée de koalas brûlés, mordus, malades de la chlamydia et même enragés, mais ils sont tellement mignons...
- Et c'était pas trop difficile de communiquer en anglais ?
- Non, on s'y fait vite. Je te raconterai tout ça. Mais donne-moi des nouvelles des autres : Alex, Matthieu, Marlène...
- Et bien, je sais pas trop, on s'est un peu perdus de vue. Chacun vit sa vie de stagiaire... Mais je crois qu'Alex a déjà terminé. Il nous a tweeté qu'il s'était fritté avec son patron et qu'il s'était fait virer. Par contre Matthieu reste chez Top Vet' Group, ils ont prolongé son stage de trois mois, jusqu'à la fin de l'année, avant de peut-être l'embaucher l'année prochaine. Comme il est sérieux il a accepté de se laisser exploiter trois mois de plus.
- Et les filles ?

- Je sais pas. Il faudrait qu'on se fasse une petite soirée tous ensemble pour fêter ton retour. C'est quoi ton programme ?
- Je vais rentrer chez mes parents demain, ils ont hâte de me voir et si je peux revenir chez toi mercredi prochain, j'ai la soutenance de mon rapport de stage...
- Bien sûr, pas de problème. Alors je peux les inviter tous vendredi soir à prendre l'apéro ici et on ira dîner en ville.
- Oui, bonne idée.
Les deux amies dînèrent d'une omelette-salade tout en conversant avec entrain. Marie racontait ses aventures les plus épiques vécues avec les koalas tandis que Julie lui relatait les déboires survenus dans son cabinet vétérinaire. Puis Julie se levant tôt le lendemain, elles déplièrent le canapé-lit du séjour et Marie, assommée par son voyage et le décalage horaire, s'y installa confortablement et s'endormit sur le champ.

- Là, c'est elle ! dit-il avant de s'élancer sur le quai.
- Maurice ! Où tu vas ? Attends-moi.
- Là-bas, elle nous a pas vus, elle s'en va. Dépêche-toi !
- Mais non, c'est pas elle !
- Mais si je te dis.
- Bonjour papa ! Bonjour maman ! Ça va ? Pourquoi vous vous engueulez ? demanda Marie derrière ses parents.
- Ah ! Elle est de ce côté, tu vois bien que c'était pas elle. Viens ma chérie que je t'embrasse, dit sa mère avant de la serrer dans ses bras. C'est ton père, il a cru que t'étais de l'autre côté du quai. Depuis le temps que je lui dis d'aller chez l'ophtalmo, il reconnaît même plus sa fille...
- Elle avait le même sac à dos que toi, je t'assure, dit Maurice en embrassant Marie à son tour.
- En tout cas c'est sympa d'être venus tous les deux m'attendre sur le quai. Je suis tellement contente de vous revoir. Vous allez bien ?
- Ça va, ça va, on discutera plus tard. La voiture est en double-file, on va se prendre un PV, répondit sa mère, anxieuse.
- Les flics vont bien nous laisser le temps d'embrasser notre fille quand même, depuis le temps qu'on l'a pas vue.

Ils regagnèrent tous les trois la vieille Citroën Xantia familiale, laquelle n'avait pas de petit papier glissé sous les essuie-glaces. Marie eut tout le trajet du retour pour les rassurer : oui elle était en pleine forme et avait vécu une expérience fantastique auprès des koalas. Non, elle n'avait pas

attrapé la rage, pas plus que la peste ou le choléra. Oui, elle n'avait pas téléphoné souvent, parce que ça coûtait cher, mais elle avait envoyé plein de mails avec des photos. Et à la ferme, quoi de neuf ? Pas grand chose. L'été avait été pluvieux et les vaches s'étaient régalées dans les prés.
En arrivant devant la ferme, Marie demanda :
- Il est à qui ce roquet qui jappe ?
- Ah, lui c'est Peinard, répondit sa mère, c'est les Dumoulin qui nous l'ont donné. Leur chienne a eu une portée de trois petits en mai et ils ne savaient pas qu'en faire.
- C'est gentil. Et il s'entend bien avec Grodor ?
Ce fut son père qui répondit d'une voix grave :
- Et bien ma chérie, Grodor n'était plus tout jeune, tu sais. Et quelques jours après ton départ, lui aussi il s'est laissé partir, tranquillement.
- Quoi ? Grodor est mort et vous ne m'avez rien dit ? dit Marie d'une voix émue.
- Tu venais d'arriver en Australie, on a pensé que t'avais d'autres soucis et que c'était pas le moment de te faire de la peine, répondit sa mère.
Cette mauvaise nouvelle digérée, les premières heures et premiers jours de retrouvailles furent des plus joyeux : Marie avait tant à raconter. Et quelle joie de retrouver son environnement qu'elle avait complètement oublié en Australie. Cependant, à l'euphorie du retour succéda bien vite la réalité du quotidien. Elle se retrouvait aussi isolée dans son village qu'à Yallolaba, sans pouvoir compter sur la compagnie de ses collègues soigneurs ni bien-sûr sur celle des koalas. Le temps maussade avec un ciel nuageux sans luminosité ne contribuait pas à soutenir son moral. Heureusement, elle était occupée à réviser la présentation de son rapport de stage. Même si elle commençait à le connaître par cœur, elle essayait d'imaginer les questions que pourraient lui poser les examinateurs.

Cinq jours après son retour, elle n'avait toujours reçu aucun message de Yallolaba. Bruce ne l'avait quand même pas déjà oubliée ? Elle prit alors l'initiative de lui écrire sur WhatsApp :
Hello Bruce. Bien rentrée en France. Quoi de neuf au centre ? Jésus

vient-il toujours vous voir ? Vous me manquez déjà. Bises. Marie.
Elle attendit une réponse toute la journée, en vain. Après tout, il fallait compter avec le décalage horaire. Et en effet, le lendemain matin, alors qu'elle était partie pour une bonne grasse matinée, son téléphone sonna. Elle tendit le bras vers sa table de chevet : un appel vidéo de Bruce. À la vue du visage du jeune homme, elle se redressa aussitôt dans son lit et essaya de s'arranger sommairement les cheveux.

- *Hello Bruce*, comment ça va ?
- *Hello my dear*, ça va, ça va. Et toi, pas trop dur le retour au pays ?
- Euh si, ça commence. En plus il fait un temps pourri. Et... t'as des nouvelles de Jésus ? Vous êtes bien rentrés de Brisbane tous les deux ?
- Oui, on le voit traîner autour des enclos de temps en temps. Mais surtout, tous les soirs à l'heure de l'apéro, j'entends qu'on gratte à ma porte, j'ouvre et le voilà qui se pointe dans l'appartement. Il fait son tour en reniflant un peu partout et il repart sans demander son reste. Je crois qu'il a pas bien compris que t'étais partie et qu'il te cherche...
- Oh, il est trop mignon ! Et il a l'air triste quand il voit que je ne suis pas là ?
- Ça, je sais pas trop. Mais ce soir je l'ai attrapé et ce serait bien que tu lui dises une bonne fois pour toutes que ce n'est pas la peine de te chercher. Je te le passe.

Bruce orienta son téléphone vers le koala et Marie s'exclama :

- Bonjour mon Jésus, c'est moi Marie. Je suis très loin de toi mais je te vois. T'es toujours aussi beau mais on dirait que t'as grossi...

L'animal fut-il surpris d'entendre sa soigneuse et de la voir enfermée dans ce petit appareil ? Voulut-il la délivrer d'un terrible sortilège ? Il donna un violent coup de patte dans le téléphone qui s'écrasa sur le sol. Fin de la communication avec Yallolaba.
Marie se sentait ragaillardie d'avoir aperçu Bruce et Jésus, même si elle pensait que ce dernier devait être en train de se faire copieusement engueuler pour avoir cassé le téléphone de Bruce. Heureusement, elle reçut ce message quelques minutes plus tard :
Téléphone OK, batterie éjectée par le choc. Jésus disparu dans la plantation. À bientôt.

Marie avait un poids sur le cœur en franchissant les portes de l'école vétérinaire le mercredi suivant, peu avant 14h. Même si, compte-tenu de sa moyenne générale, la note obtenue pour sa présentation ne devrait pas peser sur l'obtention de son diplôme, ce genre d'exercice était toujours stressant. D'autant que jusqu'à la dernière minute elle ignorait le nom de ses examinateurs. Ils devaient être deux à l'attendre en salle 137, une salle équipée d'un vidéoprojecteur espérait-elle car elle avait préparé une présentation Powerpoint pour illustrer ses propos. Elle se rendit directement à la salle en croisant beaucoup de nouvelles têtes de bizuths. Elle ralentit en approchant pour jeter un coup d'œil par la porte ouverte : chic ! Lieutard. Et à sa gauche... Catastrophe ! La mère Pouzolle. La seule prof qu'elle ne pouvait pas supporter. Et comme elle était persuadée que son animosité était réciproque, elle pensa qu'elle était là exprès pour la casser. Heureusement, Lieutard était, lui, un jeune prof dynamique et avenant, unanimement apprécié par ses étudiants. Et en prime, elle avait droit à un public, certes restreint, installé au fond de la salle :

- Delphine.
- Et Aurélie.
- On est en première année et comme on a un trou dans notre emploi du temps on vient voir comment se passe une soutenance de rapport de stage pour quand ce sera notre tour. Si ça ne vous dérange pas bien sûr...
- Pas du tout, au contraire.
- Et moi j'ai vu un reportage à la télé sur les koalas, j'ai adoré et je

voudrais en savoir plus.
Marie se débrouilla pour connecter son ordinateur au vidéoprojecteur avant d'annoncer :
- Voilà, on peut commencer, si vous voulez bien.
Mais avant qu'elle puisse prononcer un mot de plus, la mère Pouzolle se mit déjà à râler :
- Mademoiselle, vous auriez dû rédiger votre rapport en français, ç'aurait été plus simple.
Marie ne se laissa pas déstabiliser et répondit du tac au tac :
- J'aurais pu, mais j'ai rédigé mon rapport non seulement pour vous mais aussi pour mes responsables de stage australiens qui ne parlent pas un mot de français.
- Dans ce cas vous auriez dû faire deux versions.
- Allons, ce n'est pas grave, intervint Lieutard. Ça nous change un peu, et ça nous fait voyager. Allez-y, nous vous écoutons.
- Bien, je vais donc faire ma présentation en français, dit Marie en souriant à Lieutard.
Elle commença par présenter le BEKS en quelques mots tandis que des photos de Yallolaba défilaient à l'écran dans son dos. Elle expliqua ensuite son travail quotidien à la clinique en insistant sur les spécificités propres aux koalas. Puis elle en vint à l'essai thérapeutique du médicament contre la chlamydia qu'elle avait dû superviser. Elle conclut en insistant sur le travail extraordinaire que réalisait le BEKS pour sauver les koalas menacés d'extinction. Elle fut si convaincante que si elle avait donné à ses examinateurs l'adresse du site Internet pour faire un don au BEKS, ils auraient immédiatement sorti leur carte bleue. Elle répondit ensuite à quelques questions, sans difficulté tant elle maîtrisait bien son sujet. La mère Pouzolle posa tout de même une dernière question qui faillit la déconcerter :
- Les Australiens n'ont pas de structures similaires pour aider les chiens et les chats sauvages ? Ils ont dû être très touchés par les incendies eux aussi.
Marie réfléchit un instant et eut envie de lui répondre que non, les Australiens n'étaient pas aussi cons que les Français pour élever les

chiens et les chats au rang d'animaux sacrés. Les chiens sauvages comme les dingos blessaient et tuaient les autres animaux, et même les enfants. Quant aux chats, elle aurait aimé lui parler de cette petite ville du Northern Territory (elle l'avait lu sur Internet) qui organisait chaque année un week-end d'éradication des chats errants qui pullulaient dans les rues. Chaque habitant était invité à sortir avec un fusil ou toute autre arme pour zigouiller le plus grand nombre possible de matous. Une alternative radicale aux campagnes de stérilisation fort coûteuses. Mais elle pensa que la vieille Pouzolle risquerait une crise cardiaque en entendant ça et surtout qu'elle pourrait lui mettre une sale note. Elle se contenta donc de répondre :
- Non, je ne crois pas.
- Je vous demande juste ça car je pense que ce serait plus facile pour vous de trouver du travail avec une expérience auprès des chiens ou des chats que des koalas. Les koalas ici, ça intéresse qui ?
- Allons Odette, ne commencez pas à la décourager, dit Lieutard. Moi je trouve que votre expérience témoigne d'une grande ouverture d'esprit et d'un bon professionnalisme : mener un essai thérapeutique, ce n'est pas rien.
- Merci, répondit Marie.
- Merci à vous pour cette belle présentation, conclut Lieutard.
Et les deux étudiantes se mirent à applaudir au fond de la salle, elles aussi conquises par le discours de Marie et les belles images de koalas qui l'accompagnaient.

En rentrant de son travail le soir, Julie fut heureuse de trouver Marie assise sur le canapé en train de feuilleter le dernier numéro de Elle magazine qu'elle avait laissé sur la table basse.
- Alors, ta présentation, comment ça s'est passé ? C'était qui le jury ?
- Le jury ? Cauchemar en arrivant... la mère Pouzolle !
- Oh la la, ma pauvre. Elle t'a pas trop démontée ?
- Non, heureusement l'autre c'était Lieutard, il l'a modérée. Mais tu sais pas ce qu'elle m'a dit cette grosse vache avant que je commence ? Il fallait pas rédiger votre rapport en anglais, on y comprend rien.

- Et qu'est-ce que t'as répondu ?
- Tu parles, je suis sûre qu'elle n'a même pas essayé de le lire, cette vieille bique. Je lui ai dit que je l'avais rédigé pour mes tuteurs australiens et que je pensais que mes profs comprenaient l'anglais. Lieutard a dit que lui ça ne le dérangeait pas, alors elle l'a fermée.
- Et ta présentation s'est bien passée ?
- Oui, oui, je pense. Il y avait aussi deux nouvelles de première année qui étaient venues pour voir comment se passait une soutenance. Elles m'ont même applaudie à la fin ces bécasses, comme si elles étaient au spectacle.
- C'est plutôt bon signe, non ?
- On verra. Et toi, t'as eu ta note ? Ça fait quinze jours que tu l'as passée tu m'avais dit.
- Ouais, 14. Et je suis passée à l'école la semaine dernière chercher mon diplôme, mon cabinet voulait le voir avant de signer mon contrat.
- Alors ça y est, t'es embauchée ?
- Depuis vendredi.
- Faut fêter ça !
- On fêtera ça avec ton retour vendredi soir, avec les autres.
- Ils t'ont répondu ? Ils viennent tous ?
- Oui, il y a juste Marlène qui doit aller chercher Willy à la gare, elle ne sais pas encore à quelle heure.
- C'est qui Willy ?
- C'est son nouveau copain.
- Ah bon, elle n'est plus avec... Comment il s'appelait déjà ?
- Éric, non elle l'a largué un peu après ton départ. Et après lui, il y a eu Paul, mais maintenant c'est un certain Willy.
- Sacrée Marlène... Et toi, personne à l'horizon ?
- Oh moi, mon horizon il est fait de chiens, de chats, de lapins nains et de cochons d'inde, avec leurs petits bobos...

Le temps était toujours maussade le lendemain matin et Marie profita d'être au calme dans le studio de son amie pour faire un premier pas dans sa recherche d'emploi. Elle était bien décidée à faire mentir les

prédictions de la mère Pouzolle selon lesquelles une expérience auprès des koalas n'intéresserait personne. Elle commença donc par remanier et mettre à jour son CV, puis par rédiger une belle lettre de motivation qu'elle adapterait à chaque employeur potentiel. Elle acheva sa matinée en recherchant sur Internet les coordonnées des parcs zoologiques de la région. Un zoo français n'avait certes pas le charme d'une réserve naturelle australienne, mais c'était toujours mieux qu'un cabinet en ville. Après un déjeuner léger et une bonne sieste, elle ouvrit un œil et constata qu'un rayon de soleil illuminait l'appartement. Elle regarda par la fenêtre et décida sans hésiter qu'il fallait en profiter pour se remettre à courir. Le temps d'enfiler sa tenue de joggeuse et la voilà sur le trottoir. Ses courses dans la plantation de Yallolaba l'avaient déshabituée des joggings urbains qui obligeaient à slalomer sans cesse entre les passants et à s'arrêter aux feux rouges pour piétons. Après avoir manqué de renverser une vieille dame, elle préféra courir sur le bord de la chaussée où elle se fit copieusement klaxonner par des conducteurs énervés. Heureusement, le parc de la Tête d'Or n'était pas très loin et elle l'atteignit sans dommage.
Le calme de ses allées l'apaisa, et elle put s'imaginer courant dans une forêt d'eucalyptus sous les ricanements des kookaburras et les encouragements des koalas qui criaient : « Vas-y Marie, cours ! ». Elle arriva essoufflée à la réserve animalière. Pas de kookaburra ni de koala bien sûr, mais des biches à droite et des moutons à gauche. Et là un peu plus loin, les girafes étaient de sortie. En passant devant leur enclos, elle vit un soigneur à côté d'elles. Un déclic dans sa tête lui dicta que c'était le moment de mettre en pratique son travail matinal. Elle s'arrêta et prit quelques secondes pour souffler avant d'interpeller le jeune homme qui semblait nettoyer l'enclos avec son râteau :
- S'il-vous-plaît !
L'homme leva la tête et se tourna vers elle.
- S'il-vous-plaît ! redit-elle en lui faisant un signe de la main.
Il s'approcha et demanda :
- Qu'est-ce qui vous arrive ? Vous vous êtes blessée ?
- Non, non, pas du tout. C'est juste que je suis vétérinaire et je me

demandais si le parc cherchait du personnel pour s'occuper des animaux. Vous savez s'il y a des postes à pourvoir ?
- Ouh non, j'en sais trop rien. Le mieux ce serait que vous demandiez à la mairie.
- À la mairie ? Mais à qui à la mairie ?
- Je sais pas. Moi c'est mon oncle qui travaille à la mairie qui m'a trouvé ce job. Mais c'est pas marrant tous les jours, je vous préviens.
- Hum, je vois, merci. Et, vous n'avez pas de marsupiaux ici ?
- Des marsupiaux ? C'est quoi ça ?
- Des koalas, kangourous, wombats, wallabies...
- Ah non, on a pas tout ça. Et pas de marsupilami non plus... Je plaisante bien sûr.
Marie sourit à sa blague, le salua et se remit à courir. Un premier coup dans l'eau et elle s'en alla voir les canards.

Le lendemain matin vendredi, elle envoya ses candidatures aux zoos de la région Auvergne-Rhône-Alpes ainsi qu'à une ferme d'élevage de kangourous et de myocastors (appellation locale des wallabies) en Auvergne qu'elle avait trouvée par hasard sur Internet. Il faudrait qu'elle aille voir sur place lorsqu'elle serait en manque de l'Australie, ce n'était pas très loin de chez ses parents.
L'après-midi, elle se chargea de préparer l'apéro du soir, comme elle l'avait promis à Julie. Elle se rendit au supermarché le plus le proche pour acheter le nécessaire. Elle souhaitait donner à la soirée un petit goût australien, malheureusement le Super U n'était pas achalandé comme Barnaby. Pas de noix de macadamia, tant pis elle se contenta de noix de cajou. Pas de cheddar non plus, elle opta pour des portions de fromage hollandais, édam et mimolette, qu'elle découperait en petits cubes, pour apporter un peu de couleur. Un pot de guacamole pour faire des toasts, pour la couleur aussi, elle n'aimait pas trop ça. Quelques chips, ça c'était universel. Au rayon boissons, elle prit une bouteille de jus d'ananas et un pack de bières, pas de XXXX bien sûr, de la Leffe. Mince, se dit-elle en passant à la caisse, les filles voudront-elles boire de la bière ? Ce n'était pas grave, elle avait repéré une boutique Nicolas en

venant.
Cinq minutes plus tard elle demandait au caviste s'il avait un vin blanc d'Australie et il lui présenta une bouteille de chardonnay King Smith de South Australia. Parfait, ça fera l'affaire. À consommer frais bien sûr.
De retour chez Julie, elle mit les boissons au frigo avant de découper ses cubes de fromage et de tartiner le guacamole. Elle était vraiment heureuse de revoir ses amis.
Mus par l'enthousiasme de tous se retrouver, les convives furent ponctuels. À 19h25, Julie rentrait à pied de son travail. Elle était à une centaine de mètres de son immeuble lorsque son téléphone sonna : Matthieu avait oublié le code de la porte d'entrée. Elle le rejoignit et alors qu'ils pénétraient dans le hall de l'immeuble, ils entendirent une voix crier derrière eux : « Attendez-moi ! ». C'était Alex qui arrivait en courant. Quelques instants plus tard, ils échangeaient des embrassades avec Marie lorsqu'on sonna à la porte de l'appartement : Léa apparut à son tour. Ils se mirent tous à jacasser des péripéties de leurs vies de travailleurs et d'autres nouvelles futiles tandis que Marie était retournée en cuisine achever la préparation de ses toasts. Lorsqu'elle revint dans le salon avec un plateau et la bouteille de chardonnay à la main, Alex la tança :
- Alors la surfeuse, viens nous raconter tes vacances en Australie.
- Ce n'étaient pas des vacances, je n'avais jamais autant travaillé, protesta-t-elle. Et le surf, je n'ai essayé qu'une fois.
- Pourtant on t'a jamais vue aussi bronzée, ajouta Matthieu.
- C'est vrai, acquiesça Léa. Ça dégoûte quand on voit l'été pourri qu'on a eu en France. Je suis allée une semaine à La Baule, j'ai dû garder un pull sur la plage.
- On peut travailler au soleil, se défendit Marie. En tout cas c'était une expérience géniale.
- Ils sont sympas les Australiens ? demanda Alex.
- Hyper sympas. Et les koalas adorables, la nature magnifique et toute une faune avec des bêtes curieuses qu'on a pas ici : des lézards géants, des oiseaux rieurs, des...
- Kangourous !

- Wallabies surtout.
- C'est quoi la différence ?
- Ça, c'est difficile à expliquer. Mais attendez, je vais vous montrer des photos.
- Ah oui, les photos ! s'écrièrent-ils en chœur.

Marie alla chercher son ordinateur pendant que Julie remplissait les verres de chardonnay. Seul Alex préféra se décapsuler une bière.

Marie déposa son ordinateur devant eux et dit :

- J'ai sélectionné les meilleures. Appuyez sur espace pour les faire défiler.
- Sympa la maison, c'est là que tu dormais ? demanda Matthieu.
- Non, ça c'est l'ancienne demeure du fondateur. C'est les bureaux maintenant. Moi j'étais dans des baraquement plus... sommaires.
- Oh, ils sont trop mignons les koalas, s'extasia Léa. Est-ce qu'ils sont aussi doux qu'ils en ont l'air ?
- Ils ont une bonne couche de fourrure, mais c'est pas des peluches et parfois ils ne sentent pas la rose.
- Il y avait combien de koalas dans ton centre ? demanda Matthieu. Parce que là j'ai l'impression que c'est toujours le même qui pose pour la photo. À moins qu'ils aient tous le numéro 2047 à l'oreille...
- Il y en avait une centaine je pense. Mais celui-la il est un peu... spécial.
- C'est-à-dire ?
- Ce serait trop long à vous expliquer. Et de toute façon vous ne me croiriez pas, répondit Marie embarrassée.

Heureusement, Alex attira l'attention sur un autre personnage :

- Et ce type là, il apparaît souvent sur les clichés aussi, c'est qui ?
- Oh lui, c'est Bruce. Un collègue qui aimerait bien venir visiter la France.
- Ouah ! Cette plage avec ce ciel bleu ! T'as bien pris des vacances quand même, dit Léa.
- Oui et non. C'était une mission pour récupérer deux koalas enragés sur Fraser island, la plus grande île de sable du monde.
- Des koalas enragés ?
- Oui, une histoire de dingues...

- Et là, un coyote ! Vous avez vu ses crocs ? Tu lui as couru après pour le photographier ?
- Mais non imbécile, j'étais dans le 4X4. Et c'est pas un coyote, c'est un dingo.
- Et bien j'aimerais pas avoir une bête comme ça à soigner au cabinet, commenta Julie.
- Surtout si je te dis que quelques semaines avant qu'on aille sur l'île il y en a un qui a attaqué et tué deux enfants.
- Oh pétard !
Et Marie leur raconta toute l'histoire. Elle leur expliqua aussi qu'elle avait failli se faire dévorer par un squale et piquer par une araignée tueuse. Et oui l'Australie était le pays de tous les dangers, alors ils pouvaient s'estimer heureux de la retrouver indemne. Matthieu continua de faire défiler les photos et soudain Léa poussa un cri d'effroi :
- C'est quoi ça ?!
- Mince, je croyais que je les avais supprimées celles-ci. Là c'est les grands brûlés, rescapés des incendies géants autour de Sydney. Ils ne sont pas beaux à voir.
- Oui, on n'est plus avec les adorables peluches... Et ils vont s'en sortir ?
- Non. La plupart sont condamnés, mais il faut les soigner jusqu'au bout.
Et ce fut sur ce triste constat que s'acheva le visionnage des photos.
- Au moins t'auras vécu une expérience plus enrichissante qu'avec des chiens et des chats, dit Alex pour rompre le silence.
- C'est sûr, contrairement à ce qu'en pense la mère Pouzolle, confirma Marie.
- Elle a eu la mère Pouzolle comme jury pour sa soutenance, expliqua Julie.
- Oh la la, elle t'a pas trop emmerdé ?
- Non, heureusement il y avait Lieutard avec elle. Il l'a calmée.
- Il est sympa Lieutard, c'est lui qui m'a sauvé la mise, ajouta Alex. Il est intervenu auprès de la direction pour que puisse passer ma soutenance même si je m'étais fait virer de mon stage.
- Et pourquoi tu t'es fait virer ?
- À cause d'une grosse conne. Une cliente qui nous amène son

caniche. « Il a pris froid, il n'arrête pas d'éternuer » qu'elle nous dit, catastrophée. « Alex, tu t'en occupes » me dit le véto-chef. Pas de problème, j'emmène le caniche et sa grosse dans une salle, je l'attrape pour le poser sur la table d'auscultation et là, cette saloperie me pisse dessus. Exprès, j'en suis sûr.
-Et alors ? demanda Marie en rigolant.
- Alors je sais qu'il faut jamais faire ça, mais j'étais énervé et je me suis lâché : j'ai mis la main derrière sa nuque et je lui ai cogné la gueule contre la table.
- Non ?!
- Si ! Et là purée, le ramdam ! Le clébard qui se met à hurler, la grosse à gueuler, mon patron qui arrive en courant, la truie qui lui chouine que j'ai frappé son clebs... Résultat : convocation dans le bureau du grand chef. Là, j'aurais dû faire profil bas, mais tu me connais, quand j'ai quelque chose à dire je l'ouvre. J'ai insisté sur l'ambiance pourrie qui règne dans sa boîte, les vétos qui se mettent à quatre pattes, plus bas que les animaux des clients. Moi je suis pas venu ici pour me faire pisser dessus par des clébards mal éduqués, je lui ai dit.
- Et il l'a mal pris ?
- Plutôt, oui. Il me gueule que je me rends pas compte du tort que je cause à la réputation du cabinet, qu'il faut respecter les clients, que si j'aime pas les animaux il ne fallait pas faire véto... Alors je lui réponds que si j'avais été pris en médecine, je serais pas ici. Ça l'a vexé et cet enfoiré me dit : « Très bien, de toute façon vous ne viendrez plus ici, vous êtes viré. »
- Aïe ! T'as dû être mal en rentrant chez toi.
- Non, en fait ça m'a fait un mois de vacances. J'avais peur que l'école invalide mon stage et m'oblige à refaire une troisième année, mais je suis allé m'expliquer à Lieutard qui l'a pris plutôt à la légère. Il m'a dit : « vous vous ferez souvent pisser dessus dans ce métier, et pas seulement par des animaux. La prochaine fois essayez d'être plus diplomate. »
- Et t'as pu passer ta soutenance ?
- Ouais, j'ai pas encore la note mais même si elle est pas terrible je devrais avoir le diplôme, j'avais une bonne moyenne.

- Et du coup tu cherches du boulot ?
- Comme toi j'imagine, on en est tous là. Enfin sauf ceux qui ont déjà signé, n'est-ce pas Julie ?
- Et oui, sourit l'intéressée en levant son verre.
- Ou ceux qui continuent à se faire exploiter comme stagiaire...
- Trois mois de plus, ça va, grogna Matthieu. Ils n'avaient plus de budget pour cette année, mais ils m'embaucheront en janvier quand toi tu seras toujours à envoyer ton CV à droite et à gauche.
- C'est dur de trouver du travail en ce moment ? demanda Marie à Alex.
- Disons que c'est pas simple. T'aurais peut-être mieux fait de rester en Australie...
- J'aurais bien voulu, mais au BEKS c'était pas possible, ils ne prennent que des bénévoles. Et trouver du boulot là-bas quand t'es étranger, c'est quasi impossible. Ils ont des règles migratoires hyper strictes. Du coup je vais chercher de préférence dans un parc animalier de la région, les cabinets ça ne me dit pas trop. Surtout après ce que tu viens de raconter.
- Je sais pas s'il y a beaucoup de koalas dans les zoos, fit remarquer Léa.
- Et bien voilà ! J'ai une super idée, s'exclama Alex. On s'associe pour monter un parc de koalas avec plein de jeux pour les enfants et une boutique souvenirs qui vendra des koalas en peluche, ça fera un carton. Il suffit de trouver un terrain et avec tes relations tu fais venir des koalas d'Australie, ils peuvent bien vivre sous notre climat, au moins ils ne se feront pas cramer.
- Arrête Alex, tu délires. Le problème avec les koalas, c'est qu'il faut les nourrir, et ces petits gloutons ne mangent pas n'importe quoi. Uniquement des feuilles d'eucalyptus fraîches.
- Et bien on commence par planter des eucalyptus et après on fait venir les koalas.
- Ah oui, combien de temps après ? Vingt ans ? Trente ans ? Ça ne pousse pas comme les pissenlits les eucalyptus. Si t'avais vu la plantation de Yallolaba : une immense forêt. Mais attends, tu me fais penser à un truc, j'avais oublié...
Marie alla ouvrir sa valise rangée dans un coin de la pièce et en tira un grand sac en plastique.

Le voilà ton koala pour mettre dans ta boutique, dit-elle en balançant une peluche sur Alex. Et pleins d'autres souvenirs *ozys*, servez-vous.
Elle vida son sac sur la table et Matthieu s'exclama :
- Ouah ! C'est la caverne d'Ali Baba !
- Tu parles, que des breloques made in China.
Les convives se mirent à fouiller dans ce tas de babioles et Léa échangea avec Alex le koala en peluche contre une casquette *Boxing Kangaroo* en disant :
- Il est trop mignon celui-la, je le veux.
Lequel répondit en riant:
- Les peluches, il y a pas mieux pour faire craquer les enfants.
Matthieu, lui, s'intéressait de près aux répliques de *roadsigns* carrés jaunes indiquant *Kangaroos next 20km* ou *Caution, Crocodiles crossing*.
Julie était en train d'essayer un tee-shirt estampillé *I ♥ Australia* quand son téléphone sonna. Elle se retira dans la cuisine avant de revenir quelques instants plus tard.
- C'était Marlène, finalement elle ne vient pas, son Willy a du retard.
- Zut, c'est dommage, se lamenta Marie.
- Oui. Et du coup les gars, dépêchez-vous de choisir vos souvenirs, on va être en retard au resto, j'ai réservé pour 21h.
- C'est fait. Et grand merci à Marie, dit Alex, sa casquette sur le crâne. Avec ça, quand on me demandera ce que j'ai fait pendant les vacances je pourrai répondre : « oh, je suis juste allé surfer en Australie. »
La fine équipe se hâta pour prendre le métro et se retrouva dans le Vieux-Lyon où Julie avait réservé une table dans un bouchon. Marie était ravie de retrouver l'ambiance chaleureuse de ce genre de lieu même si le brouhaha ambiant ne favorisait pas les conversations approfondies. Et elle exulta lorsque le serveur lui apporta avec sa salade une copieuse assiette de charcuterie. Enfin le retour aux bonnes saveurs de son pays.
À la fin du repas, Alex proposa d'aller terminer la soirée dans un bar de la place des Terreaux, mais son idée ne souleva guère d'enthousiasme : les travailleurs étaient fatiguées de leur semaine et Marie elle aussi préférait rejoindre son oreiller. Ils se séparèrent donc après s'être chaleureusement embrassés.

Il était 10h passées lorsqu'on avait sonné à la porte et Marie, roulée en boule bien au chaud sous la couette dans sa chambre d'enfant, ne s'était pas levée pour aller ouvrir. Après la joyeuse soirée avec ses amis, elle avait en effet préféré rentrer chez ses parents pour piloter sa recherche d'emploi sans être obligée de trop squatter chez Julie, même si celle-ci l'avait assurée que sa présence ne la dérangeait pas. Mais les jours et les semaines qui suivirent furent difficiles pour la jeune femme qui perdit vite l'entrain qu'elle avait montré lors de ses retrouvailles avec le monde d'avant l'Australie. Sa recherche d'emploi était au point mort : les rares réponses qu'elle recevait à ses candidatures n'étaient que des lettres de refus impersonnelles. Le temps hivernal précoce et son isolement dans un petit village d'Auvergne n'amélioraient pas son moral. Alors la seule solution qu'elle avait trouvée pour raccourcir des journées qui lui semblaient interminables était de se lever tard.
Ce jour-là, le facteur dut donc se rendre à l'étable pour trouver la mère de Marie et lui faire signer l'accusé de réception du courrier recommandé qui lui était destiné. Elle le trouva sur la table de la cuisine lorsqu'elle descendit prendre son petit-déjeuner et ouvrit l'enveloppe avec un couteau. Elle y trouva son diplôme officiel de vétérinaire. Elle aurait pu s'en réjouir mais elle s'intéressa surtout au dernier relevé de notes qui l'accompagnait. Elle n'avait eu que treize sur vingt à la soutenance de son rapport de stage. Une note honorable mais qui lui parut décevante lorsqu'elle repensa à toute l'énergie dépensée à

Yallolaba pour rédiger son rapport. Pour se rasséréner elle imagina que Lieutard lui avait mis seize et la mère Pouzolle seulement dix. De toute façon les recruteurs ne s'intéressaient pas aux notes. Et dans son cas, ils semblaient même ne pas s'intéresser à son diplôme.
Lors du déjeuner en famille, sa mère lui demanda si le courrier reçu était important.
- Oh non, répondit-elle nonchalamment. C'était juste mon diplôme.
Son père s'écria :
- Ton diplôme ? Mais c'est formidable ! Il faut arroser ça, je vais chercher une bonne bouteille à la cave.
- Non, c'est pas la peine papa.
- Mais si ! Mais si ! renchérit son père en se levant.
- Elle te dit qu'elle en veut pas, protesta sa mère. Ces manies de toujours vouloir picoler...
- Maman a raison. Garde tes bonnes bouteilles pour mon mariage.
- T'as quelqu'un en vue ? demanda son père, soucieux.
- T'inquiète pas papa, je pense qu'elles vont pouvoir s'affiner encore un bon moment...
- En tout cas ma fille, je suis fier de toi. Vétérinaire, chapeau !

Dans sa solitude auvergnate, Marie échangeait régulièrement des messages avec Bruce par WhatsApp pour rester informée de l'actualité de Yallolaba. Et, elle ne se le cachait pas, pour avoir des nouvelles de Jésus. Elle avait ainsi appris que non seulement le koala avait cessé ses visites intempestives chez Bruce, mais qu'en plus on ne le voyait plus traîner au centre devant l'enclos des maternités. Pour Marie, il ne faisait aucun doute qu'il était définitivement retourné dans la forêt où il devait vivre reclus à l'écart des autres, comme un enfant abandonné. La trahison de sa soigneuse préférée qui l'avait laissé tomber comme une vieille chaussette l'avait incité à quitter Alice et son petit. Elle avait beaucoup d'imagination, et ne pouvait s'empêcher de se sentir coupable. Mais Bruce lui rappela ce qu'avait dit le Dr.Jack : les koalas sont des animaux solitaires et Jésus avait fini par retourner à sa vie sauvage, la réintroduction était un succès.

Bruce avait aussi informé Marie de l'arrivée d'une nouvelle vétérinaire pour la remplacer, une jeune diplômée de l'université de Sydney. Marie lui avait demandé si elle était rémunérée. Il avait répondu : « penses-tu ! Bénévole bien sûr. Ils sont bien trop pingres pour embaucher quelqu'un de plus. Lors de mon entretien annuel avec la direction, ils m'ont accordé une augmentation de trois dollars cinquante par quinzaine. Qu'est-ce que tu veux que je fasses avec ça ? Oh la la, j'ai de plus en plus envie de me tirer d'ici... » Marie lui conseilla de s'accrocher et de ne pas refaire le même coup que dans sa jeunesse quand il avait tout quitté pour aller marcher sur Fraser island. Même si Fraser island était magnifique et qu'elle pensait souvent à leur escapade là-bas.
Un message qui avait fait plaisir à Marie était celui dans lequel Bruce lui expliquait que Samantha, la nouvelle véto, était une vraie chieuse. Elle était arrogante avec les nurses, elle jugeait les mecs tout juste bons à ramasser la merde dans les enclos, et elle n'arrêtait pas de se fritter avec le Dr.Jack. En fait elle n'avait pas réalisé avant de s'engager que Yallolaba était un trou paumé et la vie agitée de Sydney lui manquait cruellement. Tout ça pour dire à Marie que tout le monde au centre la regrettait.

Un jour de novembre, la mère de Marie trouva sa fille avachie sur un fauteuil devant la cheminée, un livre fermé à la main. Elle lui dit :
- J'ai croisé madame Michel au village, ça faisait longtemps que je l'avais pas vue.
- L'institutrice ? demanda Marie pour dire quelque chose.
- Elle est même directrice maintenant et elle m'a demandé de tes nouvelles.
- Ah bon, qu'est-ce que tu lui as dit ?
- La vérité. Que tu étais rentrée d'Australie, que tu avais obtenu ton diplôme, mais que tu déprimes à la maison parce que tu ne trouves pas de boulot, les koalas te manquent et tu ne vois personne car tous les jeunes de ton âge sont partis en ville. Alors elle m'a dit qu'il faudrait que tu viennes parler de l'Australie et des koalas aux enfants de l'école, ça les passionnerait.

- Oh non, souffla Marie.
- Mais si, je lui ai dit que c'était une excellente idée, que tu avais rapporté plein de photos de koalas et même fait une présentation dans ton école.
- Mais maman, mon rapport de stage il est scientifique, c'est pas pour les enfants !
- Ta ta ta ! Si t'as réussi à parler des koalas devant tes profs, t'y arriveras bien devant des gamins.
- Mais je suis fatiguée en ce moment...
- Justement, ça te fera sortir. T'en as pas marre de passer tes journées au coin du feu ? Je lui ai dit que tu passerais la voir cette semaine un jour à la sortie des classes pour que vous décidiez d'une date.
- On verra, conclut Marie en faisant mine de se replonger dans son livre.
Finalement la raison l'emporta. Et le lendemain peu avant 16h30 Marie essayait de se faufiler entre les mères de famille regroupées devant le portail de l'école. La porte principale du bâtiment en béton grisâtre s'ouvrit soudain et un flot d'écoliers se déversa dans la cour de récréation. Les cris et les éclats de voix aigus rappelèrent immédiatement à Marie les pépiements des rainbow lorikeets australiens et elle n'eut qu'à baisser les paupières pour se retrouver en un instant à Yallolaba. Mais il ne s'agissait pas de s'endormir, déjà elle était bousculée par les bambins pressés de se jeter dans les bras maternels. Elle n'eut aucune difficulté pour aborder madame Michel car celle-ci avait pour habitude de sortir dans la rue avec ses élèves pour signaler aux parents d'éventuels écarts de comportement de leur petit. La directrice salua chaleureusement Marie et après une courte discussion elles se mirent d'accord pour qu'elle vienne faire sa présentation des koalas le vendredi 24 à 15h. Après sa prestation d'une heure environ on ferait un grand goûter avec les enfants. Et oui, l'école était depuis peu équipée d'un vidéoprojecteur.
Marie pensa en rentrant que cela lui laissait huit jours pour préparer sa présentation. C'était plus de temps qu'il n'en fallait. Elle dut néanmoins puiser dans ses dernières réserves d'énergie pour commencer à trier ses photos et penser à un commentaire qui intéresserait tous les élèves du

CP au CM2. Voir défiler les photos de Jésus dans des postures souvent clownesques lui redonnait parfois un peu de baume au cœur mais accentuait aussi sa mélancolie. Elle réussit tout de même par mettre au point une présentation d'environ trois quarts d'heure à laquelle succéderait une séance de questions-réponses. Si les enfants n'avaient pas de question, elle en avait préparé pour vérifier qu'ils l'avaient bien écoutée.

Le vendredi 24 à 14h45 au sortir de sa sieste, ce fut sans excès d'enthousiasme malgré les encouragements de sa mère que Marie enfila sa doudoune et son bonnet avant de sortir sous un grésil glaçant pour se rendre à l'école. Elle y arriva en pleine récréation et l'effervescence qui émanait de tous ces petits êtres débordant d'énergie la ragaillardit. C'était maintenant à elle de se donner à fond pour les faire rêver d'un pays enchanté peuplé d'animaux adorables. Lorsque la sonnerie retentit, elle fut tentée de se mettre en rang derrière les enfants, mais madame Michel qui l'avait repérée la pressa pour qu'elle s'installe avant les élèves dans la classe des CM, la plus grande, où allait se tenir la présentation. On y serait un peu tassés, mais au moins on se tiendrait chaud. Madame Marais, l'autre institutrice, avait déjà installé le vidéoprojecteur et l'écran blanc et Marie n'eut qu'à sortir son ordinateur de son sac à dos pour le connecter. Elle était occupée à affiner l'image du vidéoprojecteur lorsque les enfants pénétrèrent dans la classe. Les plus timides passèrent à côté d'elle sans un mot tandis que les plus audacieux lui lancèrent des « bonjour madame » voire des « c'est vous la dame aux koalas ? ».
Madame Michel fit les présentations et remercia chaleureusement Marie, jeune vétérinaire du village, qui venait partager avec eux son expérience auprès des koalas d'Australie. C'était très loin l'Australie, n'est-ce pas Marie ?
- Oh oui ! 18.000 km d'ici, vous vous rendez compte ? enchaîna la jeune femme alors qu'une carte du monde s'affichait à l'écran et qu'un zoom progressif finit par fixer Yallolaba. Et comme je pense que vous n'avez pas eu beaucoup d'occasions de voir un koala dans votre vie, je vous ai apporté koko... Elle se pencha vers son sac à dos et en sortit un koala en

peluche d'une trentaine de centimètres d'un réalisme saisissant. Quand elle l'avait aperçu dans une boutique de souvenirs, elle n'avait pas résisté à la tentation de venir le caresser, et comme sa fourrure synthétique était encore plus douce qu'une vraie, elle avait craqué comme une petite fille.
Elle posa koko sur le bureau de la maîtresse et commença sa présentation. Ses mots et son rythme s'adaptèrent vite à son jeune auditoire et les enfants suivaient fascinés le défilement des photos sur l'écran. Après une quarantaine de minutes, Marie se tut et madame Michel demanda aux enfants de l'applaudir. Puis vint le temps des questions et contrairement à ce qu'avait pu penser Marie, les enfants n'en manquaient pas. Même si certaines étaient un peu déconcertantes. Comme « quand vous dîtes que les koalas ils dorment beaucoup, ça veut dire qu'ils dorment autant que Rodolphe ? ». Rires dans la classe et protestation de l'intéressé : « mais non j'ai pas dormi, j'ai regardé toutes photos. Elles étaient trop belles ». Ou celle d'un petit garçon : « est-ce que koko il va rester à l'école ? » Marie répondit sans hésiter :
- Si votre maîtresse est d'accord, je ne vois pas de problème à ce qu'il devienne votre mascotte.
Et l'ambiance s'échauffa d'un coup dans la classe entre ceux qui suppliaient « oh oui s'il-vous-plaît maîtresse... » et ceux qui demandaient « c'est quoi une ascotte ? » Finalement, après l'accord de madame Michel et un grand « ouaiiis !! » de satisfaction générale, les élèves les plus proches du bureau se précipitèrent pour aller caresser la peluche. Pour éviter que la situation tourne à la foire d'empoigne, madame Michel haussa la voix pour annoncer qu'il était l'heure de goûter les bons gâteaux préparés par les mamans dévouées et koko atterrit dans les bras de Marie qui se demanda s'il allait résister longtemps à ces sauvages.
Marie dégusta une part de gâteau au chocolat en échangeant avec les institutrices, puis à l'heure de la sortie elle repartit le cœur ragaillardi par cet après-midi chaleureux.

- Ça va Marie ?!
- Oui oui, je vous suis. Mais quelle foule !
- Ouais, c'est dingue !
En ce 8 décembre, Julie avait gentiment invité son amie à venir à Lyon pour participer à la fête des lumières. Depuis que la municipalité avait transformé la traditionnelle célébration lors de laquelle chaque lyonnais était invité à placer des lampions sur les rebords de ses fenêtres pour remercier la Sainte Vierge d'avoir protégé la ville contre la peste, le 8 décembre était devenu un événement populaire incontournable. Les touristes venaient de loin, par centaines de milliers, pour assister aux spectacles lumineux projetés sur les façades des monuments de la capitale des Gaules. Marie avait traîné les pieds avant d'accepter l'invitation. Elle se souvenait de la foule dense qui envahissait les rues chaque année, et elle ne se sentait pas le courage de l'affronter. D'autant qu'elle n'était vraiment pas d'humeur à faire la fête cette année. Mais l'insistance de son amie pour la sortir de son engourdissement et la tirer hors de son trou auvergnat l'avait finalement convaincue. Et cela faisait maintenant plus de deux heures qu'elle déambulait dans les rues bondées, sautant d'un spectacle à l'autre guidée par Julie et Léa devant elle. La bise glaciale faisait virevolter quelques flocons qui semblaient refuser de tomber jusqu'au sol. Les voix fortes de beaux parleurs, les pleurs d'enfants chagrinés, les cris de jeunes éméchés et la musique agressive des spectacles constituaient un brouhaha qui, pas plus que les lumières projetées, ne parvenait à réchauffer le cœur de Marie. Et le tout

couronné d'effluves de merguez-frites, de marrons chauds et de barbes à papa lui donnait même la nausée.
Les trois amies étaient regroupées devant la cathédrale Saint-Jean et attendaient le début de la projection lorsque Marie sentit son téléphone vibrer dans sa poche. Elle se demanda qui pouvait bien se manifester à cette heure tardive et par curiosité autant que pour chasser l'ennui, elle retira un gant et attrapa l'appareil. Ah, tiens, un mail de Donna, la directrice du BEKS. Ça faisait longtemps... Marie s'empressa de l'ouvrir :
Chère Marie,
J'ai régulièrement de tes nouvelles par Bruce. Il paraît que tu n'es pas en grande forme parce que tu n'arrives pas à trouver de travail en France. Bruce non plus n'est pas en grande forme, et même s'il essaie de le cacher tout le monde ici l'a remarqué. Il est triste depuis que tu es partie et il a perdu son entrain et sa bonne humeur habituels.
Je t'écris pour t'informer que notre budget pour l'année prochaine a été validé et que nous avons obtenu, conjointement avec l'université, le financement pour trois ans par le gouvernement du Queensland d'un poste de doctorant pour poursuivre la recherche de nouveaux médicaments contre la chlamydia. J'ai discuté avec le Pr.Baggel et il est d'accord avec moi pour te proposer ce poste en priorité compte-tenu de tes compétences et de l'excellent travail que tu as réalisé lors de l'essai thérapeutique. Et aussi parce que tu es une « charming person » selon ses propres termes. La rémunération proposée est celle de la grille statutaire, c'est-à-dire correcte même si tu pourrais prétendre à plus dans le privé. Et tu aurais bien sûr des facilités de logement à Yallolaba comme sur le campus de l'université.
Merci de me dire rapidement si tu es intéressée par cette proposition car nous envisageons une prise de fonction dans le courant du mois de janvier et il nous faudra chercher d'autres candidats si tu refuses. Dernier détail : d'après le Pr.Baggel ça ne pose pas de problème que tu sois française, lui et ses collègues ont l'habitude de faire venir des doctorants étrangers.
J'attends ta réponse, appelle-moi si tu as besoin de plus d'informations.

Sincère amitié,
Donna
À la lecture de ce mail, Marie eut le souffle coupé. Elle pensa d'abord que c'était Bruce qui lui faisait une mauvaise blague, mais non, l'adresse de l'expéditeur était bien celle de la directrice du BEKS. Elle relut attentivement le message en pesant chaque mot pour s'assurer qu'elle avait bien compris.
- Ça va Marie ? demanda Julie qui sentait son amie vaciller.
- Oui, enfin, non, j'ai la tête qui tourne là...
- Viens, on va t'asseoir sur les marches à gauche, dit Léa en l'empoignant par un bras tandis que Julie attrapait l'autre.
Une fois Marie assise en sécurité, Julie lui demanda ;
- Une mauvaise nouvelle sur ton téléphone ?
- Non... Non... Au contraire... C'est l'Australie. Ils me proposent de revenir faire un doctorat là-bas. Trois ans payés et tout... J'y crois pas...
- Mais c'est génial !
- C'est super !
Au même instant, un roulement de tambour retentit alors qu'une colombe s'envolait sur la façade de la cathédrale. Le spectacle commençait. Les trois amies le regardèrent pendant quelques minutes puis Marie, transie par le froid, dit :
- Ça vous dérange si on rentre tout de suite, je suis épuisée ?
- Non,non. On va y aller.
Et une demi-heure plus tard elles étaient de retour dans l'appartement de Julie. Marie s'affala sur le canapé-lit. Elle avait cogité en marchant dans la froidure de la nuit. Le lendemain elle appellerait Donna pour lui dire que bien sûr elle acceptait sa proposition. Elle appellerait aussi Bruce pour lui annoncer son retour. Et elle se promit qu'une fois à Yallolaba, elle enfilerait sa tenue d'exploratrice le week-end, et bravant dragons, goannas, redback spiders et autres bêtes diaboliques, elle s'enfoncerait dans la forêt à la recherche du koala abandonné.

Printed in France by Amazon
Brétigny-sur-Orge, FR

40272587R00178